DU MÊME AUTEUR

Le Seigneur des dos-pelés, Tchou, 1979.

Le Chercheur d'opale, Lattès, 1983.

L'Ultime Sacrilège, Le cherche midi, 2006.

La Nuit de Crystal, Le cherche midi, 2007.

ENTRE LES LIGNES
ou
LE JOURNALISTE ASSASSINÉ

Jérôme Bellay

ENTRE LES LIGNES
ou
LE JOURNALISTE ASSASSINÉ

Collection
Romans

le
cherche
midi

23, rue du Cherche-Midi, 75006 Paris.

Vous pouvez consulter notre catalogue général et l'annonce
de nos prochaines parutions sur notre site Internet: cherche-midi.com

À Barbara, Stella.

« Le pire ennemi du journaliste,
c'est le journaliste... »

Chapitre 1

– Et le vigile ? Il a rien vu ?

– Rien vu...

– Il était où ? Dans l'entrée ?... Près des caisses ?

– Non. Dans la réserve. Il donne toujours un coup de main à la petite Marie, avant la fermeture. Il l'aide à déballer ses cartons, pour le réassort du lendemain... Quelle affaire ! Vous en pensez quoi, vous ?

– Pour l'instant, rien du tout.

*

L'affiche était grande. Elle couvrait le quart de la porte vitrée. Si bien qu'en entrant, on ne risquait pas d'échapper à cette publicité que Vincent Delorme avait déjà contemplée une bonne dizaine de fois.

À chaque passage, il s'arrêtait devant. La fixait, la détaillait comme s'il la découvrait pour la première fois. En réalité, il s'admirait lui-même. Son portrait occupait la moitié du placard. Un agrandissement à la photocopieuse, pas très flatteur au regard du soin qu'il prenait, dans la vie, à regarder son image se refléter dans le miroir des autres.

La trame de cette photo affadissait ses traits. Certes il paraissait plus jeune, mais la surexposition du tirage lui affinait un teint de fromage blanc pour le moins inexpressif. Lui qui tenait tellement à son profil d'aventurier policé, aux rides apprêtées qu'il faisait retoucher sur les photos dédicacées envoyées à ses admiratrices. Mais – bon ! – c'était lui quand même. Ray Ban dressées sur la tête, foulard blanc, noué autour du cou à la façon des méharistes, l'œil acéré traquant le scoop. Vincent Delorme cultivait le look « grand reporter », l'oreillette du portable rivée sur l'événement comme s'il était prêt à sauter dans un avion, sitôt bipé par Sénéchal... même s'il avait raccroché, depuis quelques années déjà, saharienne, rangers et gilet pare-balles, pour ne commenter les guerres qu'assis derrière son ordinateur et sur dépêches de l'AFP...

La peur, ça vous prend comme ça ! Insidieusement, le jour où on s'y attend le moins. À force de piétiner les cadavres des autres, on finit par imaginer le sien, déchiqueté dans un attentat, criblé par les balles d'un tireur isolé ou mutilé pendant l'exécution des otages. Tant qu'à être refroidi, autant que ce soit par un éclat de sa propre sagesse.

La décision fut pénible à assumer. L'exprimer plus encore. Vincent prétexta la routine. Comme d'autres avant lui. Quinze ans passés à courir les sables, les rizières et les révolutions du monde entier, il était temps de confier ces missions à un autre regard, moins blasé, qui allait redécouvrir à sa manière les mêmes scènes du cycle infernal de l'actualité, avec la virginité d'une vision toute neuve, d'une passion intacte. Avec d'autres mots, avec d'autres images. Bref ! Il était temps de donner sa chance à un plus jeune, puisé dans ce vivier qui piaffait d'impatience, à l'âge où l'on croit que la misère humaine et les tirs de kalachnikovs font la grandeur et le talent de l'envoyé spécial qui les côtoie.

Le patron de la rédac avait fait mine de partager cette théorie de l'usure du terrain, et de la soudaine compassion de Vincent pour les minots. Il avait l'habitude. Dans son bureau de verre, calé dans son fauteuil, Sénéchal les avait vus défiler, les uns après les autres, Teinturier, Mérieux, Lacoste, tous ces grands reporters, saturés de scènes de haine, de combats, les yeux gavés d'horreur, tenaillés par la peur. Ils avaient jeté l'éponge avant lui... C'est d'ailleurs ainsi qu'un beau matin, le jeune Vincent avait pris son tour, bénéficiant de l'effacement d'un ancien. Fier comme un puceau qui fait son entrée au bordel, il s'était offert aussitôt, à l'aéroport, l'attribut majeur qui distingue le correspondant de guerre du reporter « Camembert ». Sa première paire de Ray Ban dont Sénéchal avait refusé la facture, à son retour de mission. Pour les notes de frais, il lui fallait encore grandir. Le soleil était compris dans son galop d'essai.

Direction donc le Liberia. Les massacres, les machettes et les enfants soldats. Pour son baptême du pire et son épreuve du sang, le novice fut servi. Au bout de la piste de Monrovia, membres coupés, crânes scalpés, femmes violées et éventrées, il glissa sans transition, en quelques heures d'avion, des palabres de la rédaction aux clapotis sanguinolents d'un festival insoutenable de sauvagerie à l'état pur. Ainsi il prit conscience, en foulant la brousse de ses rangers toutes neuves, de la difficulté qu'il y avait à transmettre autant de répulsion dans les deux minutes trente prévues pour le « 20 heures »... Entre les bavasseries politiques ordinaires et une défaite de plus pour le PSG, comment communiquer avec des mots justes ce qu'on ne peut montrer ? Les images interdites par le CSA, les vomissures de l'effroi, la moiteur pestilentielle du silence de la mort, un râle qui le déchire, les mouches qui sucent le sang, les vautours fondant sur la charogne, le frémissement dans les herbes hautes de l'horreur qui rôde encore, la peur au ventre, l'odeur... Surtout l'odeur ! L'odeur d'égout, de dégoût, de merde et d'enfer réunis.

Vincent avait eu sa dose. Il n'en pouvait plus. Et Sénéchal n'avait pas cherché à le convaincre de tenir encore un peu, jusqu'à l'aboutissement de la crise irakienne, conscient qu'il allait perdre son meilleur chien de guerre. Mais à quoi bon insister ! Il connaissait d'expérience la fatalité de ce cap, passé la quarantaine, quand les chevaux de retour du baroud renâclent sur la ligne de départ. Il ne servait à rien de l'humilier. « Bien sûr, Vincent, tu seras aussi utile ici pour faire les commentaires. » Dans ces cas-là, le patron se consolait toujours en pensant qu'après tout un reporter rattrapé par la peur était un reporter vivant.

Depuis, Vincent Delorme ne croisait les défis et les conflits de la planète que dans les couloirs et les boudoirs des grands forums de la diplomatie mondiale. Charm el-Cheikh, Davos, Rangoon, Cancun, Sydney. Il ne voyageait plus qu'en charter officiel, séjournait dans les palaces et attendait l'heure des points de presse sur le bord des piscines. Il y avait pris goût. Une fois – une fois seulement – il s'était senti gêné, même coupable, devant tant de distance affichée entre le luxe et la mort... D'autant qu'il s'aperçut bien vite qu'il en apprenait davantage sur la marche du monde au contact de ceux qui vendaient les armes qu'en risquant sa peau au milieu des victimes consentantes qui les utilisaient.

*

Ce jour-là, Vincent Delorme piétinait donc sur la grand'place, regardant sa montre toutes les dix minutes, en pestant contre cette manie provinciale de fermer les boutiques entre midi et deux. Il avait compté exactement neuf minutes trente pour faire l'aller et retour en montant, et dix minutes en descendant. Ou l'inverse, car une place, bien entendu ça n'a pas de sens, surtout pour les piétons. Encore moins celle-là qui ressemblait à une gare de triage, couverte d'abris publicitaires et de rails de tramways entrelacés à même le pavé. Alors le haut, le bas !... Vincent cherchait surtout à tuer le temps, puisqu'il était arrivé, pour une fois, en avance. À trop vouloir décompter, il en était même à mesurer ses pas, plus lents, plus courts, pour donner à la trotteuse toutes les chances d'effectuer un tour supplémentaire sur le cadran, chaque fois qu'il repassait devant son portrait délavé. C'était toujours ça de gagné. Alors, il s'arrêtait, s'admirait, jetait un œil sur sa montre, puis poursuivait en sens inverse.

Mais quand même, la photo ! Le libraire aurait pu faire un effort. Remarquez, en dessous son nom se détachait bien. « Vincent Delorme ». Il s'inscrivait comme une reconnaissance. Et la couverture de son livre, *Le Seigneur des dos-pelés*, comme l'évidence d'un succès assuré. L'affiche annonçait la venue de l'auteur. Dédicaces, le samedi. On y était.

Au lieu de tournicoter comme ça, Vincent aurait mieux fait de s'attabler en terrasse. Avec les beaux jours, les trottoirs s'ouvraient aux enseignes de la grande bouffe qui se déployait en étoile dans les rues adjacentes. Il y en avait pour toutes les bourses. Étudiants, employés, boutiquiers, tickets resto et nappes en papier. Cadres, patrons, retraités, additions et nappes de coton. La hiérarchie sociale était respectée, chacun le nez dans son écuelle. Avec des milliers de touristes en plus. Et « moules-frites », à la craie sur toutes les ardoises. La grande braderie battait son plein.

Des moules bien charnues, bien grasses, orangées ou safranées, avec des petits lardons, de l'oignon et quelques rondelles de saucisses baignant dans une sauce poulette saupoudrée de ciboulette. À la bruxelloise !... Vincent avait préféré détourner les yeux et retenir sa respiration chaque fois qu'il passait et repassait devant ces alignements de cassolettes trop pleines, nappées d'un onctueux fumet qu'une pointe de curry relevait jusqu'aux ourlets de ses narines hermétiquement verrouillées à la tentation... Et ça sauçait à la mie de pain ! Et ça louchait à la cuillère ! Il en mourait d'envie, mais il n'aurait pas pu.

L'estomac noué, la tripe essorée, il était incapable d'avaler le moindre bout de lard mouillé. C'était toujours comme ça, avant une dédicace. La hantise de l'échec, la crainte de l'humiliation lui tombaient dessus aussi brutalement qu'un coup de sirocco dans un désert sans fin. Lui, l'aventurier des affiches, se laissait gagner par un étrange vertige, un frisson mal défini sur le curseur de ses angoisses, à mi-chemin entre le trac ordinaire et sa peur obsessionnelle du vide.

Ce que Vincent appréhendait n'était ni la foule ni les critiques, mais bien plus leur absence, quand le public passe sans un regard devant l'étal de l'auteur converti en vendeur de rayon. Avec toujours la même inquiétude. Seront-ils dix ou cent à franchir le seuil de l'écrivain, tapi derrière sa pile de bouquins comme un tripier qui espère le client derrière ses chapelets de saucisses ? Il avait connu toutes les situations, les pires et les meilleures. Signant à tour de bras ou glissant sous sa table pour se faire oublier. Ravalé dans pareil cas au rang d'obstacle à contourner. Meurtri, il ressentait alors l'indifférence des gens comme une sanction, et leur gêne comme un affront.

*

– Bonjour, monsieur Delorme. Vous avez fait bonne route ?

La librairie avait enfin rouvert ses portes. Blonde, apprêtée, soutenant fermement ses rondeurs bourgeoises, la patronne avait conservé son sourire et son sens de l'accueil qu'elle lui prodiguait pour la quatrième fois. Quatrième roman. Quatrième dédicace. Il avait acquis son statut d'habitué dans cet établissement de province où il était choyé. Il y a des complicités comme ça qui se révèlent plus intenses une fois par an que certaines connivences quotidiennes.

– Je me demande si j'ai bien fait de venir aujourd'hui, interrogea Vincent. Vous ne craignez pas que, avec la braderie et le temps, il n'y ait personne cet après-midi ?

– Au contraire, vous allez voir. Déjà la dernière fois, vous étiez inquiet, je me souviens. Et pourtant ça avait bien marché.

– Oui, mais là !...

– Vous connaissez la maison, maintenant. On vous a placé au même endroit. En face de vous, là-bas, il y aura madame Lamy. Vous connaissez ? Elle vend bien. Elle publie des ouvrages sur la couture. Surtout sur la dentelle. Un tous les ans. Vous pensez qu'ici elle a sa clientèle.

– Vous avez lu mon livre ?

– Non, pas encore. On en reçoit tellement ! Mais mon mari m'a dit que vous aviez écrit un roman passionnant. Haletant. À clés. Très prometteur pour les ventes. D'ailleurs, il l'a bien placé, vous allez voir.

*

Un essaim de guêpes s'agglutinait déjà autour de la brodeuse qui papotait canevas, point d'Alençon, point de croix, tambour et napperons de soie, signant ses pages plus vite qu'elle n'aurait passé son fil dans le chas d'une aiguille. Sans doute s'entraînait-elle chez elle, cette reine du crochet pour ménagères de plus de cinquante ans, en fondant d'émotion devant les destins déchirés des sitcoms de la télé ? Déployant, pour pondre son opuscule annuel, moins d'efforts qu'il n'en fallait à Vincent pour écrire un roman. Mais elle vendait !... Depuis l'arrivée de cette mamiecouture, il n'avait cessé de l'épier en coin, à deux rayons du sien, réfrénant une inconvenante bouffée de jalousie devant l'affichage de leurs scores comparés, au bout d'une heure d'observation. Dix signatures pour elle et seulement deux pour lui. De quoi vous dégoûter de la littérature, à vie.

Piqué au vif de la plume, Vincent était sorti de sa réserve. Il s'était levé. Appuyé sur sa table, il racolait maintenant comme un bateleur du BHV... Le livre de l'été, c'était lui. Le grand reporter de la télé aussi. Il avait fait toutes les guerres. L'Afghanistan, l'Irak et les Balkans, sans oublier le Liberia. Approchez, mesdames et messieurs, venez découvrir en deux cent quatre-vingts pages une œuvre audacieuse, fille de l'expérience et de l'imaginaire. La fusion magnétique du réel et du virtuel. Le sabre et l'encrier. Kalachnikov et Microsoft. Waterman pour ceux qui utilisent encore la plume... Il tenait là un best-seller. On murmurait déjà son nom à l'oreille des Goncourt. Bientôt *Le Seigneur des dos-pelés* serait traduit en anglais, en russe et en chinois. Pour dix-neuf euros seulement.

La finalité de ce délire soudain lui était apparu comme une révélation, analyse faite de la concurrence d'en face et du comportement moutonnier des demoiselles « tricotin ». Vincent avait compris qu'il suffisait d'interpeller quelques gogos afin d'attirer les curieux. Le premier qui achetait en entraînait un autre, qui n'était pas venu pour ça. Et ainsi de suite. La méthode n'était peut-être pas très reluisante, mais efficace. À défaut de reconnaissance de son talent, il assurait ses frais de déplacement. Vingt partout, au terme de la deuxième manche.

Bien entendu, il ne fallait pas être très regardant sur les motivations. « Alors, c'est quoi, vot' bouquin ? »... « Je vous écoute souvent à la radio », « Non, moi, c'est la télé »... « Vous n'avez qu'à mettre : pour l'anniversaire de Mathilde. » « Moi, j'lis pas. Mais ma femme, elle aime bien les thrillers policiers »... « Mettez-m'en deux, avec "Joyeux Noël" sur chacun. Ça me fera des cadeaux. Ça sera toujours ça de fait. »

Soixante à trente. Victoire par KO. On approchait de l'heure de la fermeture et la queue s'étirait toujours devant le stand de

Vincent. La petite Marie avait dû recharger les piles en ouvrant de nouveaux cartons dans la réserve. Quant à la brodeuse, elle se faisait boudeuse. Les ménagères s'étaient évaporées comme l'eau au soleil, répondant à l'appel du caddie avant la fermeture d'Auchan.

Profitant d'un moment d'accalmie, Vincent s'était fendu d'une visite de courtoisie à la dame patronnesse. Il avait traversé l'allée qui les séparait pour venir lui acheter un exemplaire de son œuvre. Comme s'il voulait se faire pardonner.

La plume en l'air, elle hésitait sur la tournure de sa dédicace. Il lui avait alors soufflé.

– Vous n'avez qu'à mettre quelque chose comme... « Les journalistes, eux aussi, savent broder ». Je m'appelle Vincent Delorme.

– Vous avez le sens de la formule. On sent le journaliste... Moi, c'est Ghislaine Lamy... Vous avez bien vendu, dites-moi, avait-elle souligné... Au fait, c'est quoi, les dos-pelés ?

– C'est le nom que donnaient les Africains aux vautours, avec leurs cous tout déplumés. C'est aussi l'aimable sobriquet dont ils affublaient les colons blancs, au Tchad en particulier. Sympathique comme comparaison ?... J'ai écrit un thriller plein de marchands d'armes, de dictateurs, de manipulation, de rébellion, tous les ingrédients du polar politique. Avec, en toile de fond, le jeu pas très joli des réseaux africains. Lâcheté et trahisons des services secrets français dans nos anciennes colonies. Vous savez tout.

– C'est un livre à thèse ?

– C'est un roman. J'aime raconter des histoires... Après, il faut savoir lire entre les lignes.

Vincent s'étirait sur sa chaise en se dégourdissant les doigts. Il venait de signer ses deux derniers bouquins. D'abord à un travailleur du samedi qui ne voulait surtout pas le rater avant la fermeture. La veille la télé régionale avait parlé de sa séance de dédicaces dans l'agenda du week-end.

– Ils ont dit « l'excellent livre de notre confrère ». J'ai vécu trois ans au Togo. Vous connaissez ?

L'autre était une vieille dame qui avait du mal à se déplacer. Elle attendait qu'il y ait moins de monde, le soir, pour faire ses courses. Elle avait vu l'affiche en entrant pour acheter des enveloppes. Elle avait connu un Delorme autrefois. Bien sûr, ce n'était pas de la famille. Elle était seule. Elle avait besoin de parler.

– Merci de m'avoir écoutée. Pour la peine, je vais vous prendre un livre...

Comme elle aurait pris une baguette de pain. Elle ne le lirait sans doute jamais. Elle avait du mal avec ses yeux. Mais peut-être qu'elle l'offrirait à quelqu'un.

Ghislaine était partie. La librairie s'était vidée. On fermait. En passant, le vigile avait gratifié Vincent d'un signe amical. Il partait donner un coup de main à la petite Marie qui déballait ses cartons dans la réserve, pour le réassort du lundi. Les vendeuses redressaient les livres dans les rayons. La patronne avait commencé à faire sa caisse quand le dernier client s'était présenté devant le stand de Vincent, juste au moment où il se levait pour partir. L'homme avait l'air taciturne et pressé. Il avait pris un livre sur la pile.

– C'est pour vous ? lui demanda Vincent.

– Non, c'est pour un ami.

– Donc, « pour... » ? Son prénom ?

– Pour Vincent, comme vous.

– Ah ben voilà ! Ça me fait plaisir de terminer la journée avec quelqu'un qui porte le même prénom que moi. « Pour Vincent »...

– Oui, pour Vincent de la part de...

Le nom que prononça alors ce client de la dernière heure, nul autre que Vincent Delorme ne fut là pour l'entendre. L'homme avait sorti un revolver, caché sous son blouson. Le son mat du silencieux, aussi sourd que celui d'une bulle dans un évier qui se débouche, ne fut perçu par aucun des employés encore présents dans la librairie. Seule Véronique, la première vendeuse, avait marqué un temps d'arrêt, bouche bée, avant de réaliser que l'objet qui venait de glisser sur le sol jusqu'à ses pieds était un revolver. L'assassin l'avait jeté à terre pour s'en débarrasser. Puis il était sorti sans précipitation, longeant les bacs aussi discrètement qu'il l'avait fait en entrant, quelques instants auparavant.

Interloquée, la vendeuse s'était penchée pour regarder dans l'allée voisine au moment où le corps du journaliste, emporté par son poids, avait basculé, entraînant dans sa chute les derniers exemplaires du *Seigneur des dos-pelés*, rougis du sang de son auteur. Vincent s'était affaissé sans un cri. La balle l'avait touché au beau milieu du front.

*

– Donc personne n'a rien vu.

Le commissaire, perplexe, enjamba le cadavre après avoir fait le tour de la scène du crime, égrenant à voix haute son constat devant le personnel figé.

– Balle dans la tête... avec un silencieux... Il s'est délesté de son arme. On ne trouvera bien entendu aucune empreinte... Ça m'a tout l'air d'un contrat, cette histoire... Mais vraiment, personne n'a rien vu ? Je ne sais pas, moi... ? Même pas à quoi il ressemblait ?

– Non. J'étais même persuadée qu'il n'y avait plus un seul client dans le magasin, précisa la libraire.

– Mais qu'est-ce que c'est encore que cette merde ?... Et en plus d'ça, un journaliste !

Chapitre 2

Une détonation, c'est plutôt sec ou sourd ? se demandait-il... Ça dépend de l'arme, mais c'est toujours métallique et froid comme la mort qu'elle précède. Avec son écho immédiat qui se répercutait soudain, ce jour-là, entre les murs de la ville. Vincent s'était couché sur le trottoir, collé contre le rideau de fer d'une de ces échoppes qui, une fois fermées, ressemblaient toutes à des garages.

Un claquement indéfinissable dont il était difficile d'identifier l'origine... Immobile, il analysait confusément le bruit de cette balle pour ne pas penser à autre chose. Sans doute une façon de s'extraire de la réalité du combat qui se préparait. Journaliste et spectateur, il ne se sentait pas concerné, comme toujours, jusqu'à ce que l'impact ne vienne déchirer la pierre au-dessus de sa tête. Une gifle brûlante avait cinglé sa joue. Il avait porté la main sur son visage, avant de se jeter à terre, craignant d'y voir couler son sang au travers de ses doigts. Mais il n'y avait sur sa paume que la poussière du mur. Ce n'était pas encore pour cette fois-ci !

En attendant la suite, il déviait donc ses pensées, comme pour dévier la prochaine balle par la seule force de sa persuasion. Pour conjurer sa peur. Le tir était israélien. Ce son porteur de mort n'avait rien à voir avec le crépitement des kalachnikovs qui couvrait, depuis plusieurs heures, les manifestations de Ramallah. La foule hystérique enterrait ses morts de la veille, sous la menace des chars de Tsahal qui redoutait les débordements de la colère palestinienne.

Un nouveau tir, puis deux. Plusieurs rafales. Une brève accalmie. Quelques secondes seulement. Comme si les tireurs prenaient du temps pour ajuster leurs cibles. L'enfant courait devant.

Armand filmait la scène, shootant ce qu'il pouvait dans cette foule qui fuyait. Un genou à terre, sa caméra calée sur le capot d'une voiture en stationnement qui lui servait de pied et de rempart... Quel âge avait-il ? Huit ou dix ans à peine. Fils de la haine et de l'intifada, les pieds dans la poussière, ce jeune garçon portait sur le visage le masque blême de la terreur. Ces grands yeux noirs figés ne pensaient qu'à sa fuite et à l'abri qu'il espérait trouver. Lorsqu'il accrocha l'objectif dans sa course folle, Armand resserra sur lui le cadre de sa caméra. Il tenait là une séquence forte, une de celles qu'on isole au montage, parce qu'elle frappe l'imaginaire et dérange, à coup sûr, tous ceux qui, confortablement assis devant leur télé, protègent leur conscience, tamisée en HD, ADSL ou en TNT...

Le journal de 20 heures, c'est le catalogue de La Redoute des bons et des mauvais sentiments. Les reportages qu'il diffuse sont le prêt-à-porter des drames de la planète. On y trouve tout sur l'échelle de Richter des émotions. Tout dans la gamme des réactions comme de l'indifférence. Il faut faire vite. Il faut faire court. Il faut frapper...

Vincent demandait généralement à Sénéchal de mettre « Tintin » sur ses « coups ». Avait-il d'ailleurs besoin d'insister ? Leur couple était inscrit d'office sur les plannings des départs en mission, si Tintin n'était pas déjà parti sur un autre tournage, à Phnom Penh, à Rio ou à Pantin. Ils faisaient galère commune depuis longtemps, tous les deux, sur le front de l'actualité à risques, rendez-vous du club des grands reporters, toujours les mêmes, que leurs rédactions parachutaient à la manière de commandos dès que ça sentait le roussi quelque part sur la carte du monde.

Ils s'entendaient aussi bien dans la boue que le soir dans les bars des hôtels, là où les journalistes confrontent, en plusieurs langues, leurs faits d'armes du jour et font couler la bière comme une mousse d'extincteur sur les drames quotidiens et la hantise des visions du lendemain... Pour tous ces rédacteurs, cameramen ou photographes, quand le texte et les images étaient partis à Paris, c'était fini. C'était la tradition. Place à la déconne et à la frime. Le seul moyen pour eux de préserver un reste de distance devant des événements qui les dépassaient.

Sans houppette ni nez en trompette, Armand était brun et le cheveu rare sous sa casquette de base-ball des « Taureaux du Minnesota » qu'il n'avait jamais quittée depuis dix ans. Il tournait là-bas un documentaire sur ces « bestiaux » à la burka sportive lorsqu'une grande baraque noire, l'œil mouillé par sa victoire, lui avait enfoncé sa casquette sur la tête. « Tiens, petit Français, elle m'a porté chance. Après, on ne sait jamais, ça peut tourner... » s'était-il amusé en avalant un Coca dans une cannette qu'il avait compressée jusqu'à la dernière goutte dans sa pogne d'acier.

Cette casquette, Armand avait dû la faire rétrécir dans l'eau bouillante – il n'avait ni la tête ni le cou d'un taureau – mais il l'avait conservée comme une relique. Il la chaussait sur son crâne dès qu'il prenait sa caméra. Depuis le temps ! Elle tenait toute seule, culottée à la sueur de ses crapahuts sous bien des latitudes. Ils étaient tous comme ça. Tous ces baroudeurs blasés qui, dans les moments incertains, caressaient leur grigri, caché au fond d'une poche. On serait superstitieux à moins sur ces terres de conflits ! Côté porte-bonheur, Vincent disait toujours à son cameraman : « Mon fétiche, c'est toi, Tintin. » Il se gardait bien de parler de la petite croix en bois que lui avait donnée sa grand-mère en affirmant que le petit Jésus le protégerait partout.

On l'appelait Tintin parce qu'il fouinait partout. On aurait pu l'appeler Milou. Parce qu'il rapportait toujours. C'est vrai qu'il ne volait pas ses images, Armand. Comme cette nuit-là où il avait traversé à pied un col enneigé, la caméra sur le dos pour aller filmer, de l'autre côté, des villages qui brûlaient. Il avait bien failli se geler les arpions en suivant cet inconnu qui lui avait servi de guide. Son reportage ne fut pas qu'un simple témoignage sur l'épuration ethnique au Kosovo. Mais une preuve tangible qui accusait les Serbes.

L'enfant courait devant. Tintin suivait sa fuite dans l'œilleton du viseur lorsque le garçon trébucha, gêné sans doute par sa djellaba trop serrée qu'il tenait retroussée, comme la robe d'une femme, pour allonger son pas. Il avait roulé dans la poussière. Les cailloux avaient lacéré sa peau. Tintin resserra lentement son cadre. Gros plan sur ce visage de gosse perdu. Sur ses joues coulaient des larmes de détresse.

Deux bras avaient saisi l'enfant et l'avaient tiré à couvert dans un recoin de mur, à l'opposé de la rue. Zoom arrière. Plan moyen sur le père qui s'était couché sur le corps de son fils, dans un geste d'amour et d'ultime protection. Les tirs redoublaient.

– Arrête, Tintin ! Recule ! Tu vas t'en prendre une, hurla Vincent, allongé contre son rideau de fer.

Mais, sourd à cet avertissement, le cameraman s'était relevé. Quittant son abri de fortune derrière les voitures, il s'avançait lentement, comme aimanté par cette scène du père et de son fils. La fusillade avait cessé. La rue s'était vidée.

Armand glissait ses pas sur le sol pour éviter de faire trembler l'image. Ignorant le danger, il s'approchait, se laissant aspirer par un long plan séquence qui le poussait à traverser la rue. À peine avait-il franchi l'angle mort de la maison qui le préservait du champ des tireurs qu'un coup de feu claqua.

Il s'était d'abord raidi, sous le choc de la balle, avant de plier ce genou qui ne le soutenait plus. Il s'affaissa sur le sol, vrillant son corps dans un dernier effort, en cherchant à éviter que sa caméra ne vole dans la poussière. Tintin était retombé lourdement sur le dos, en serrant l'objectif contre sa poitrine. Il ne bougeait plus.

Ce syndrome du cameraman invisible les guettait tous. L'œil collé à son viseur, lui aussi avait transgressé, l'espace d'un instant, les frontières du réel. Comme si l'image qui s'interposait dans son cadre, entre lui et le sujet filmé, avait fini par l'extraire de l'action dont il n'était plus que le spectateur désincorporé... Comme ce confrère tué au Nicaragua en cadrant le soldat qui le mettait en joue. Ou cet autre qui avait tourné sa chute dans le crash de son hélicoptère. Ni l'un ni l'autre n'avaient voulu filmer leur mort. Ni héroïques ni courageux, ils n'avaient pas cherché à pousser la conscience professionnelle jusqu'à l'extrême. Ils s'en seraient bien passés. Dans le feu de l'action, ils avaient simplement oublié qu'ils se trouvaient derrière la caméra.

– Tintin, réponds-moi... T'es touché ?... Mais réponds-moi, bordel !

Vincent avait décollé la tête du trottoir. Au-delà des voitures, il apercevait le corps de son ami qui s'était retourné sur le ventre. Allongé dans la poussière, il pointait obstinément son objectif en direction du Palestinien... qui, prostré, adossé au mur, serrait contre lui le corps inerte de son enfant.

– Déconne pas, Tintin, reviens ! Tu vas te faire allumer.

– Mais regarde ! hurlait-il. Les salauds, ils ont tué le gosse.

Accroupi derrière le capot d'une voiture, le journaliste avait du mal à contrôler sa peur. La panique l'envahissait. Maintenant, il pouvait voir nettement, de là où il se trouvait, l'auréole qui se dessinait sur la cuisse de son cameraman. Mêlé au sable, le sang coulait sous son treillis dont il imprégnait la toile.

– Putain ! T'es blessé...

– Merde ! Je pisse le sang.

Il venait seulement de ressentir la douleur qui paralysait sa jambe. En même temps, il avait porté la main sur sa cuisse. Incrédule, il regardait ses doigts couverts de sang. Une sensation de froid lui parcourait le ventre. C'était l'effet du choc provoqué par la balle. Mêlé à la peur qui le gagnait, lui aussi.

– Reviens vite. Essaye de ramper jusqu'ici, suppliait Vincent. Je vais te faire un garrot.

– J'peux pas, gémissait-il. J'peux plus bouger ma jambe.

Sans réfléchir à rien, ni à la mort ni à la peur, le journaliste alors avait bondi. Il avait tiré son ami, sans ménagement, par la ceinture de ses batteries qu'il portait en bandoulière. Jusque dans l'angle mort.

Vincent avait sorti de sa poche un mouchoir. Blanc. Il avait bien fait d'écouter Kalistopoulos, avec son nom à coucher dehors, qui lui avait toujours recommandé d'en avoir un sur lui. Cet ancien de *Paris-Presse*, reconverti en agencier, lui avait raconté comment il devait la vie à une sinusite chronique. Lorsqu'il s'était retrouvé face aux GI's qui arrosaient la jungle autour d'Huê, la cité impériale, il avait accroché son mouchoir au bout d'une tige de bambou. Sans son nez qui coulait, il serait mort aujourd'hui. Depuis il trimballait partout un mouchoir serpillière. « Plus c'est grand, plus c'est efficace. » Telle était sa devise.

Avant, Kali racontait cette histoire dans sa version « corps expéditionnaire d'Indochine ». Avec en face de lui des paras du contingent français. Il ne perdait pas la boule, l'ancien. Il ne mentait qu'à moitié. Les faits étaient les mêmes. Seuls le décor et les protagonistes changeaient. Après tout, l'Indo ou le Vietnam, c'était au même endroit ! En confondant les deux guerres, Kali inconsciemment se rajeunissait d'une bonne décennie, non par coquetterie, mais avec l'illusion de gommer les années qui le séparaient de cette génération montante. Celle des grands reporters de la télé qui envahissaient désormais les bars d'hôtels, le soir, après avoir envoyé à leur rédaction leur mise en scène du jour. « Derrière moi, un panache de fumée... »

Il ne les aimait pas, ces frimeurs, mais il avait peur de décrocher, Kali. Il résistait en opposant son expérience à ces gamins qui n'y connaissaient rien, à la guerre. Lui savait. Il avait vécu ce qu'ils ne vivraient jamais plus. Puisque aujourd'hui la moindre opération militaire était médiatisée, et que la plupart de ces nouveaux héros ne se déplaçaient qu'« embarqués ».

Mais que Kali le veuille ou non, la presse écrite avait perdu l'affaire. L'image emportait tout. Il ne lui restait plus qu'à raconter ses histoires de mouchoir. « Ça ne protège pas forcément d'une rafale, avait-il reconnu, mais en l'agitant ça te permet de signaler ta présence. » Il avait conseillé à Vincent de crier, avant de se montrer, pour qu'en face on puisse le reconnaître, à son accent français... Ce qu'il fit, avant de s'avancer dans cette rue de Ramallah sur laquelle gisait son équipier blessé. « Ne tirez pas.

Télévision française », hurlait-il... Il avait l'impression d'avancer vers la mort.

Derrière le coin d'échoppe qui lui cachait l'enfilade de la rue, avec au bout les tireurs postés, il avait d'abord passé un bras, celui qui tenait le mouchoir, puis l'autre. Puis la tête, avant de se trouver nez à nez avec le canon d'un fusil. Deux colonnes descendaient. De chaque côté de la rue. Après avoir dispersé la foule, les Israéliens ratissaient le quartier. On entendait encore quelques tirs lointains. À l'oreille, Vincent reconnaissait le crépitement nerveux des armes du Fatah.

Toute la journée, ce concert guerrier qui accompagnait les cris déchirés du cortège funèbre avait secoué la ville. Trois corps, soulevés dans leurs brancards mortuaires, avaient flotté, des heures durant, au-dessus des têtes, chauffées par le soleil et l'hystérie collective. La foule ivre de haine et d'impuissance exposait ses martyrs à la colère d'Allah, appelant au djihad, exprimant, par ses slogans outrés, ses accents gutturaux, par les effigies et les drapeaux brûlés, sa soif de vengeance. Avec devant, derrière, sur les toits, tout le long du parcours, les hommes du Fatah qui vidaient leurs chargeurs, comme pour dégorger le ciel de ses larmes de sang. À défaut de pouvoir tourner leurs balles contre Israël, ils excitaient la foule en chauffant les esprits, dans cette ambiance de combat qu'ils ne pouvaient mener. Parqués dans Gaza, ou cloîtrés derrière les murs de béton de la Cisjordanie, ils rêvaient d'attentats, sans autre issue que de se confronter dans leurs luttes fratricides, disputant au Hamas un pouvoir sans lendemain.

Qui avait tiré le premier ? Le Hamas, le Fatah, l'armée israélienne ? Peu importe. N'était-ce pas ce qu'ils attendaient, les uns et les autres ? En découdre ?

La conférence de presse des attachés militaires de Tsahal expliquerait dans la soirée qu'un soldat avait été touché par balle alors qu'il observait les mouvements de foule, debout sur la tourelle d'un char... que les Palestiniens jetaient des pierres et des cocktails Molotov sur le cordon de sécurité mis en place pour contenir les débordements... qu'une fois de plus, on avait poussé les enfants devant, pour approcher les lignes de bouclage... Un second soldat était tombé. La riposte à tirs tendus avait suivi pour dégager l'unité menacée. Et va, pour l'enfant mort !

De l'autre côté du mur, à l'ombre des bougies, dans une ambiance de deuil, portée par le murmure des larmes, les groupes rassemblés dans les maisons accuseraient l'occupant juif de vouloir juguler l'islam et chasser de Palestine son peuple légitime à force de misère et de répression. Et des voix s'élèveraient dans la nuit étouffante des rues de Ramallah pour jurer la destruction par le feu et les armes de l'État d'Israël.

Le soldat fit signe à Vincent de remonter vers l'arrière de la colonne. Son lieutenant parlait français. Un Lyonnais d'origine qui ressemblait plus à un étudiant qu'à un chef de section. Il avait quitté la Croix-Rousse à quinze ans. Son grand-père, qui avait vécu son enfance dans le ghetto de Varsovie, rêvait de finir ses jours en terre sainte. Il l'avait accompagné et il était resté. D'abord dans un kibboutz, puis il avait fait l'armée pour que vive Israël. Ce petit lieutenant frêle et volubile donnait l'impression de vouloir se justifier en attendant l'ambulance. Il savait que la presse de son pays d'origine ne soutenait pas les représailles militaires de son pays de cœur. C'est lui qui avait ordonné d'ouvrir le feu pour dégager la rue.

Tintin tenait sa jambe, soulagé par cette présence israélienne. L'instant d'avant, il n'en menait pas large. Son sang coulait, malgré la ceinture qu'avait serrée Vincent autour de sa cuisse. Il avait bien failli tourner de l'œil en pensant que son nom risquait d'aller grossir la liste des centaines de journalistes anonymes, morts chaque année au champ de l'inutile... Montrer l'atrocité d'une guerre n'a jamais empêché le déclenchement d'une autre.

Le frêle lieutenant suivait l'avancée de ses colonnes, balayant d'un regard agile, sous son casque sanglé, les terrasses des maisons, nids de tireurs isolés.

- C'est le Fatah qui vous a tiré dessus, affirma-t-il en désignant les toits. Ils n'aiment pas les journalistes.

– C'est peut-être aussi un tir de chez vous. Il était...

– Non, c'est le Fatah. Là où je vous ai trouvés, ça ne pouvait être que le Fatah.

Vincent se garda bien d'insister. Un tir israélien ? Une hypothèse incongrue ! Et comme personne n'irait vérifier la facture de la balle dans un laboratoire de balistique... Pourtant, Tintin se trouvait, certes imprudemment, mais à l'évidence, au milieu de la rue quand le coup de feu l'avait fauché.

En face, l'homme s'était levé, avant l'arrivée des soldats. Son enfant mort dans les bras, il avait disparu avec la foule, en psalmodiant des incantations qui pouvaient être aussi bien comprises comme une supplique à Allah, pour lui offrir l'innocence de son fils, que comme un cri de vengeance, jeté à la face d'Israël comme un crachat de haine.

*

Vincent fut, ce soir-là, la vedette de l'hôtel. Dans le hall, au bar, dans le salon aménagé pour la presse, il racontait ses exploits à qui l'interrogeait, enjolivant sa version à chaque nouveau récit. Dans leur club fermé, quand un journaliste était pris sous le feu, c'était un héros. Alors blessé, pensez donc ! Il entrait dans la légende et portait sa blessure comme une décoration. Sauf que celle-là, c'était celle de Tintin...

« Nous, on n'a rien vu de cette fusillade avec les Israéliens. On a raté les images. C'est con ! On suivait le cortège », avouait le petit Sanchez, le cameraman de la troisième chaîne espagnole, qui collait souvent à son copain français dans les manifs dangereuses. « Faut avoir du pif, c'est tout », avait répliqué Vincent, un brin frimeur.

« Vous avez dû avoir une sacrée trouille ? » insinua le perfide Tom Baker, l'envoyé spécial de la BBC qui avait failli y passer, lui aussi. À Bagdad.

Dans cette ambiance de conférence de presse, le héros du jour avait réponse à tout : « On était bien planqués. Tu sais, Tom, c'est pas la première fois... J'ai eu un maître en la matière. Kali. Tu ne l'as pas connu. Un ancien du Vietnam. Un grand. Un vrai. » Vincent se laissait pousser des ailes, en pensant au Grec et à ses envolées lyriques... quand le gros Mike du *Washington Post*, matois et grinçant, vint le cueillir de son accent pâteux, culotté au whisky. « Et Tintin, comment il va ? »

C'est vrai qu'il volait la vedette à ce pauvre Tintin qu'il avait dû abandonner à l'hôpital militaire. Le médecin chef avait décidé de le garder deux ou trois jours avant son rapatriement sanitaire. Au pire, il traînerait la patte pendant quelques mois, avant de pouvoir reprendre sa caméra. En attendant, l'intifada, c'était fini pour lui.

Vincent l'avait accompagné dans l'ambulance, sans pouvoir lui tenir la main plus longtemps. Il fallait remonter par satellite les images à Paris. Et quelles images ! Des séquences rares et fortes qui feraient l'ouverture du journal. Le chef d'édition lui avait confirmé. Il lui avait laissé le temps de peaufiner son reportage pour ne prendre la liaison qu'un quart d'heure avant le direct. On lui faisait confiance. Tintin et lui faisaient toujours du bon boulot.

*

Le téléphone l'avait réveillé en sursaut. Quatre heures du matin. Vincent avait déjà eu assez de mal comme ça à s'endormir. Il se demandait bien qui pouvait l'appeler en pleine nuit. Il avait dû se passer quelque chose de grave... Les affrontements avaient-ils repris à Ramallah ? À moins que Tintin n'ait été victime d'une complication sérieuse. Une hémorragie. La gangrène. Rien que d'y penser, ses tempes s'étaient mouillées de sueurs froides.

– Oui, c'est Vincent... Qu'est-ce qui se passe ?

– J'te réveille, mon pauvre vieux. C'est Pelletier.

– Tu fais chier, Pelletier. Tu sais l'heure qu'il est ?

– Une heure du matin à Paris... Je te réveille peut-être, mais nous, on n'est pas près d'aller se coucher. À cause de toi... Tu nous as foutus dans une sacrée merde...

Pelletier était le rédacteur en chef de nuit. C'était lui qui assurait le contact avec les envoyés spéciaux. Respectueux de leur confort, il n'appelait généralement qu'après avoir consulté sa carte des fuseaux horaires, en prenant garde de ne pas troubler leur sommeil. Ce qui n'était visiblement pas le cas, cette nuit-là, pour Vincent.

D'ordinaire, il leur transmettait les commentaires et le débriefing du « 20 heures ». Les critiques, les remarques, les consignes. Avec de temps en temps un *satisfecit* de la direction. Ça met toujours du baume au cœur quand on est coupé de sa rédaction, à des milliers de kilomètres de distance et d'incompréhension. Mais là, il le réveillait pour l'engueuler.

– Qui est-ce qui t'envoie ? se renfrogna Vincent. C'est Sénéchal ?

– Sénéchal ! Tu plaisantes. Il a essayé de vous couvrir, mais c'est monté jusqu'à la présidence. Le vieux avait mis son costume de pingouin. Il a dû annuler un dîner important. Il était dans un état, je ne te dis pas ! Parce que ton reportage à peine diffusé, l'ambassade d'Israël appelait. Après, il a eu droit à la permanence du Quai. Demain ce sera le ministre. Et ça n'est pas fini. Tu n'imagines pas le pataquès que tu nous as foutu !

Le reportage de Vincent avait déclenché un tir de barrage diplomatique au moins aussi fourni que celui qu'ils avaient essuyé la veille. Il était reproché à la chaîne d'avoir diffusé des images provocatrices, sorties de leur contexte, et d'entretenir une vision caricaturale des événements. En un mot, de relayer la propagande des ennemis d'Israël...

– ... antisémite, pendant que tu y es !

– Je n'ai pas dit ça. Mais on t'accuse quand même d'être du côté des Palestiniens.

– Je rêve !... Tout ça parce qu'on a montré un môme qui se faisait tirer comme un lapin dans les bras de son père ! Eh ben, ça, Pelletier, tu ne m'empêcheras pas de le faire. C'est mon métier. Pour un petit Israélien, j'aurais fait la même chose. Et pour n'importe quel autre enfant, quelle que soit la couleur de sa peau.

– Oui, d'accord... Mais eux disent qu'on n'en fait pas autant lorsqu'un terroriste se fait exploser dans un car scolaire.

– Comment tu oses dire ça ! Et l'autre jour, après l'attentat d'Haïfa, qu'est-ce qu'on a montré ? Qu'est-ce qu'on a dit ?

– Calme-toi ! Moi, je ne fais que rapporter les commentaires du patron. Pour le reste, tu te démerdes avec Sénéchal. D'ailleurs, il va t'appeler demain...

Vincent ne supportait pas qu'on puisse mettre en doute son intégrité. D'autant qu'il s'était toujours refusé, dans ce conflit, à jouer le camp des bons contre celui des méchants. La guerre n'est légitime que pour ceux qui la font. Seule l'Histoire peut juger. Le plus souvent au gré des vainqueurs et au malheur des vaincus. Lui ne voulait voir dans cette intifada qu'une succession de drames, d'injustices et de morts. C'était son rôle de témoin.

Le lendemain matin, à l'heure où les grands reporters s'étirent dans les fauteuils d'hôtel à la recherche de leur signature dans les pages des journaux, ils étaient tous venus féliciter Vincent, un bock de café à la main. Cette fois, ils avaient pu voir dans leurs chambres les images choc de l'équipe française, reprises dans les « morning-news » des télés du monde entier. Sauf la sienne. Sa chaîne n'avait pas cru bon de rediffuser cette séquence terrible. Quelques plans de foule et des gens qui couraient dans la rue. Les événements de Ramallah avaient été expédiés en moins de trente secondes. Pelletier ne l'avait pas prévenu. Si ça, ce n'était pas de la censure !...

Vexé, bafoué dans son honneur de journaliste, celui à qui ses confrères étaient venus dresser des couronnes de laurier s'était bien gardé d'exprimer devant leur club sa déprime et sa rage. Ses insomnies. Ses doutes. Ses états d'âme de la nuit. À ceux qui s'étonnaient d'une telle mélancolie, il répondait pudiquement qu'il pensait à Tintin. Qu'il se faisait du souci pour son ami.

– Qu'est-ce que tu fais aujourd'hui ? Tu viens avec nous ? On va flairer l'ambiance, avait proposé le petit Sanchez. Si tu veux, je te ferai des images, puisque tu n'as plus de cameraman.

Vincent avait menti à l'équipe espagnole. Il était soi-disant booké pour le « 13 heures ». Paris comptait sur son commentaire en direct, à propos des événements de la veille. Surtout après l'émotion qu'avait dû susciter son reportage.

En réalité, il avait passé la matinée enfermé dans sa chambre, ruminant sa colère, dépité, ulcéré devant la lâcheté de sa direction. Depuis les premières heures de l'aube, le spectre de son moral avait pris des allures de courbe du CAC 40. Avec des pics d'adrénaline vertigineux, suivis de creux abyssaux qui frôlaient le dégoût et le renoncement. Décidément, il n'y avait rien à faire. Ces gens-là ne connaissaient que l'insolence du fric, l'influence des lobbies et la loi du pouvoir politique. Inutile de brandir sa déontologie comme un drapeau. De parler honnêteté, valeurs. Cœur. Autant de mots grossiers brisés par les discours d'intérêts supérieurs. Métier de con ! pensait Vincent. Un journaliste libre est un homme en danger... Vivement que Sénéchal l'appelle. S'il continuait comme ça, il allait bientôt donner sa démission.

En plus, il fatiguait. Il n'avait pas réussi à trouver le sommeil après quatre heures du matin. Il était monté sur le toit de l'hôtel. À la lueur de sa torche électrique il s'était faufilé entre les câbles et les paraboles des retransmissions satellite. Sous la tente de la postproduction, mise à la disposition des journalistes, il avait visionné et revisionné son reportage. Il revivait la scène. Et plus les images défilaient devant ses yeux embrouillés par le doute, plus il s'enorgueillissait de les avoir diffusées.

Certes, il avait monté la séquence en longueur... l'enfant qui courait. La terreur qui l'habitait. Sa chute... Avait-il déjà été touché à cet instant par la balle ? Impossible à déterminer, même au ralenti. Même image par image. Son regard paraissait déjà vide quand son père l'avait traîné à l'abri du mur. Il s'était couché sur lui, croyant le protéger. Les balles impactaient autour d'eux, sur la pierre. Et lorsqu'il s'était redressé, son fils dans les bras, le sang perçait sous la djellaba de l'enfant.

Vincent le savait, on lui opposerait le sensationnalisme. Le choc des images. Peut-être ! Mais qu'avait-il fait d'autre, sinon que de diffuser un instant de vérité ? La vérité dérange... On l'accuserait de s'être laissé abuser par l'effet démultiplicateur des images. Foutaise ! La mort d'un enfant n'a nul besoin de mise en scène pour heurter les consciences et révolter l'opinion. Et à ceux qui prétendent qu'un fait isolé ne vaut rien hors de son contexte, Vincent répondrait qu'il leur fallait une sacrée dose de cynisme pour s'arranger ainsi des morts collatérales...

On dénoncerait encore le champ réducteur du détail, déclencheur d'émotion. Caricature toujours ! L'émotion ne serait donc porteuse que de mauvais sentiments ? Et s'il est vrai que la mort injuste d'un enfant tire le téléspectateur plus facilement de sa torpeur qu'un long panoramique sur des chars éventrés, eh bien, tant mieux ! Il est parfois utile et salutaire de secouer les salons, habitués, par la télé, aux guerres sur canapé.

Voilà ce que Vincent dirait à Sénéchal ! Malgré ses réticences à devoir se justifier d'un scoop, capté au péril de leur vie, surtout celle de Tintin, et que la presse internationale, ici, leur enviait. Il espérait que le boss comprendrait. C'était un journaliste comme eux...

Mais Vincent avait tout envisagé, sauf d'être confronté à des insinuations, à peine voilées.

– Tu dois être content. Depuis ce matin, ton reportage passe en boucle sur Al-Jezira. Tu imagines l'utilisation qu'ils en font ? Israël tueur d'enfants.

Sénéchal l'avait cueilli sèchement. Il faut dire qu'il venait de se faire engueuler, une nouvelle fois, par le président, pris sous le feu croisé de l'ambassade et du Quai d'Orsay dont les colères conjuguées portaient désormais sur la reprise des images par les télés du monde entier. Coup monté, manipulation, complot, tout y était passé.

Pourtant, le directeur de la rédaction s'était plié aux ordres. Il avait bloqué la rediffusion du reportage, dans les éditions du matin et celle du « 13 heures », mais il avait oublié le gars des échanges internationaux, abandonné dans son bocal, au cinquième. Les consignes n'étaient pas montées jusqu'à lui, et il avait vendu à tour de bras la séquence de Ramallah. Son téléphone n'avait pas cessé de sonner, comme dans les grandes occasions. Et lorsqu'il s'était pointé à la conférence de rédaction du lendemain, il était trop tard. La planète entière diffusait les images. Qu'est-ce qu'il en savait, lui, là-haut ? Personne ne l'avait prévenu.

– Tu te rends compte, s'indignait Vincent. Nous sommes la seule télé à ne pas diffuser ces images. Nos propres images !...

On ne va pas se laisser intimider, merde ! Si le « vieux » pétoche, explique-lui ce que c'est que le journalisme.

– Écoute, Vincent ! En ce moment, l'actionnaire ne veut en aucun cas se brouiller avec Israël. Il est en affaires. Je me fais bien comprendre ?

– Autrement dit, je m'écrase. Et Tintin s'est pris une balle pour rien... À propos, peux-tu m'envoyer un autre cameraman ? En dehors de ces conneries, il y a encore de quoi faire ici. J'ai des propositions de reportages à te soumettre...

– Tintin, on le rapatrie aujourd'hui, par un avion du Quai. Et toi, tu rentres avec.

– Déconne pas, Sénéchal. Envoie-moi un autre cameraman, j'te dis. C'est pas fini...

– Pour toi si, c'est fini. Tu ne peux plus travailler en sécurité là-bas. Ils t'ont dans le collimateur. Je n'ai pas envie que tu te prennes, toi aussi, une balle perdue. Ben Simon et Fillipi vont vous relever. Ils sont déjà en route... Tu fais ta valise et tu rentres ce soir. Ça calmera le jeu.

Caché derrière ses Ray Ban, Vincent en avait les larmes aux yeux. Il avait passé des heures à ruminer, assis sur sa valise, dans un coin de l'aéroport. Écœuré par tant d'injustice. C'était le monde à l'envers. Puni pour cause de document exclusif. Ses convictions venaient d'en prendre un sacré coup. Sitôt rentré, il n'avait plus qu'à démissionner. À quitter ce milieu pourri qui préférait le bizness à l'info.

Il était sorti de l'hôtel par une porte de service. Pour éviter d'avoir à s'expliquer devant les autres.

C'était trois ans plus tôt.

Chapitre 3

Marie-Ange avait beau agiter sa carte de presse, le sésame des reporters n'avait pas l'air d'impressionner la fille, à l'intérieur, qui faisait de grands gestes pour lui indiquer que la librairie était fermée. Un dimanche, on s'en serait douté. « Je viens pour l'enquête », criait la journaliste de l'autre côté de la vitre. Peine perdue. La vendeuse sentinelle remuait de plus belle ses avant-bras comme des essuie-glaces désynchronisés, articulant pour mieux se faire comprendre ses lèvres charnues, cerclées de rouge, qui lui donnaient l'allure d'un poisson rouge affolé dans son bocal. Le filet de sa voix étouffée qui parvenait jusqu'à la rue laissait entendre qu'on n'ouvrait à personne, et encore moins aux journalistes.

– Je vous l'avais bien dit, mademoiselle, soupira le policier posté devant l'entrée.

Marie-Ange releva le col de sa gabardine. Il pleuvait. La Grande Braderie prenait l'eau et les frites ramollies suintaient l'humidité. Les terrasses ne connaissaient plus l'affluence de la veille. Seuls quelques irréductibles s'aventuraient sous les parasols aux toiles tendues, sur lesquelles tambourinait la pluie avant de rebondir sur le bord des tables. Obligeant les amateurs de moules à se serrer les uns contre les autres. C'était ça aussi, le charme du Nord. Changeant. Il suffisait d'attendre le retour du soleil. L'espoir est une vertu cardinale dans ces pays où domine la grisaille.

Sénéchal avait appris la mort de Vincent par la préfecture de police quelques minutes seulement avant que ne tombent les « urgents » sur le fil des agences.

« Flash – 19.22 : un journaliste assassiné. »

Le chasseur de scoops finissait sa carrière comme il l'avait commencée. Dans la rubrique des faits divers.

Les bras pantelants dans son fauteuil, le patron était resté sans voix. Ainsi figé jusqu'à ce que Rigaud vienne l'extraire de ses réflexions végétatives en poussant la porte de son bureau. Il ne bougeait plus. Il donnait même l'impression d'être bloqué, autant dans sa respiration que dans ses gestes et son regard. Sous le choc de cette invraisemblable nouvelle : la mort violente d'un journaliste de sa rédaction...

Pourtant des épreuves, il en avait connu ! Passé le temps de l'émotion, il avait toujours su se ressaisir, reprendre l'initiative et calmer les esprits. Lorsqu'il envoyait une équipe sur un coup périlleux, il tendait le dos. Mais c'était le jeu. Il assumait. Comme il l'avait fait pour Labrousse dont le corps fut retrouvé criblé de balles en Irak. Les autorités de Bagdad avaient clos cet épineux dossier en affirmant que de loin, avec sa caméra sur l'épaule et sa ceinture de batteries, les soldats l'avaient pris pour un tireur de roquettes. Ils s'étaient sentis menacés... C'était la même version qu'avaient donnée, trois ans plus tôt, les Israéliens, après avoir enfin admis que Tintin avait été touché par un tir de Tsahal.

Sénéchal assumait les risques du métier. Tant qu'une perte professionnelle relevait de l'accident, il affrontait le deuil, les rébellions douloureuses et les sous-entendus compassés. Sans état d'âme apparent.

Il y avait, chez ce briscard, de la logique militaire. Les grands reporters partaient au feu comme des soldats. Mais cette fois !... Il était confronté à une situation différente, bien plus embarrassante. Il pressentait l'embrouille. Et s'il pouvait s'affranchir cyniquement de la mort d'un homme en mission, les retombées de celle-là risquaient d'éclabousser la chaîne, en prenant rapidement une tournure politique. D'autant que le préfet de police, en avançant l'hypothèse d'un tueur, s'interrogeait déjà sur le commanditaire. Et pourquoi pas lié aux activités professionnelles de la victime ? Nul ne pouvait l'écarter.

Rigaud était entré, blême, dans le bureau du chef, sa dépêche à la main. « On a buté Vincent ! » avait-il lancé. Comme si la distance argotique pouvait masquer son trouble. Il tremblait comme une feuille. Avaient suivi Dassonville, Maertens, Élise, incrédules... puis toute la rédaction, venue s'entasser dans la cage en verre du patron. « Qu'est-ce que c'est que cette histoire ? » se demandaient-ils tous, abasourdis.

Bien sûr qu'il n'y comprenait rien non plus, Sénéchal. Vincent avait quitté le terrain des conflits dangereux. Ses interlocuteurs étaient désormais les diplomates du Quai d'Orsay. Il vivait seul et ne pensait qu'à écrire ses bouquins. Qui donc lui en voulait au point d'avoir signé un contrat sur sa tête ? Bien entendu, on pouvait toujours imaginer qu'il avait, comme beaucoup, sa part de vie cachée. Une faille. Un vice insoupçonné. Mais personne, ici, n'avait la moindre idée d'éventuels dédales de ses jardins secrets.

– On est à une demi-heure du journal. Qu'est-ce qu'on fait ? interrogea Denis, le chef d'édition, brisant ainsi la stupeur collective d'un revers de cynisme affecté. Comme si, dans l'urgence, la fibre journalistique pouvait reprendre immédiatement le dessus.

– C'est l'ouverture... s'empressa de réagir Sénéchal, capitaine de l'info, instantanément remonté sur le pont du « 20 heures », et qui trouvait là l'occasion de camoufler, par la vivacité de ses réflexes d'antenne, son manque de réaction... On met une photo de Vincent, en vignette. Denis, fais sortir son dernier reportage. Je me souviens de lui, devant la cache de Ben Laden en Afghanistan... Dassonville, tu le connaissais bien. Tu grattes une minute trente vite fait de commentaire. Bien entendu... c'était le meilleur d'entre nous...

La mort de Vincent valait bien la une du journal. Dans l'opinion, l'assassinat d'un journaliste ne passerait pas inaperçu. Encore moins chez ses confrères de la presse.

*

La pluie redoublait. Marie-Ange sentait déjà monter une désagréable sensation d'humidité au travers des fines semelles de ses chaussures d'été. Si ça continuait comme ça, elle irait s'acheter des bas. C'est vrai ! Pour une fin de mois d'été, on se serait cru en plein cœur de l'automne.

Le matin, avant de partir, elle avait hésité entre sa veste bleue de chez Courrèges, au cas où elle passerait en direct à l'antenne, et sa gabardine façon reporter de cinéma qu'elle adorait porter. La radio venait d'annoncer des températures dans le Nord comme on les imagine toujours depuis Paris. Heureusement qu'elle était pressée, elle avait saisi le premier cintre venu dans sa garde-robe foisonnante. C'était la gabardine... Le taxi attendait depuis un bon moment sous ses fenêtres. Son train partait dans moins d'une heure. Et avec les embouteillages...

Marie-Ange était l'une des rares journalistes à s'habiller en femme. Au début, elle avait réfréné une élégance naturelle et des contours flatteurs sous des jeans Cloé et des blousons « tendance » dont elle ôtait la griffe pour aller faire la planque sur les faits divers, comme tous les jeunes qui débutent dans l'info.

Elle avait commencé à découvrir ses jambes lorsqu'elle était passée des faits divers au service politique. Les rédacteurs en chef ayant compris, depuis Giscard, qu'il était plus malin d'envoyer des jolies filles, plutôt que des barbons, dans les couloirs des ministères, pour y glaner des tuyaux. Un coup de jupe et hop ! Du président au plus obscur des attachés parlementaires, les confidences s'égrenaient, portées par l'illusion des séductions éphémères. Le procédé n'était pas glorieux. Sexiste et racoleur, il s'avérait toujours d'une redoutable efficacité.

Lassée par la compétition de toutes ces journalistes qui se rêvaient en « première dame de France », Marie-Ange avait remis à Sénéchal son tablier d'aguicheuse, après avoir quand même signé deux livres à succès, du genre « confidences sur canapé ». Elle avait fait le tour de ces connivences politiciennes où l'un est le jouet de l'autre. Le courtisan, du courtisé. Le journaliste, du politique. Le miroir, de l'apprenti sorcier.

À trente-cinq ans, elle avait retrouvé avec bonheur son métier d'enquêtrice qui la faisait naviguer des grandes affaires du moment aux reportages de société.

Quand le studio du journal se fut éteint sur la carrière inachevée de Vincent, les discours et les hypothèses s'étaient relayés au cœur de la rédaction, dans une ambiance de veillée d'armes et de sonnerie aux morts. Après que chacun y fut allé de son meilleur souvenir, puis de ses hypothèses, Sénéchal avait entraîné Marie-Ange sous sa verrière.

– Tu connaissais bien Vincent, avait-il affirmé.

– Oui. Mais pas comme tu crois.

– Tu le connaissais quand même mieux que les autres ?

– Je n'ai pas couché avec lui, si c'est ce que tu veux dire. Mais on s'entendait bien.

– Je te respecte, Marie-Ange... et j'ai confiance en toi... Je voudrais que tu fasses l'enquête. Dès demain. Éditions de 13 heures et de 20 heures. Tu partiras avec Lemarchand pour les images. Vous filmerez ce que vous pourrez. C'est-à-dire pas grand-chose, dans ce genre d'histoire. Mais après je voudrais que tu poursuives en off. Pour nous. Hors caméra. On a besoin de savoir. On ne peut pas se contenter des rapports de police. Tu resteras le temps qu'il faudra...

Auréolée de la confiance du chef, la journaliste était donc partie, le lendemain. En mission plus qu'en reportage... Colombo mode Paul K, elle piétinait sur le trottoir, les talons aiguilles mouillés jusqu'aux chevilles, s'interrogeant sur la méthode à suivre pour se glisser au mieux dans la peau d'un privé. Tandis que Lemarchand volait quelques portraits, depuis un abribus, parmi la faune de ces voyeurs de drames qui défilaient déjà, malgré la pluie, devant la librairie du crime.

Pour éviter les gouttes, la jeune femme s'était collée contre la porte vitrée. À côté du flic en faction qui n'osait pas la faire circuler.

– Pourquoi ne laisse-t-on pas entrer les journalistes ? avait-elle demandé.

– On attend le commissaire Carrera de la Mondaine de Paris. C'est lui qui décidera...

– La Mondaine ? Quelle idée ! Remarquez, si c'est Olivier, je le connais par cœur.

La main en visière, posée sur la vitre, elle avait d'abord scruté l'intérieur. On n'y voyait pas grand-chose. En se retournant, elle avait croisé le regard de Vincent. L'affiche était toujours là. Comme un faire-part illustré. Front contre front, elle avait eu la désagréable impression de se pencher sur le cadavre d'un ami qu'elle avait vu encore hier, avant qu'il ne prenne sa voiture pour venir honorer ici son rendez-vous avec la mort. La photo au tirage blafard offrait une trame de circonstance. L'image d'un temps déjà oublié. Le frisson qui l'avait parcourue alors n'était ni dû au froid ni à l'humidité. Elle n'arrivait pas à se faire à l'idée que Vincent puisse commencer à pourrir sous un drap à la morgue, réduit à une étiquette accrochée au bout d'un orteil, comme un quartier de bœuf numéroté.

La veille encore, ils buvaient un café. Vincent allait partir. Il lui avait dit : « Si je vends cent bouquins, je te paye un gueuleton. » C'était un joke entre eux. Combien en avait-il vendu ? Qui avait emporté sa dernière dédicace ?... « Pour tes grands yeux clairs qui illuminent le crépuscule d'une profession fossilisée », avait écrit pour elle, sur un exemplaire tout chaud, sorti des presses, ce séducteur écorché. Presque une déclaration ! Elle n'y avait pas pensé... Promis ! Elle lirait *Le Seigneur des dos-pelés*, en mémoire de lui. Elle n'avait pas encore eu le temps.

À grands pas, sous la pluie, Carrera était arrivé, encadré par deux autres poulets mouillés. Avec leurs impers, bleu et kaki, ils avaient l'air de ce qu'ils étaient. Il y a des professions comme ça où l'accoutrement a valeur d'uniforme.

– Qu'est-ce que tu fais là, ma chérie ? s'était étonné le commissaire parisien, avant d'embrasser Marie-Ange, devant le planton médusé.

– Comme toi, j'enquête. Tu sais que c'est un journaliste de chez nous ?... Dis-moi, Carrera ! J'ai besoin d'une petite faveur. Laisse-moi entrer. J'ai une priorité sur ce coup-là.

– Toi, ma beauté, avec tout ce que tu me demandes, tu vas me devoir un sacré paquet de tuyaux. Je tiens les comptes, tu sais...

Marie-Ange avait l'impression de pénétrer dans un sanctuaire glacé où se propageaient le silence et l'encens. La libraire en avait fait brûler toute la nuit, bâtonnet après bâtonnet, pour dissiper l'odeur de la mort plus prégnante dans les esprits que dans l'atmosphère lourde de son magasin.

La journaliste s'était avancée vers la scène du crime, isolée comme d'habitude par les calicots des légistes et des inspecteurs de la première heure. Guère mieux que l'étiquette de la morgue, il ne restait de la présence de Vincent qu'un ectoplasme de craie, dessiné sur le parquet. Elle en avait croisé, de ces silhouettes recroquevillées, Marie-Ange. Elles se ressemblaient toutes. Vincent avait perdu tellement de sang qu'on n'avait pas pu dessiner entièrement les contours de sa tête. Elle était remplacée par une flaque brunâtre à peine séchée. Comme si son crâne s'était vidé.

Une main sur la bouche, un bras soutenant l'autre, Marie-Ange était restée figée dans une attitude de perplexité interdite. Elle ne parvenait pas à détacher son regard de ce mannequin crayeux évaporé du sol. Ce n'était pas possible. Pas Vincent. Pas lui. Mais pourquoi ? La mort est une abstraction vertigineuse lorsqu'on ne la voit pas. Pour l'instant, elle préférait l'imaginer parti pour l'une de ses destinations préférées. L'Afghanistan ou l'Argentine. Comme pour un dernier reportage. Un dernier grand voyage.

Après avoir retenu un long moment ses larmes, la journaliste s'était rapprochée du marquage. Son émotion de femme s'estompait déjà devant la professionnelle qui cherchait à comprendre... Le corps de Vincent avait dû glisser le long de la table avant de s'effondrer sur le sol, en position de fœtus, un bras par-dessus la tête, l'autre croisé sur la poitrine. Il n'y avait pas de conclusion particulière à en tirer. Sinon qu'il était mort certainement sur le coup.

Suivi par les enquêteurs locaux, Carrera parcourait les allées, reconstituant la scène. De la réserve à l'entrée. S'attardant à la caisse pour questionner la libraire. Imaginant le parcours du tueur, mimé par l'un des siens. Slalomant entre les vendeuses, immobiles sur les croix qui marquaient leurs emplacements au moment des faits. Coincées avec leurs airs de circonstance, elles étaient chaperonnées par des policiers en tenue qui donnaient l'impression de les surveiller pour qu'elles ne s'échappent pas. L'une d'elles avait le souvenir vague d'un homme noir. Non pas de peau, mais d'allure. Encore qu'il avait le teint basané. Ou mal rasé. Sombre. Une ombre, furtive comme la vision qu'elle décrivait. Il portait un blouson et une casquette à visière. La casquette, elle n'en était pas très sûre. Mais il avait la tête couverte, c'était certain. Il était passé à côté d'elle sans qu'elle y prête attention. Elle rangeait ses rayons.

Carrera soupesait l'arme du crime, prête pour l'expertise dans son sachet en plastique quand Marie-Ange l'aborda. Depuis l'arrivée de l'équipe de Paris, une question la taraudait.

– Ôte-moi d'un doute, Olivier. Tu es bien toujours le patron de la Mondaine ?... Alors qu'est-ce que tu fais là ?

– Quand une personnalité se fait buter sans raison, tu l'as oublié, Bella, on pense d'abord à une affaire de mœurs, ou à la coke. Si vous étiez des saints dans ta partie, ça se saurait. Surtout pour la sniffette... Remarque, ça n'est pas mieux chez nous.

– Si tu veux gagner du temps, Casanova, je peux t'affirmer que, de sa vie, Vincent n'a jamais touché à la drogue. Il ne supportait pas l'idée de la dépendance.

– Ça, c'est toi qui le dis, ma chérie !... Tiens ! Regarde plutôt ce magnifique revolver tout neuf. Il n'aura servi qu'une fois. L'oiseau qui a fait ça est de haute volée...

Depuis une heure que ce ballet policier faisait ses pointes dans les allées, Marie-Ange observait un autre journaliste qui l'intriguait par ses manières et son silence. Il paraissait tellement studieux et appliqué qu'elle l'aurait pris pour un stagiaire s'il n'avait pas dépassé l'âge. À moins qu'il ne soit passé par la case piston, après un stage de reconversion. Il avait l'air de connaître tout le monde dans la maison poulaga. Les locaux comme la

Mondaine. Suivant Carrera comme un toutou, sans donner l'impression de déranger monsieur le commissaire qui, même s'il les utilisait, n'aimait pas beaucoup avoir les journalistes dans les pattes quand il opérait. Mollasson dans son comportement. La mèche brune, un peu rebelle. La quarantaine. Sapé comme un plouc et laborieux au boulot, il notait tout sur son calepin d'écolier. Et, en plus, il portait un brassard de presse rouge. Respectueux des conventions. Un fayot ! Quoi qu'il en soit, à l'évidence, Marie-Ange n'était pas la seule à bénéficier des faveurs policières. Elle se sentait presque vexée de devoir partager ce privilège avec un débutant.

Soucieuse de tirer ça au clair, elle s'était présentée avec un sourire aigre-doux. Il lui avait répondu fort aimablement. Pas étonnant ! C'était un Belge. Qui venait couvrir de temps en temps des événements au-delà de la frontière. Un journaliste assassiné, ça valait le déplacement.

– Il était connu chez nous pour ses reportages de guerre, précisa-t-il. Vous savez, nous recevons les télévisions françaises, à Bruxelles. Elles sont plus prisées que notre RTB. Et on lisait ses romans aussi. On sait lire le français chez les Wallons.

Le Belge avait de l'humour.

– Vous n'avez pas l'accent, s'étonna Marie-Ange.

– Pourquoi pas ? Je peux vous le faire aussi avec l'accent, savez-vous... C'est mieux comme ça ? Il n'y a vraiment que les Français qui croient que les Belges mangent des frites tous les jours.

Ces présentations gastronomiques terminées, les deux journalistes entreprirent de croiser leurs informations en se gardant des gesticulations de Carrera qui reconstituait de plus belle, imaginant des scénarios inutiles. Que le tueur soit passé à droite de l'allée centrale ou à gauche ne changeait rien dans l'accomplissement du crime. De toute façon, personne n'avait rien vu ni entendu.

Le Belge et la Française, dans leur marché commun d'idées, avaient pensé, tous les deux, à un acte terroriste. Hypothèse vite évacuée. Un attentat n'a d'intérêt que s'il est revendiqué. Il fallait donc attendre, mais c'était peu probable. Car la terreur s'entretient en frappant au hasard une foule, de préférence confinée, dans le but de tuer le plus d'innocents possible. Ce n'était pas le cas. Sinon pourquoi avoir épargné les si belles cibles offertes à la pointe de son canon qu'étaient les vendeuses et la libraire. Non. L'homme en noir était venu pour tuer Vincent. Sa qualité de professionnel ne pouvait être mise en doute. Le commanditaire était donc la clé du mystère. Ils ne trouveraient donc rien ici.

– C'est fini. On remballe, clama Carrera qui paraissait maintenant pressé d'en finir. Vous pouvez redresser le mobilier, nettoyer... et rouvrir demain. On a les photos, les pièces à conviction et tout ce qu'il nous faut. Merci à tous.

– Et ça ? Qu'est-ce qu'on en fait ?

La vendeuse désignait deux cartons dans lesquels elle avait rangé les invendus de la dédicace.

– Ça, on s'en fout, répondit négligemment Carrera. Vous le gardez.

– Je vais les ranger dans la réserve, dit-elle en soulevant le premier carton qui contenait les exemplaires intacts.

– Je vais vous aider, proposa Marie-Ange en se penchant sur le second carton, rempli de livres souillés, ou abîmés par la chute de Vincent.

Emboîtant le pas à la vendeuse, elle avait senti monter aussitôt une répulsion nauséeuse, réalisant que l'odeur âcre qu'elle respirait était celle du sang de son ami. Elle avait bien cru vomir avant d'arriver à la réserve. Là, elle avait machinalement tiré du carton un exemplaire dont la couverture et les premières pages s'étaient pliées, sans doute sous le poids du grand reporteur lorsqu'il avait basculé. Elle déplia une page, puis l'autre. La dédicace était là. Inachevée. « Pour Vincent. De la part de Bel... », puis la pointe du feutre avait glissé hors de la page. Hors de la vie.

Marie-Ange jeta le livre discrètement dans son sac, sans prendre soin de l'emballer. S'il tachait à l'intérieur – tant pis ! – elle nettoierait.

La porte en verre de l'entrée était rouverte. Lemarchand attendait dehors, filmant la sortie des enquêteurs. La journaliste avait rejoint Carrera qu'elle avait saisi par le bras.

– S'il te plaît, dis-moi deux mots sur l'enquête, devant la caméra. Je dois intervenir dans le « 13 heures ».

– Tu sais que je déteste les interviews... C'est bien parce que c'est toi.

– Un peu de pub, ça ne te gâchera pas la vie. On sera quitte pour aujourd'hui... Tiens, mets-toi là... Tu le cadres devant l'affiche de Vincent, lança-t-elle à Lemarchand.

Chapitre 4

Même Kassem, avec son cachet de star, n'aurait pu s'offrir une voiture pareille. Une énorme limousine paquebot. Décapotable. Avec des formes arrondies à l'ancienne dont on mesurait l'épaisseur de la tôle rien qu'au regard. L'œil de Lemarchand ne se trompait jamais. Il lui renvoyait, comme un sonar, la nature profonde des choses. Déformation professionnelle des gens d'image qui auscultent en permanence tout ce qu'ils filment, perçant les sentiments, comme la matière... Quant au cuir de la banquette, il suffisait de le toucher et de s'enfoncer dedans pour en mesurer la souplesse. Le cameraman, qui n'était pas très grand, avait l'impression que seule sa tête dépassait de la carrosserie imposante de ce char d'assaut officiel. Assis à l'arrière, il échangeait ses impressions avec le preneur de son qui tenait son micro au bout d'une perche, droit comme un sceptre. Ils se parlaient à l'oreille, la main devant la bouche. Deux ploucs, engoncés dans le confort d'une voiture de nabab.

Déjà dans l'avion, l'équipage local les avait dorlotés avec un empressement qui sentait la consigne. Les sbires du président étaient passés par là. À l'arrivée, il ne manquait que le tapis rouge pour compléter l'illusion. Ils étaient descendus du Boeing avant les passagers, seuls sur la passerelle comme des hôtes de marque. Dans l'aérogare, ils avaient même coupé à l'épreuve de la douane. Une hôtesse ébène, à la croupe d'antilope, les avait conduits directement dans un salon d'accueil.

D'ordinaire, dans ces pays-là, ils passaient des heures à déballer leurs caisses. À compter les cassettes. À tout vérifier sur le carnet d'admissions temporaires. À éplucher les numéros des caméras. Magnétos, micros, pieds et objectifs, jusqu'à la dernière ampoule de la mandarine. Il y avait toujours quelque chose qui n'allait pas. C'est le moment que choisissait généralement un gros chef, gros et con à la fois. Caressant de ses pattes graisseuses son ventre rempli de bière, il venait leur présenter la facture, en menaçant de séquestrer les appareils. Et eux avec, s'ils protestaient. Plus ça durait, plus le bakchich était lourd.

Cette fois, ils avaient sorti le matériel de leurs caisses en alu à la descente de l'avion, pour éviter d'encombrer les couloirs du palais. Pendant qu'ils se préparaient à monter dans la limousine, caméra au poing et magnéto autour du cou, Antoine Kassem s'était prêté, dans un coin du salon d'honneur de l'aéroport, à un premier débriefing avec le chef de cabinet, venu les accueillir. À vrai dire, on ne savait trop lequel des deux avait passé ses instructions à l'autre.

Puis l'escorte était partie, deux motards devant, le chef de cabinet derrière, dans une DS noire qu'ils devaient conserver dans la graisse, tellement elle brillait.

– C'est quoi, tu crois, cette chignole ? chuchota Plassart, le sondier, en passant la main sur la carrosserie décapotée. C'est bien plus gros qu'une Cadillac.

– Ça doit être de la récupe des pays de l'Est, jaugea le cameraman en connaisseur, je me souviens d'être monté dans une forteresse de ce genre-là, à Moscou, en suivant Eltsine. Elle était rouge grenat. Ils ont dû la repeindre.

Assis à l'avant, à côté du chauffeur, Kassem n'écoutait pas. Il ne leur parlait pas. Hautain, prenant des poses supérieures pour s'assurer qu'il en avait, il échangeait peu avec les équipes de reportage. Pas plus que sur les plateaux avec les équipes de réalisation. Il ne se mélangeait jamais. Raide dans son attitude d'ambassadeur d'un jour, serré dans son costume bleu marine en alpaga léger, il regardait défiler l'Afrique en s'épongeant la nuque.

Car il commençait à faire chaud sur cette portion de brousse qui séparait l'aéroport des premiers taudis de la capitale... Des planches, des tôles ondulées et rouillées, des grappes d'enfants qui couraient dans la poussière, sans oser s'approcher pour tendre la main. Ils avaient reconnu l'escorte du président... Puis des maisons en dur. D'abord en parpaings nus, aux arêtes éclatées. Des magasins de pauvres. Des immeubles jaunes, des cubes sans volets. Une vieille pompe Texaco autour de laquelle s'agglutinaient des jeunes, avachis sur leurs mobylettes rafistolées... À partir de là, les tendances s'inversaient. Les premières villas peintes. Un marché couvert. Des immeubles blancs avec persiennes. Un self-service Exxon. Des voitures japonaises... Puis venait le centre-ville, quadrillé par ses hôtels de luxe, ses enseignes, toutes semblables à celles des autres villes en voie de développement, griffes, marques et franchises de cette nouvelle colonisation de masse qu'on appelait déjà la mondialisation.

Le degré de modernité de l'Afrique s'évalue à ses portions de route qui jalonnent le parcours depuis l'aéroport. Tout commence par une quatre voies, presque déserte, mal entretenue, que recouvre bientôt une piste en latérite rouge, bordée de baraquements. Quelques kilomètres plus loin, l'ancienne rue coloniale, truffée de nids-de-poule, réapparaît lorsqu'on aborde les quartiers pauvres, les plus denses. Elle semble s'enfoncer dans la foule qui arpente les trottoirs défoncés. Pour se jeter comme une rivière polluée dans une avenue large et confortable qui se développe en même temps que les premiers buildings. L'assistance technique, venue de l'étranger, semble avoir déversé là une décennie de subventions du revêtement routier le plus sophistiqué. La circulation redevient fluide. Plus on avance sur cette avenue, généralement Félix-Éboué ou Victor-Schœlcher, du nom des grands abolitionnistes, plus elle se borde de palmiers. C'est qu'on approche de la résidence présidentielle.

Les militaires en tenue léopard donnaient l'impression d'encercler le palais. Il y en avait partout, bardés d'armes et disséminés autour de l'enceinte. L'ambiance n'était guère à la parade. Le gars derrière sa mitrailleuse, installée sur une jeep à l'entrée, semblait prêt à en découdre. Sans doute le même qui se retournerait contre le général-président si d'aventure les rebelles parvenaient à soulever les faubourgs... Le décor était posé. Le pouvoir se maintenait en place à la pointe des fusils.

Devant la résidence, la place d'armes, sur laquelle flottaient les couleurs nationales, était vide. La radio avait prévenu. Tout groupe qui s'aventurerait à moins de cinquante mètres serait considéré comme un rassemblement potentiellement hostile.

Il ne fallait pas moins de deux hommes pour pousser les grilles du palais, hautes de plusieurs mètres, aussi infranchissables que la herse d'un château fort. Le convoi s'engouffra dans les allées, au milieu de massifs coupés au cordeau, plantés d'arbres rares et d'espèces multicolores. Un jardin à la française en version tropicale.

Au pied du perron, un soldat de la garde ouvrit la portière de Kassem. Les autres, sur les marches, lui rendirent les honneurs. La chéchia rouge qu'ils portaient, et leurs pantalons de zouave ne semblaient pas relever des traditions locales. Ils perpétuaient, sans le savoir, le faste d'apparat de l'ancienne armée coloniale.

Plassart et Lemarchand, enfoncés dans leur pullman, n'en revenaient pas de l'accueil réservé à leur journaliste. « C'est pire qu'un ministre », souffla le premier. « Attends, t'as pas tout vu », compléta le second qui accompagnait généralement Antoine Kassem dans ses tournées plénipotentiaires.

Le président les attendait dans le hall, une main appuyée sur le flanc lustré d'un lion naturalisé qui symbolisait son pouvoir. Vêtu d'un boubou blanc, il ouvrit les bras en direction de son hôte. Sa voix forte percutait les colonnes de marbre froid. Avec un large sourire, abusant des effets de cette chambre d'échos, il lui lança un tonitruant : « Alors, mon ami Antoine, tu as fait bon voyage ? J'ai demandé qu'on s'occupe bien de toi, dans l'avion. » Et il l'entraîna aussitôt dans son bureau, sans un regard pour les deux autres, abandonnés à la surveillance d'un garde à la chéchia rouge.

– C'est toujours comme ça ? demanda Plassart.

– Oui. Nous, on est les ouvriers, confirma Lemarchand.

Le chef de cabinet les fit d'ailleurs entrer comme des techniciens de surface, presque en catimini, quand les conditions de l'interview furent précisées. Ils furent priés de s'installer rapidement et sans bruit dans l'immense bureau présidentiel, décoré des trophées du chasseur émérite et des souvenirs guerriers du combattant suprême.

Le président avait choisi de se faire filmer assis dans un fauteuil aux accoudoirs de bambou, avec, en fond de cadre, une peau de zèbre tendue. Le simulacre pouvait commencer. Il dura trois bons quarts d'heure... Après avoir fait remarquer qu'il ne se présentait pas en uniforme devant la caméra, signe de la quiétude qui l'habitait, le général-président s'évertua à expliquer que son régime n'était pas menacé, que la rébellion de quelques nostalgiques, manipulés par des puissances étrangères, était matée. Les massacres perpétrés dans le nord du pays étaient le fait de bandes armées, de pillards qui avaient profité de la confusion pour passer la frontière. Il menaçait de répression les pays voisins s'ils ne mettaient pas un terme à leur neutralité malveillante. Et il appelait à la concorde nationale et aux resserrements des liens avec la France, en dépit des critiques inamicales d'une certaine presse, complice de la désinformation dont il était victime...

Pas un mot sur les massacres. Pas de questions sur les emprisonnements, les tortures et les disparitions. Kassem avait conclu en remerciant le président d'avoir bien voulu faire la lumière sur la situation. En exclusivité.

– Qu'est-ce qu'on va faire de ça ? murmura Plassart, effaré. Sénéchal ne va pas apprécier.

– Sénéchal, je crois que ça le dépasse, soupira Lemarchand en rangeant sa caméra dans sa housse. On en diffusera cinq minutes à minuit. Kassem va lui expliquer que c'est l'édition la plus regardée par les intellectuels et les décideurs qui rentrent trop tard pour voir le journal de 20 heures. Et il sera content. L'essentiel, c'est qu'on sache dans le pays que la télé française est venue l'interviewer.

Le président s'était à nouveau enfermé dans son bureau avec le journaliste. Tandis que les « techniciens de surface » attendaient sur le perron. Ils avaient bien demandé à se promener dans le jardin, pour tuer le temps. Le chef de cabinet semblait d'accord. Il était même parti chercher quelqu'un pour les accompagner mais, une demi-heure plus tard, il n'était toujours pas revenu.

– Ils se foutent de notre gueule !

– Tu peux dire ça comme ça, Plassart.

Quand enfin il reparut, ce fut aux côtés de Kassem, pas gêné pour un rond de les avoir fait poireauter sans même leur dire pourquoi. Le Libanais jouait d'importance, plus encore qu'avant son entretien secret dans le musée barnum du président. À présent, chaque fois qu'il leur adressait la parole, il levait le nez dédaigneusement, leur exposant ses narines poilues, comme s'il ne souhaitait pas s'encombrer les oreilles de leurs réponses.

En attendant, il était quatorze heures, décalage horaire en sus ! Kassem leur fit savoir qu'ils allaient partager le déjeuner des cadres, dans la salle à manger de la résidence. Ils seraient bien traités. « Ils », c'étaient eux. Car lui se devait d'accompagner le président au ministère de la Défense où un lunch était offert pour marquer l'événement. L'interview de portée internationale du père de la nation.

*

Plassart et Lemarchand n'en pouvaient plus d'attendre. Rassasiés de brochettes de caïman relevées d'un pili-pili concassé maison par un chef de la brousse, ils digéraient, en ruminant, assis dans un boudoir. L'un sa caméra sur les genoux, l'autre son magnéto autour du cou. Et ça durait. Sans compter que, là-bas, avant la sauterie aux armées, le président avait improvisé un discours.

Pour l'occasion, il avait rehaussé son plastron militaire d'un chapelet de breloques qui tintaient au passage, mêlant quelques vieilles citations à l'ordre de l'armée française et ses décorations locales. Une pour chaque coup d'État. Une pour chaque massacre érigé en victoire. Ainsi empesé, il était monté dans la limousine, avec à ses côtés son ami Antoine. Et ils étaient partis, toutes sirènes hurlantes, escortés par une vingtaine de motards.

– On va faire tapisserie encore longtemps ? C'est toujours comme ça ? s'inquiéta Plassart.

– Toujours comme ça, acquiesça Lemarchand.

– Dis-moi, y serait pas un peu barbouze, ton Kassem ?

– On va dire qu'il doit rendre des services au patron.
– À Sénéchal ?
– Non. Au grand patron. À Doris.
– Toi, tu sais des choses.
– Non. J'ai des yeux pour voir... Chaque fois que je suis parti à l'étranger faire des interviews bidons avec lui, il a rencontré des gens qui n'avaient rien à voir avec le boulot. Et toujours avec ses grands airs de secret. À mon avis, il passe des messages.
– Ou des commandes.
– J'irais pas jusque-là.

D'origine libanaise, Antoine Kassem avait grandi chez les Druzes de la montagne avant de descendre à Beyrouth pour y faire ses études de journalisme à l'université. Pendant la seconde guerre civile, il avait assuré quelques correspondances pour la télé française. Bien introduit chez les Syriens, c'est à cette époque, disaient les mauvaises langues, qu'il fut recruté par les services secrets. Sa carrière d'ombre commençait.

Jamais à court d'intrigues, une fois propulsé à Paris, il avait su éliminer patiemment tous ceux qui risquaient de faire obstacle à sa soif de puissance et de reconnaissance. Serial killer de couloir, son accession au vedettariat fut jalonnée de magouilles et de coups tordus dont les racines plongeaient au cœur des différents pouvoirs, occulte ou politique. Pour ce faire, il échangeait sans complexe du temps d'antenne contre des protections. Du grand art. Il fallait bien le reconnaître.

Expert en conflits, maître en rapports de forces, il en profitait pour jouer d'influence à l'intérieur de la chaîne qu'il rêvait de diriger. Non par goût des programmes, qui lui importaient peu, mais pour mieux s'en servir. Petit, rond, chauve, son charisme ne dépassait pas en envergure le vagin d'une araignée, selon l'expression, en libanais dans le texte, des inimitiés tenaces qu'il avait laissées là-bas. Mais on s'en méfiait. On le craignait.

Le cliquetis des médailles du président avait annoncé leur retour. Quand Plassart et Lemarchand se levèrent, Kassem leur fit signe de se rasseoir. Il avait encore un coup de fil à passer. Isolé au fond du boudoir aussi long qu'un hall de gare, il n'en finissait pas de parler, à voix basse, la main circonflexe au-dessus de la bouche, couvrant son portable pour éviter d'être entendu.

– Mais qu'est-ce qu'il fout ? On va rater l'avion, si ça continue.

Lemarchand s'énervait.

– Attends, j'ai une idée.

Plassart avait chaussé son casque sur ses oreilles et sorti de son sac un micro directionnel qu'il avait fixé sur le câble du magnéto. Discrètement il visait, en regardant les mouches voler, les lèvres de Kassem.

– Merde, c'est fini. Il lui dit au revoir.

– T'as rien entendu ?

– Juste la fin. Il disait : « ... Pour le contrat, il enverra bientôt son ministre de la Défense en visite officielle. Je ne peux pas parler plus longtemps, monsieur Doris. On doit repartir. »

– Doris ! le Big Boss ?

– J'en connais pas d'autre.

– Sale temps. On n'a rien entendu. D'accord ?

– Oui... Mais j'ai enregistré.

C'était trois mois plus tôt.

*

Marie-Ange était revenue à la librairie, au lendemain de sa première visite. Sans espoir de glaner grand-chose, ni indice ni info. Juste pour voir. Quoi d'ailleurs ? Il y avait tellement de monde dans les allées. Des clients d'émotions, des amateurs de polars vivants, des curieux du « -16 » à la télévision – attention aux enfants, hémoglobine sur les murs ! –, tous cherchaient entre les livres des traces de sang, comme d'autres des champignons, le dimanche. « C'est où ? » « Là-bas, au fond. Mais y a plus rien à voir. »

– J'en ai ma claque ! soupirait la libraire. Pas un sur dix, vous m'entendez, pas un sur dix n'achète. Mais que voulez-vous, on laisse faire. On fait comme si... Remarquez, lui, Vincent Delorme, il va devenir best-seller à titre posthume. Le pauvre ! Il me restait une centaine de bouquins. Ils sont partis comme des petits pains, dans la matinée.

– Vous avez des nouvelles de la police ? lui demanda la journaliste.

– Non. Mais il y a quelqu'un de chez vous qui est venu me poser plein de questions. Ah, il est connu pourtant ! Je ne me souviens plus de son nom. Il fait le show de minuit... Tiens justement, le petit là-bas.

Kassem fouinait dans les rayons. Mi-star abandonnée, mi-inquisiteur inspiré, cabotin comme toujours, se rehaussant du col en poussant sur la pointe de ses pieds pour attirer l'attention de cette foule qui ne le reconnaissait pas. Il n'y a rien de pire pour une vedette de la télé que de passer inaperçue. C'était son cas. Il perdait de sa brillance en dehors des studios. La lumière du plateau amincissait son visage et il paraissait plus grand, assis dans le décor de son *late show*. Le rendez-vous de la nuit. Mais là, perdu au milieu des « vrais » gens, la banalisation lui était fatale... Marie-Ange s'était faufilée jusqu'à lui.

– Qu'est-ce que tu fais là, Antoine ?

– Comme toi, dit-il sans avoir l'air surpris.

– Comme moi ? s'étonna-t-elle.

– Oui, j'enquête... Toi, pour Sénéchal. Moi, pour Doris.

L'échange s'arrêta là. Elle tourna les talons sur un « OK » cul sec et désapprobateur. Que savait-il des enquêtes, ce faire-valoir des stars, des copains UMP et des tyrans psychopathes ? Et que signifiait encore cette double commande entre le patron de la rédaction et la direction de la chaîne ? Ils n'allaient quand même pas se tirer la bourre sur la mort de Vincent.

Très en colère, elle décida de se venger sur une platée de moules et un verre de gros-plant, entraînant au passage Lemarchand qui l'attendait dehors, sa caméra toujours accrochée au bout du bras comme un sixième sens.

*

– Venez voir, mademoiselle. Y a de quoi filmer.

Le patron du bistrot les avait tannés pour qu'ils viennent, dans sa cour, admirer une pyramide de coquilles de moules vides aussi haute que lui. Reliefs pharaoniques de deux jours de braderie.

– On a battu le record de l'an dernier.

– Comment le savez-vous ?

– Ben, on sait ce qu'on a vendu, tiens ! Et on prend des photos... Camille, va chercher les photos de l'année dernière. Vous allez voir... Y en a quelques tonnes, là-dessous, vous pouvez me croire.

– Et qu'est-ce que vous allez en faire ?

– J'ai un copain entrepreneur qui va venir les charrier avec sa benne... Oui, il les pile avec du mortier, ça tient comme du béton. Les anciens en Normandie faisaient déjà ça avec les coquilles d'huîtres pour renforcer les murs... Allez, filmez ! Vous ne verrez pas ça tous les jours. Pour une fois qu'on a la télé de Paris chez nous !

Lemarchand fit semblant. Il avait l'habitude.

En arrachant, une à une, ses moules safranées, Marie-Ange n'avait cessé de dénigrer ce Libanais qu'elle détestait. Sa suffisance l'agaçait. Sa présence l'intriguait. Il fallait qu'elle se calme. Sinon elle allait tenir des propos racistes qui dépasseraient sa pensée. Sitôt réglée l'addition, elle appellerait Sénéchal pour tirer ça au clair.

– Mais tu le connais bien, toi, Kassem ?

– Qui connaît bien Kassem ? lui renvoya Lemarchand en levant les yeux au ciel. Il me demande, chaque fois qu'il part à l'étranger, parce que je parle bien l'anglais. Mais il nous traite comme des larbins sur les tournages. Il ne vient jamais au resto avec nous. Il ne boit jamais un pot avec l'équipe. On est juste là pour appuyer sur le bouton. Point... La dernière fois, il y a trois mois en Afrique, il nous a même laissés poireauter une journée entière sans rien nous dire.

– Oui, chaque fois qu'il est quelque part, ça pue la magouille. Et là, je le sens mal... soupira Marie-Ange.

Chapitre 5

La porte coupe-feu du couloir de la morgue n'avait pas été graissée depuis longtemps. Son couinement sinistre résonnait jusqu'au bout de cette enfilade de murs vert d'eau, couleur de cadavre, qui ne laissaient aucun espoir, pas même celui d'une erreur sur l'identité du mort que parents ou amis convoqués venaient reconnaître. En pénétrant dans cet endroit plus angoissant qu'un cimetière, Marie-Ange avait l'impression de ne jamais devoir en ressortir vivante. Une odeur de viscères froids flottait devant la salle d'autopsie. En tout cas, c'était la sensation que remontait à son cerveau la lecture de la plaque sur la porte. Ce mot « autopsie » déclenchait instantanément chez elle un effet psychologique autant qu'olfactif. Au-delà de cette limite, on ne garantissait plus au profane l'intégrité de ses tripes. Sac vomitif recommandé. Heureusement, elle ne faisait que passer. Elle avait rendez-vous avec le légiste. La porte d'à côté.

Jamais d'ailleurs elle n'aurait supporté de voir Vincent allongé comme un bout de barbaque tout droit sorti d'un frigo. Elle ne l'imaginait pas. Sa disparition restait virtuelle. Elle n'éprouvait pas le besoin de la constater. Ce n'était pas son rôle.

Son métier de journaliste l'avait pourtant confrontée, plus souvent qu'à son tour, à l'ambiguïté de cette étrange sensation, entre curiosité morbide et dégoût viscéral, dans ses vis-à-vis avec la mort dont elle se serait bien passée. Moins elle voyait de cadavres, mieux elle se portait. Mais son entregent dans la flicaille l'amenait parfois à investir les lieux d'un crime, presque en même temps que la police. Quand la victime était encore chaude.

Sa première confrontation avec un corps sans vie l'avait traumatisée pour le restant de ses jours. Depuis elle n'approchait plus les victimes qu'à une distance raisonnable, suffisante pour ne pas avoir à détourner les yeux devant des spectacles peu ragoûtants. Et pire encore !... Elle se contentait désormais d'évaluer la scène de loin. Ça lui suffisait pour respirer l'ambiance. Son attrait pour les faits divers s'arrêtait là. Elle était passionnée d'enquêtes et de criminologie, pas de sensations fortes... Ce jour-là – sa première fois –, alertée par un informateur, elle avait foncé ventre à terre. Deuxième femme assassinée à l'arme blanche en quinze jours dans le nord de Paris. Même pas des prostituées ! Pensez donc ! Peut-être le début d'une affaire de serial killer. Elle était arrivée avant tout le monde. Avant la mise en place des cordons de sécurité.

L'ascenseur était bloqué avec, devant la cage, un flic à chaque étage. On ne savait jamais, le gars était peut-être encore à l'intérieur de l'immeuble. Après avoir passé la porte de l'appartement – elle connaissait bien le commissaire du 18e –, la journaliste s'était avancée vers la chambre de la victime. Prises d'empreintes, photos, évaluation des distances, mégots et autres pièces à conviction, déjà la crim' était à l'œuvre.

Au milieu de tout ça, la fille semblait dormir, allongée en travers de son lit. Son corps nu reposait, presque lascif. Sans posture de détresse apparente. Si ce n'est qu'on apercevait, depuis l'entrée, deux traces de blessure, l'une sous le sein gauche et l'autre à l'abdomen.

La vue de cette femme inerte n'avait pas effrayé Marie-Ange, sur le coup. Il y avait trop de distances entre elle et ce cadavre. L'anonymat, l'absence de liens et de sentiments. Aucune proximité. Rien qui puisse déclencher une quelconque émotion. Sans doute déplorait-elle le sort réservé à cette pauvre fille, mais elle n'était qu'un corps qu'elle ne connaissait pas.

Ce qui impressionnait davantage Marie-Ange, c'était cette atmosphère étrange qui plane toujours sur les lieux d'un crime. L'ambiance d'une affaire qui commence, dans le silence feutré du ballet des enquêteurs qu'elle découvrait en live. Son cœur de novice palpitait. Elle avait l'impression de pénétrer en troisième dimension dans une séquence de film policier. Mais, cette fois, elle se trouvait dedans.

L'environnement de la victime relevait d'un confort de célibataire aisée, sans extravagances. À première vue, pas de signes de violence dans la chambre. La fille ne se sentait pas menacée. Ou elle n'avait pas eu le temps ni la force de se défendre. Elle devait avoir une trentaine d'années. Des contours agréables. Mais un corps de femme, allongée nue sur un lit, n'est-il pas suggestif par essence ? Marie-Ange s'avança.

– N'y allez pas !... avait bien tenté d'avertir un photographe qui traquait les indices.

Trop tard. Elle découvrait le drap inondé de sang... La couverture et le dessus-de-lit, roulés en boule, lui avaient masqué, depuis l'entrée, la réalité d'une scène épouvantable. Le bas-ventre de la femme était lardé de coups. L'assassin lui avait enfoncé son couteau au plus profond du sexe.

Voilà pourquoi Marie-Ange se gardait désormais des cadavres. Elle avait, en une seule fois, testé et épuisé toutes ses réserves naturelles de résistance à l'horreur. Éprouvant, ce jour-là, le pire dégoût qu'on puisse imaginer. D'autant qu'en se précipitant dans la salle de bains, elle n'avait pas eu le temps d'atteindre la cuvette des chiottes. Elle avait vomi, dans des spasmes éprouvants, impuissante à détourner sa bouche, comme aspirée par la faïence blanche du lavabo encore maculée du sang de la victime. Son acte de barbarie accompli, l'assassin s'était tranquillement lavé les mains... Et pour finir, en dépit de ses larmes et de son désarroi, elle s'était fait engueuler par le patron de la PJ, qui l'accusait d'avoir détruit, en vomissant, des indices importants. La culpabilisation en plus, elle était sortie de cette affaire en lambeaux.

*

Assise sur une chaise en fer-blanc, dans le couloir livide de la morgue, Marie-Ange, agacée, attendait que le légiste daigne la recevoir. Certes, elle s'impatientait plus vite seule, oubliée dans ce genre de frigo, qu'à la terrasse d'un bistrot. Et en plus elle grelottait. Les bras croisés, serrant le col de sa veste, elle était parcourue par des frissons multiples provoqués autant par son appréhension du lieu que par le degré de fraîcheur nécessaire à la conservation des morts.

Des rires étouffés montaient derrière la porte. Ils étaient trois à l'intérieur du bureau, à en juger par la tessiture des gloussements. Dont ceux d'une femme aux éclats pointus et de l'homme en blouse blanche qui l'avait accompagnée, sans un mot depuis la réception, après qu'elle eut montré son laissez-passer signé par Carrera. Il lui avait juste demandé de bien vouloir patienter, le temps de prévenir le médecin chef. Et depuis, ils gloussaient. Depuis un quart d'heure, ils gloussaient. Comment pouvait-on rire dans une ambiance pareille ? Une façon sans doute d'évacuer un trop-plein de visions d'horreurs accumulées. Comment faisaient-ils pour résister ? Perplexe, elle ne comprenait pas qu'un médecin puisse passer sa vie à découper au scalpel des ventres morts, à tronçonner à la scie des crânes enfoncés, à extraire des viscères, à peser des cerveaux, à reconstituer des morceaux... sans être écœuré, un jour ou l'autre.

Enfin, elle fut priée d'entrer. Avant même de dévisager ses interlocuteurs, son regard fut capté par le bocal qui trônait au milieu du bureau. À l'intérieur, flottait une misérable bistouquette rabougrie au formol, avec deux haricots qui pendouillaient de chaque côté. L'objet de tant d'hilarité. Une main sur la bouche, la blondasse pouffait toujours. À moitié nue sous sa blouse d'infirmière, elle était du genre à écarter les cuisses sur le rebord d'une table d'autopsie, avec le macchabée derrière. L'assistant, en revanche, cultivait le style beau gosse à cheveux raides. Tiré à quatre épingles, il n'avait guère la tête de l'emploi. Il devait sans doute sortir tout droit de la faculté et paraissait gêné par le hoquet persistant de sa voisine. Quant au troisième homme, il avait filé sous le nez de la journaliste, aussi peu aimable au départ qu'il l'était à l'arrivée. Celui-là, avec sa tête de croque-mort, s'inscrivait sans retouche dans cette ambiance lugubre... et guillerette à la fois.

– Pardonnez-nous, mademoiselle, s'excusa l'assistant d'un ton semi-précieux, nous sommes restés très carabins.

– Je vois ça, confirma Marie-Ange, désignant le bocal du menton, c'est à qui cette belle...

– ... paire de couilles, compléta l'assistant. Permettez que j'ôte le mot d'une si jolie bouche.

– Façon de parler !

– Ce n'est pas ce que je voulais dire...

– Vous faites collection ? enchaîna-t-elle.

– Sachez que nous ne mutilons jamais nos pensionnaires.

– Je pensais que c'était votre métier, au contraire.

– Exact ! Mais nous laissons toutes les pièces au garage... Or celle-ci est une authentique pièce à conviction. Cet appareil génital mâle a été sectionné à coups de dents par une folle, jalouse, qui voulait punir son amant.

– Elle ne manquait pas de mordant, si je puis dire.

– Pas elle, « il »... Une folle, comme dans *La Cage aux folles*.

– Ah !... Mais il aurait pu s'étouffer.

– Justement, il s'est étouffé. Il en est mort. Et l'autre aussi.

– Et ça vous fait rire ?

– Non. Ce qui nous faisait rire, c'est que Maggie n'arrivait pas, malgré sa dextérité en la matière, à faire rentrer l'objet par le trou du bocal.

La blondasse à son tour avait failli s'étrangler. Pliée en deux, elle se gondolait tellement qu'on pouvait lui plonger le regard jusqu'au nombril, entre l'écartement des seins qui ballotaient sous sa blouse.

– J'ai rendez-vous avec le docteur Morillon, poursuivit Marie-Ange, soucieuse de dégager sa complicité de leur jeu de salle de garde. Elle n'appréciait qu'à moitié la façon désinvolte qu'avait cet embaumeur de la prendre à témoin, sans lui demander son avis.

– Vous y êtes ! claironna-t-il, en faisant mine de s'astiquer les ongles sur le revers de sa manche.

D'ailleurs était-il joueur ou pédant ? Elle ne goûtait pas son humour suffisant. Mais puisqu'il relançait l'échange, elle lui renvoya la balle, du fond du court.

– J'y suis quoi ?... Vous êtes peut-être le docteur Morillon ?

– Exactement. Ça n'a pas l'air de vous plaire ?

– Si, si, mais je vous prenais pour son assistant ou quelque chose comme ça. Excusez-moi.

La contagion gagnait. Elle porta, elle aussi, sa main à la bouche pour éviter d'éclabousser les murs d'un rire bête qui avait jailli comme d'une soupape de décompression, dans cette atmosphère graveleuse de bite-couilles au formol.

Puis, le ton avait changé. Maggie était partie aux archives étiqueter son bocal. Privé de sa groupie, l'apprenti légiste faisait désormais assaut d'amabilité pour reconstruire sa personnalité et faire comprendre à Marie-Ange qu'il n'était pas à l'aise dans son rôle de dépeceur intérimaire. C'était pour se faire de l'argent qu'il remplaçait de temps en temps le titulaire. Il terminait ses études en chirurgie. Lui au moins, à la fac, il découpait pour la bonne cause.

Il avait insisté aussi pour lui montrer des photos de Vincent. Elle avait refusé. Le corps du journaliste n'était déjà plus là. Il avait été embarqué, la nuit même de son assassinat.

– Je me demande ce qu'ils craignaient, s'interrogea-t-il. Un corbillard est venu de Paris. Spécialement. Avec un motard pour lui ouvrir la route. Le permis d'emmener portait le sceau du ministère.

– Vous n'avez donc pas eu le temps de pratiquer l'autopsie ?

– Non... Mais je pense qu'il n'y avait rien à voir. Aucun coup. Aucune autre blessure. Un simple trou au milieu de la boîte crânienne. Le tueur a dû poser le canon de son arme sur le front de votre ami. À en juger par les traces de poudre sur la peau... Si j'ai bien compris, ils vont pratiquer une contre-expertise, à Paris.

– Ça sent le cramé, chez vous. Il y a quelque chose qui brûle, constata la journaliste, en poussant la porte pour sortir.

– C'est rien, la rassura le légiste intérimaire. On nous a apporté, au petit matin, un gars carbonisé dans sa voiture. Ça n'a pas l'air d'un accident. Alors, avant l'autopsie, j'ai demandé à Maggie de gratter un peu la croûte.

– Ah, vous me rassurez !

*

Dans sa chambre médiévale qui ressemblait à une cellule de nonne, le confort quatre étoiles en plus, revisité par un architecte branché, Marie-Ange, prostrée, fixait la glace de sa coiffeuse. Ses tempes bourdonnaient sous la tension, devant tant d'impuissance à faire progresser sa réflexion. Elle était bloquée dedans. Et plus elle essayait de relancer son raisonnement, plus elle avait l'impression d'avoir mal à la tête, prise dans un étau d'angoisse qui lui comprimait le cerveau. Plus rien n'en sortait.

Au septième jour d'investigation, elle ne progressait toujours pas. Lemarchand, qui en avait sa claque de courir derrière elle du matin au soir, avait décidé de poser sa caméra dans le hall de l'hôtel. Et lui à côté. Elle n'avait qu'à l'appeler s'il y avait quelque chose à tourner. Du coup, il avait commencé à lire, en l'attendant au bar, le livre taché de sang qu'elle lui avait prêté.

Il fallait bien se ranger à l'évidence : il n'y avait rien à glaner ici. Marie-Ange commençait à désespérer. Sans parvenir pour autant à convaincre Sénéchal de l'inutilité de les maintenir sur place plus longtemps. « Continue », lui répondait-il. Et il trouvait toujours un angle nouveau à lui proposer. « As-tu vérifié s'il y avait des Delorme dans le Bottin. Si oui, que font-ils ? Il y a peut-être eu confusion avec un homonyme. » Alors, elle continuait, en bon petit soldat, appliquant avec ténacité tout ce qu'on lui avait appris pour mener à bien une enquête de proximité. Selon des méthodes qui s'apparentent, il faut bien le dire, le plus souvent à celles de la police. La carte de presse remplace la plaque des flics. Les questions sont les mêmes. Avec cet avantage qu'une personne interrogée se confie plus facilement à un journaliste qu'à un poulet. À plus forte raison quand ce journaliste est une femme.

Mais cette fois, elle n'y parvenait pas. Elle n'en pouvait plus. Elle avait tout fait. Les témoins qui n'avaient rien vu. Les commerçants proches de la librairie. La morgue. Les homonymes. Les confrères de la presse régionale. Elle avait ratissé les lieux plutôt deux fois qu'une. Trois fois par jour, elle avait revu les enquêteurs. De toute façon, pour eux l'affaire était classée. Ils avaient passé la main à Paris.

Marie-Ange était donc arrivée à la conclusion qu'on n'avait pas tué Vincent parce qu'il était ici, mais qu'on était venu ici pour le tuer.

Et Sénéchal qui ne la lâchait pas. « Je suis certain qu'il y a une piste à laquelle tu n'as pas encore pensé. Cherche encore. » Il était terrible, ce patron qui les drivait comme des pur-sang. Il les poussait au bout de leurs limites, les pilotant à distance comme des robots, quand ils étaient sur le point d'abandonner. Ne jamais lâcher prise. Il les défiait de réussir jusqu'à se dépasser. Et il fallait reconnaître qu'il avait souvent raison. Il obtenait de ses journalistes ce qu'ils ignoraient d'eux-mêmes. Louant la persévérance, aiguisant la compétition et l'amour-propre, usant d'autorité, il jouait sur tous les tableaux. Sans négliger l'incantation aux bonnes fortunes du hasard, comme ultime argument. « Un bon journaliste est un journaliste qui a de la chance », répétait-il, singeant cette réplique impériale, quand Napoléon cherchait à promouvoir ses hommes sur le champ de bataille.

Sénéchal, dans ces moments-là, ils le détestaient. Mais, au bout du compte, ils n'auraient voulu, pour rien au monde, l'échanger contre un autre, du type consensuel impuissant ou star du moment qui aurait pris son fauteuil pour un tremplin. Avec lui, au moins, ils gagnaient. Et il les soutenait toujours.

Marie-Ange implorait donc sa glace. Assise depuis une heure devant la coiffeuse à l'ancienne de sa chambre d'hôtel. Mais qu'est-ce qu'il voulait qu'elle trouve comme autre piste ? Il était trop dur. Elle en aurait chialé de dépit et de rage. Elle finissait même par se demander ce qu'elle foutait là, en dévisageant cette jeune femme déprimée, au bord des larmes, qui la regardait de l'autre côté du miroir.

Sa visite à la morgue, à l'heure du petit déjeuner, n'avait certainement pas contribué à lui forger un moral d'acier pour la journée. Pas plus que Lemarchand qui l'avait laissée tomber. Car son appétit de lecture soudain ressemblait fort à une rupture de collaboration. Une séparation affichée des tâches sur le terrain qui signifie que le journaliste et son cameraman ne s'entendent plus. Et qui se traduit généralement par des réflexions du genre : « Moi, je fais les images, et toi, tu te démerdes avec ton enquête et tes interviews. » Ou le contraire, dans la version Kassem qui avait traité, trois mois plus tôt, en Afrique, son cameraman et son preneur de son comme des porteurs de caisses.

D'ailleurs, elle n'avait pas manqué, sans nuance, de lui faire remarquer que son attitude vis-à-vis d'elle ne valait guère mieux que la démarche méprisante du Libanais, ce jour-là, à leur égard.

– Je ne m'attendais pas à une telle absence de solidarité. De ta part, ça me déçoit, avait-elle lancé, avec un air de femme abandonnée.

– Tu ne crois pas que tu pousses un peu ? avait rétorqué Lemarchand pour sa défense. Tu sais que j'adore travailler avec toi. Mais, depuis une semaine, tu te fais balader par Sénéchal. C'est pas un travail de reporter qu'il te demande. C'est un boulot de flic.

– Je le sais. Depuis le départ. C'est pour Vincent que je le fais.

Tout était dit. À un moment où elle avait besoin d'aide. Lemarchand n'avait plus qu'à replonger le nez dans son bouquin.

Penchée sur sa glace, Marie-Ange séchait ses yeux. Elle avait finalement accepté de se regarder pleurer. Ça la soulageait de redevenir une femme. Comme ça, en douce. D'échapper à cet univers de mecs le temps de redécouvrir son vrai visage de fille fragile et de se réconcilier avec les futilités de son sexe.

Elle n'aimait pas cette image que lui renvoyait le miroir. Cheveux gras, pas lavés depuis huit jours, le teint terni par le manque de sommeil. Mal sapée, même quand elle se déguisait en reporter vintage. Pas maquillée au point de paraître ordinaire. Elle n'avait même plus le réflexe de regarder son reflet en passant devant la vitrine d'un magasin. Et lorsqu'elle rencontrait sa silhouette par hasard, elle se découvrait voûtée à force de ne plus prêter d'attention à son maintien, dans sa course effrénée à... quoi d'ailleurs ? Elle dont l'allure élancée suffisait à faire se retourner les hommes. Dont les yeux en amandes et les pommettes hautes faisaient fantasmer les amateurs d'exotisme qui la prenaient pour une métisse asiate. Sauf qu'elle était blonde et métisse d'un Gascon et d'une mère auvergnate.

Dans ce milieu où tout le monde couchait avec tout le monde, ils l'avaient tous draguée. Maintenant, ils n'osaient plus. Elle n'était pas sensible au genre journalistique, toutes spécialités confondues. Pas gênée d'afficher ses convictions en la matière, au risque d'aller moisir sur pied, s'il le fallait, à la rubrique des chiens écrasés, là où elles commençaient stagiaires et finissaient toutes en maîtresses répudiées. Porter la jupe a ses revers, sous les sunlights de la télé. Journaliste intouchable et femme intègre, Marie-Ange avait muté en journaliste intègre et femme intouchable. À l'extérieur, elle faisait peur aux hommes. Sa splendide solitude en souffrait.

Avec Vincent, peut-être ? Mais ils avaient transformé si vite leur rencontre en amitié préservatrice, enfermés dans leurs bulles qui remontaient leur univers professionnel à contresens des autres. Ni elle ni lui n'avaient tenté de mettre en péril cette relation sans ombre entre un homme et une femme, dans un milieu où le cul, le pouvoir et l'argent régnaient en valeurs absolues. Le regrettait-elle aujourd'hui ? Ou idéalisait-elle cette amitié amoureuse disparue qu'elle ressentait comme une déchirure secrète ? C'est bien pour ça qu'elle avait accepté la mission de Sénéchal. Il s'en doutait un peu.

Elle avait maquillé ses yeux encore humides, avant de redescendre au bar de l'hôtel, soucieuse de ne pas s'attarder plus longtemps comme une recluse dans l'austérité de sa chambre de nonne à ronger sa déprime.

Trêve de médisance sur l'endroit ! Sortie du spleen de Marie-Ange, la facture de l'établissement était une réussite. Fruit d'un mélange hasardeux de vieilles pierres et de luxe branché. Une abbaye reconvertie en dortoir pour clientèle aisée. Un mixage harmonieux des siècles. Doublé d'un relent de fantasme pour amants gothiques, iconoclastes ou sataniques : pouvoir baiser en toute tranquillité sur un lieu de prières. Même désaffecté.

La facture à la caisse était certainement, elle aussi, à la mesure des ambitions architecturales. C'était le privilège des reporters de la chaîne que de pouvoir séjourner dans des hôtels confortables. Après tout, ils méritaient bien ça, en compensation d'une visite à la morgue ou d'une fusillade à Ramallah.

Marie-Ange, ayant cédé à l'appel de sa féminité, venait de faire une apparition remarquée à l'entrée du bar. Elle était si différente et apprêtée qu'elle aurait pu passer pour une touriste étrangère.

– Tu sors, ce soir ? s'étonna, admiratif, Lemarchand en la voyant passer.

– Oui, je suis invitée à dîner.

– On peut savoir par qui ?

– Monsieur Amstel, un industriel belge, affirma-t-elle, empruntant, du coin de l'œil, le nom qu'elle venait de lire sur une pancarte publicitaire, affichée derrière le bar.

– Amstel, comme la bière ?

– Comme la bière. Tu vois, je n'en sors pas.

Et elle alla s'asseoir, seule, à l'autre bout du salon, snobant Lemarchand médusé.

Le hasard !... Une fois de plus, Sénéchal avait raison. Il fallait compter avec le hasard pour découvrir des pistes nouvelles. En insistant sur le mot « belge », tombé à pic dans cette histoire de dîner imaginaire, Marie-Ange avait vu ressurgir dans sa mémoire l'allure énigmatique de ce journaliste, au brassard rouge, discret dans son coin, qu'elle avait rencontré à la librairie. Il avait l'air très introduit auprès des enquêteurs qui l'avaient laissé entrer bien avant elle. Depuis, il s'était évaporé, sans laisser de traces. Elle se souvenait de son nom. Il lui avait montré sa carte de presse. Albert Demorand... Déjà, elle avait sauté sur son portable et demandé à être mise en relation avec la télé de Bruxelles.

– Allô, je suis journaliste française. Je voudrais parler à Albert Demorand.

– Ah, je n'ai pas ce nom-là sur ma liste, avait répondu la standardiste avec un fort accent.

– Si, si, Albert Demorand. Il est journaliste à la RTB.

– Alors, je vais vous passer le journal. Un instant s'il vous plaît.

Dix minutes plus tard, elle s'entretenait avec le directeur de la rédaction.

– Je suis désolé, mademoiselle, mais nous n'avons pas d'Albert Demorand parmi nous.

– Mais enfin, je l'ai vu. Il couvrait, pour vous, l'assassinat du journaliste français, Vincent Delorme.

– Nous n'avons pas couvert cet événement. Nous avons juste repris les images françaises, les vôtres sans doute, pour en faire mention.

– Vous n'avez pas d'Albert Demorand ?

– Nous avons bien eu un Antoine Demorand, mais il est décédé, hélas, l'année dernière. Je suis allé moi-même à son enterrement, à Louvain... Je crains fort, mademoiselle, que vous n'ayez été grugée par un imposteur...

Après avoir raccroché, Marie-Ange était restée bouche bée, le regard cloué sur les touches de son portable. Sa mécanique grippée se remettait en marche. Qu'est-ce que c'était encore que cette histoire-là ? Un Français déguisé en faux Belge ? Quel intérêt ! L'hypothèse n'avait pas de sens. Un imposteur ? Et pourquoi ? Alors, la piste nouvelle qu'espérait Sénéchal. Bien entendu !

Marie-Ange s'était levée.

– Il est un peu tôt pour ton dîner, s'étonna Lemarchand auquel elle ne pensait déjà plus.

– Finalement, j'ai décommandé. Je fonce à la police.

– À cette heure-là ?

– Y a pas d'heure pour les enquêtes criminelles... Au fait, prépare ta valise. On rentre demain matin.

Chapitre 6

Les femmes en boubous perroquet – vert et jaune chamarrés – dodelinaient des hanches sur le ponton, scandant, sur des chants nonchalants, leurs paroles improvisées à la gloire du grand mât qui franchirait bientôt la ligne de l'horizon. Leurs pieds nus frappaient, au rythme des tambours, le bois chauffé par le soleil. Les enfants criaient en se jetant à l'eau, s'essayant à nager comme des chiens fous, en attendant l'arrivée du bateau.

Déjà, les hommes, entassés sur les pirogues, bondissaient sur les vagues, irisées par les nappes de diesel. Les moteurs crachaient leurs chevaux dans la mer, poussant les barcasses bondées jusqu'aux bouées qui marquaient, au large, un passage étroit entre les rouleaux. L'accès au port était dangereux, surtout pour celui qui s'aventurait sans connaître. Arrivés là, ils viraient au plus serré des balises, au risque de chavirer. Avant de revenir à fond de régime, dans une odeur de surchauffe caramélisée. À défaut de participer à la compétition, ils étaient fiers de leur démonstration.

Un transistor géant sur l'épaule, un jeune dégingandé inondait la rade des commentaires du journaliste local qui décrivait l'ambiance. En direct... à quelques pas de lui. Chaque fois qu'il s'approchait trop près, il déclenchait un effet larsen strident, écorchant les oreilles de la foule qui scandait de plus belle. L'escale attendue du bateau en perdition prenait l'allure d'un événement sur cette côte africaine qui ne voyait jamais passer, à moins de cent milles, ces régates prestigieuses, dont le Vendée-Globe, l'épreuve reine des grands solitaires de la navigation.

*

En tête de la course, l'étrave du monocoque fendait la vague. L'*Armorique* filait à près de vingt nœuds, vent arrière. Sa voile creuse semblait tirer dans une glissade sans fin son skipper en suroît jaune, éclaboussé par les embruns. À la barre, immobile, Tristan Leréhec jouissait d'un de ces moments rares où, la tête dans les nuages, les pieds sur l'océan, il sentait monter l'extase, porté par le sentiment irrépressible de dominer le monde.

Pourtant l'*Armorique* n'était pas favori. Mais fort de sa réputation de fonceur, casseur de bois à l'occasion, le Malouin avait pris tous les risques pour se placer aux avant-postes. N'hésitant pas à affronter la tempête, plutôt que de stagner dans les eaux calmes du *Pot au Noir*. Les commentateurs qui suivaient sa route sur le GPS en avaient conclu qu'il cherchait à profiter d'un vent favorable jusqu'au cap de Bonne-Espérance. Pour creuser l'écart, avant d'aborder la grande boucle autour de l'Antarctique. « Ça passe ou ça casse. » Cette stratégie offensive ressemblait bien à Leréhec. Ainsi porté par les alizés, le bonnet enfoncé sur la tête, le marin pouvait rêver un instant de victoire, même si les vraies difficultés restaient à affronter. Le cap Horn l'attendait.

C'est à ce moment-là que son GPS ayant cessé d'émettre, son signal avait brusquement disparu des écrans de contrôle. Une panne sans doute, ou une fausse manœuvre. Personne n'avait cru bon de s'en émouvoir. Ni son coach ni son sponsor. Au PC de la course, on se donnait un jour ou deux avant de s'inquiéter pour ce skipper qui filait dans le vent quelque part sous l'équateur. Pourquoi s'affoler ! Il les avait tellement habitués au suspense de ses fantaisies, chaque fois qu'il avait décidé de narguer le destin...

Mais les contrôleurs se trompaient. Ils étaient loin d'imaginer ce qui se tramait là-bas, au large de l'Afrique... où s'arrachant à ses rêves, larguant l'ivresse des océans, Leréhec avait changé de cap, après avoir mis en berne sa liaison satellite. Délibérément, il s'était coupé du monde. Maintenant, il fonçait vers la côte, en dépit de sa feuille de route qui aurait dû l'en éloigner.

Après deux jours de silence, jugeant sans doute qu'il était là où il devait se rendre, le Malouin avait soudainement pris des ris, réduisant sa voilure. Il avait viré face au vent et affalé ses voiles. L'*Armorique* flottait désormais comme un cormoran mort ballotté par la houle.

Sans perdre un instant, quittant le harnais qui le liait au pont, le marin avait glissé sur les marches du roof, rouvert sa radio, rendue muette elle aussi par ses soins, et lancé un « mayday » à tous les navires qui croisaient sur sa route.

Cet appel au secours n'avait rien d'alarmiste. Dans ses messages répétés, Leréhec affirmait ne plus pouvoir maîtriser sa barre. Sa dérive avait cédé dans la tempête. Son relais satellite était endommagé. Mais son sloop dans l'ensemble avait bien résisté. Les drisses, les haubans, les écoutes, le foc, la bôme étaient intacts. Sur flots calmes, il attendait qu'on vienne le remorquer, sinon l'aider à réparer.

La réponse fut rapide. Le radio du porte-hélicoptère *Jeanne d'Arc* qui mouillait à quelques milles de là, avait reçu son SOS. Par chance, le porte-étendard de la flotte poursuivait dans les eaux africaines sa nouvelle campagne, sillonnant les mers du monde. Tantôt navire école, tantôt VRP de la marine française, ce Quai d'Orsay flottant allait lui envoyer un hélicoptère. L'équipage serait sur zone dans moins d'une demi-heure.

En attendant, Leréhec avait vite rétabli le contact avec le PC de la course. D'une voix usée par les épreuves, il simulait sa tristesse. Pour lui, le Vendée-Globe était fini. Desjoyaux, qui le talonnait, pouvait se réjouir. Mais déjà il lui fallait raccrocher. Pour ménager ses batteries... En réalité, il percevait au loin le bourdonnement caractéristique du rotor d'un Puma.

*

Les pales de l'hélicoptère tapaient au-dessus de l'*Armorique*, soulevant des gerbes d'écume qui fouettaient la coque du bateau. Un premier homme glissa le long d'une corde. Un commando de marine aux insignes de lieutenant. Sitôt sur le pont, il salua le Malouin.

– Bonjour, mon capitaine. On n'a pas trop tardé ?

– Bienvenue à bord, Maubert, répondit Leréhec en lui rendant son salut. Tout roule comme prévu.

Un plongeur sous-marin, caisse à outils sur le ventre, avait suivi, en se laissant tomber directement dans la mer. À l'arrière du bateau.

– Comptez sur lui, affirma le lieutenant. En moins de dix minutes, il va vous mettre en panne pour de bon. À l'arrivée, c'est lui qui réparera... Le pilote va faire un tour d'observation. Il nous reprend aussitôt.

Tandis que le Puma s'éloignait, les deux hommes s'engouffrèrent dans le cockpit.

Face à face, ils échangèrent des phrases précises et courtes qui résonnaient comme des consignes.

– Votre appel n'a pas été entendu. Nous étions sur fréquence codée, assura le lieutenant... Nous ne sommes jamais venus ici. Notre vol sera consigné comme un vol de routine.

– Rodgers... Je n'ai fait aucune mention de mon SOS au PC. Ils m'imaginent en train de dériver vers la côte.

– Vous ne repartirez que demain matin. À trois nœuds, vous pourrez garder la maîtrise du bateau. Le plongeur va vous laisser la marge de manœuvre nécessaire.

– Et sur place ? s'inquiéta Leréhec.

– Un Zodiac vous remorquera. On réparera aussitôt.

– Vous avez prévu un comité d'accueil, pour crédibiliser tout ça ?

– La radio locale relaie les infos. Vous êtes attendu. Une équipe de la télé française qui suit la course viendra vous interviewer.

– C'est tout, lieutenant ?

– C'est tout, mon capitaine.

L'hélicoptère était de retour. Leréhec tira alors un havresac, bourré jusqu'à la corde, qui se trouvait sous sa couchette.

– Je vous confie le bébé. On ne recompte pas, dit-il en souriant. Tout est scellé. Blainville a le double des clés.

– Merci de votre confiance, mon capitaine.

Masque sur le front, le plongeur avait refait surface. Le pouce en l'air, il leur signifia que tout était OK. L'hélitreuillage des deux hommes fut rapide. Déjà le Puma disparaissait à l'horizon. La première phase de l'opération « Calypso » était terminée.

Bercé par le clapotis de l'eau sur la coque, le Malouin somnolait. Le ciel était pur, semé d'étoiles. Dommage ! Il aurait bien aimé la poursuivre, cette course. Et même la gagner. Mais, service oblige, il était militaire avant tout... Le capitaine Tristan Leréhec avait été recruté pour ça. Parce qu'il était breton et passionné de voile. Depuis qu'il appartenait aux Services, il avait porté le pull marin plus que l'uniforme. Après quelques stages intensifs à Saint-Malo, il avait rayé son grade sur sa carte de visite. Il était redevenu civil, skipper professionnel. Sa couverture d'agent dormant. Ou plutôt naviguant... Désormais, il alignait son nom, au départ des régates, à côté des plus grands. Supporté par des campagnes de promotion, avec sa gueule d'aventurier dans les pages des magazines, sa hiérarchie avait fini par l'imposer au cœur des coteries médiatiques.

Même sa réputation de butor était contrefaite. Il suffisait de le voir briquer ses lames de pont, astiquer son bastingage, pour comprendre à quel point il aimait les bateaux. Sa carrée était toujours bien tenue. Rien ne traînait à bord. Pas même un mug de café froid. Pas même une chaussette mouillée, jetée à la hâte dans un recoin du roof. Pourtant, il avait dû casser deux mâts, une barre et une dérive pour se ménager des rendez-vous comme celui-là, dans des courses sans escale. Les mâts, il les attaquait à la scie, le vent faisait le reste. La barre, c'était plus simple.

Auparavant, ce genre d'avaries sauvages lui permettait d'entrer en contact direct avec les destinataires de ses colis et messages de haute mer. Tous, des acteurs de la politique souterraine menée en Afrique ou au Moyen-Orient. Ainsi, il avait passé les plans d'un soutien logistique pour une opération de déstabilisation au Congo, de l'argent pour soutenir un coup d'État en Centrafrique. Et même de la cocaïne, dans le but d'attiser les ardeurs guerrières de rebelles fatigués, en Angola. Bref ! Que des coups tordus.

Mais depuis, ce mode opérationnel sans filets était devenu dangereux. La nouvelle génération des barbouzes du Château tenait moins bien l'Afrique que les réseaux Foccart. Et d'Aden à Tanger, la couverture qu'offraient les courses en solitaire ne trompait plus personne. Ni les douanes, ni la police qui rôdait toujours sur les pontons des arrivées, vérifiant les vrais tuyaux comme les faux renseignements. Dans ces parties de poker menteur, on ne savait jamais qui utilisait qui. Ni comment, ni pourquoi. On était vite balancé... Pas question donc pour lui de passer par le fond à l'issue d'une transaction douteuse. Mieux valait mourir en skipper dans la tempête. Il avait donc décidé d'inaugurer cette nouvelle formule de relais, mijotée par le service Action auquel il appartenait. Plus sophistiquée, mais plus sûre. Il se sentait davantage en confiance avec la complicité des siens.

D'autant qu'il avait bien failli y passer, dans l'océan Indien, en partageant, sur un ketch, les joies d'une course en équipage. À bord, les matelots étaient des mercenaires, déboulonneurs de régimes bananiers, qu'il avait débarqués aux Comores. L'affaire avait mal tourné. Habituée au jeu des présidences musicales, orchestré par Bob Denard avec solos de grenades et chapelets de batteries, l'île était en alerte. Pour ne pas griller son réseau, les Services n'avaient pas hésité à balancer le commando aux autorités qu'il venait renverser. S'il avait fallu le faire tomber lui aussi, le Malouin avait compris, ce jour-là, que ses patrons l'auraient sacrifié sans état d'âme. Au nom du devoir et de l'intérêt supérieur.

Voilà pourquoi il préférait la solitude. Persuadé de maîtriser ainsi son destin jusqu'au bout.

L'*Armorique* glissait doucement vers la côte. Les chants des femmes en boubous chamarrés ne parvenaient pas encore jusqu'à lui, couverts par le crincrin des moteurs. Les premières pirogues s'approchaient de la coque. Des grappes d'enfants, nageant comme des chiens fous, s'étaient jetées à l'eau.

Deux jours plus tard, Tristan Leréhec reprit la mer. Sans espoir de gagner. Desjoyaux était loin devant. Mais par plaisir et par passion, il entendait boucler, sans faillir, sa mission personnelle : franchir la ligne d'arrivée du prestigieux Vendée-Globe.

Chapitre 7

Le garçon passa un rapide coup de torchon sur le Formica, diluant les traces de bière dans la pellicule graisseuse qui fait la patine des tables de bistrot, et à laquelle s'ajoutait une strate nouvelle chaque fois qu'il frottait, client après client, avec sa lavette, grise comme une serpillière. Il ne l'avait pas changée depuis le début de son service. Il était vingt-deux heures. Elle passerait bien encore la nuit.

Tout en effectuant son geste machinal, il lui avait lancé d'un ton sucré et pressé, comme seuls les loufiats savent le moduler, un impersonnel : « Et pour madame, ce sera ? » « Une bière... Amstel », avait précisé Marie-Ange qui se tenait en retrait sur sa chaise, évitant discrètement de poser ses coudes et son sac sur ce plateau poisseux. Non pas qu'elle fût bégueule, la journaliste, mais dans cette profession qui prétendait s'adapter à tout, elle conservait sa part de convenances et d'éducation bourgeoise qui renforçait sa dualité de femme-reporter. De la même façon qu'elle s'était glissée sur la chaise d'à côté, parce que la chaleur persistante du fessier précédent remontait sous sa robe. Elle trouvait indécent d'échanger ainsi une sensation intime avec un cul dont elle ne connaissait rien, *a fortiori* l'hygiène. À choisir, elle aurait préféré se frotter les coudes sur la table.

Le Khédive était un bistrot ordinaire où se mêlaient la solitude ouvrière et la dèche estudiantine qui se retrouvaient là, à refaire le monde autour de bières pas chères. Un vieux café du centre dont la clientèle ne correspondait guère aux ambitions d'une enseigne qui tirait son titre d'un vice-roi d'Égypte. Mais on s'y sentait bien quand on était paumé, seul ou sans un sou. Marie-Ange connaissait le Khédive pour y avoir retrouvé un jour Vincent, venu signer son deuxième roman dans cette même librairie funeste.

Elle rentrait, ce soir-là, d'un reportage à Sangatte, une petite station balnéaire dont la réputation n'allait cesser de grandir à mesure que les consciences molles découvriraient aux infos les images de drames d'un tourisme sauvage que la ville rejetait. Les nouvelles filières du trafic humain abandonnaient là leurs clandestins que la perfide Albion refusait d'accueillir. Sensible à toutes les misères du monde, Marie-Ange était bouleversée. Elle ne cherchait pas à stigmatiser ni à juger. Elle réagissait simplement à la détresse d'une mère ou au regard perdu d'un enfant. En plus, c'était l'hiver. Pour réchauffer son cœur, elle avait téléphoné à Vincent qui se trouvait à une heure de voiture.

Elle pleurnichait à moitié en racontant sa journée.

– On ne devrait pas m'envoyer sur des coups comme ça. Je ne suis pas assez cynique.

– J'ai signé cent bouquins, lui avait-il annoncé pour la réconforter. Je te paie un gueuleton. Ça te remontera le moral. On se retrouve au Khédive. C'est facile à trouver. J'y allais quand je faisais mes études de journalisme...

Il l'avait fait rire toute la soirée. C'était deux ans plus tôt.

*

Décidément, cette fin de journée prenait des allures de pèlerinage. Dès qu'elle eut quitté Lemarchand, planté comme deux ronds de flan au milieu du hall de l'hôtel, Marie-Ange s'était rendue au commissariat central qu'elle fréquentait assidûment depuis plus d'une semaine et dont elle ressortait généralement bredouille. Mais elle insistait, appliquant la méthode Sénéchal de ratissage systématique, espérant bien faire craquer le commissaire chargé de l'enquête, un Maigret de province qui lui répétait inlassablement, la bouffarde entre les dents, qu'il n'avait rien de nouveau sur l'affaire. De toute façon, Paris avait repris l'enquête. Telle était sa rengaine... Mon œil ! Qu'il n'ait rien trouvé, c'était possible. Qu'il menât son enquête, discrète, voire secrète, était certain. Marie-Ange sentait bien qu'il la baladait et qu'il ne lui disait pas tout.

Elle l'avait d'ailleurs cueilli à froid, en déboulant juste avant la fermeture de son bureau pour l'interroger sur la présence de ce fameux journaliste belge qui n'en était pas un. Comme elle venait de l'apprendre, une heure plus tôt, en téléphonant à la RTB.

– Un tuyau contre un tuyau, avait-elle monnayé.

– D'accord, avait topé le Maigret, l'œil gourmand.

Mais elle n'avait pas réussi à lui tirer une seule info sur cet homme au brassard rouge, faux journaliste, faux Belge, qui n'avait pas quitté, le lendemain du crime, son collègue inspecteur, dans les rayons de la librairie.

– Pour moi, c'était un de vos confrères. Ça ne faisait pas de doute, avait-il affirmé tout bonnement... Et mon collègue, comme vous dites, je ne le connais pas plus que vous. Il venait, lui aussi, de Paris.

– De Paris ! Comment ça ? Carrera n'était pas encore arrivé.

– Oui, mais celui-là nous avait été parachuté dans la nuit. Un « spécial ministère », si vous voyez ce que je veux dire.

Il avait le teint tellement rougeaud, le commissaire, qu'on ne pouvait savoir s'il mentait. La couperose camouflait ses émotions. En revanche, il ne perdait pas le nord.

– À vous maintenant. Mon tuyau ?

– J'arrête l'enquête. Je repars demain matin, avait-elle souri avec malice.

– Ça n'est pas un tuyau, ça !

– Et vous ? Vous m'avez donné quoi ?

Elle avait tenté le coup. Elle savait qu'elle ne le reverrait certainement jamais.

Puis Marie-Ange s'était baguenaudée, désappointée, dans les rues de cette ville muette sur ses secrets et sombre avant la nuit. Les nuages étaient si lourds en cette fin d'été que le ciel donnait l'impression de vouloir anticiper l'heure d'hiver, pour en finir avec le temps maussade. Depuis qu'elle était là, il pleuvait tous les jours. Les filaments des réverbères rougissaient déjà dans le crépuscule naissant. Le son ouaté de la rue lui parvenait à peine. Assourdie par un flux de pensées désordonnées, la journaliste n'entendait rien d'autre que le battement de ses tempes qui cognaient à l'intérieur, rythmant à contretemps ses réflexions aussi détraquées que les instruments de mesure de la météo.

Elle s'avançait dans l'espace, sans diriger ses pas, ressassant ses certitudes et ses doutes. Sans parvenir à les ordonnancer pour tenter de conclure. Marie-Ange progressait sur le trottoir en s'enfonçant vers le soir, comme dans un coaltar sans fin. Elle ne savait plus que penser. Ni à qui parler.

Sans doute pas à Lemarchand qui préparait ses valises à l'hôtel, en ruminant dans son coin. L'affaire le dépassait. Ni à Sénéchal. Elle avait peur de lui annoncer l'échec de son enquête. Elle l'entendait déjà, au bout du fil, cherchant à la relancer encore une fois sur une piste nouvelle. Que lui aurait-elle répondu ? « Non, Jacques... Si... Oui... D'accord, patron. Encore deux ou trois jours... OK, je reste... » Elle ne lui résisterait pas. Elle préférait l'affronter en rentrant sans prévenir et lui expliquer avec charme et arguments que la clé du mystère ne se trouvait pas là. Qu'elle avait fait le tour. La librairie n'était qu'un lieu de rendez-vous programmé. Le mobile était ailleurs. Bien sûr, il y avait ce Belge sans accent et l'intérêt particulier que la place Vendôme semblait porter à Vincent. L'empressement à rapatrier son corps et à déléguer dans la nuit un enquêteur estampillé, ne pouvait venir que du garde des Sceaux. Mais à trop vouloir chercher, on finit par imaginer toutes sortes d'absurdités. Et si un bon journaliste se doit d'être un brin parano, il ne peut relever en permanence des contradictions partout. N'était-il pas normal, après tout, que l'assassinat d'un grand reporter de la télé puisse préoccuper le ministère de la Justice ? C'est son indifférence, au contraire, qui aurait pu paraître équivoque. Quant au Belge, oui ! c'était sans doute une barbouze déguisée en carte de presse. Ce ne serait pas la première fois que la Piscine viendrait flairer l'ambiance dans une histoire pareille. Rien d'étonnant non plus.

Enquête au point mort. Conclusion zéro. Elle reprendrait tout ça à tête reposée, à Paris. Car si elle était déçue, Marie-Ange n'avait pas l'intention pour autant d'en rester là. Elle devait bien ça à Vincent. Elle ne cessait de penser à lui comme s'il était toujours en vie. Ne parvenant pas, en dépit de ces huit jours d'enquête, à en parler ni à l'imaginer au passé.

D'ailleurs, elle s'était dirigée inconsciemment vers cette grande brasserie du centre où ils avaient dîné, le soir de son retour de Sangatte. Une de ces brasseries qui peuvent être du Nord, d'Alsace ou de Lorraine parce qu'elles se ressemblent toutes, sur place ou exportées, avec leurs banquettes en cuir, leurs boiseries chaudes et leurs ambiances de taverne du bon manger et de hall de gare mélangées. Les moules peuvent avoir parfois le fumet des saucisses, et la choucroute l'odeur de la potée lorsqu'il s'agit de retrouver la même connivence de chopes de grès entrechoquées, sans qu'on cherche à regarder dans l'assiette du voisin pour savoir s'il est plombier ou pharmacien.

Les lumières crues et l'écho gourmand de la salle avaient sorti Marie-Ange du trouble de ses pensées. En entrant dans cette brasserie comme si c'était hier, le souvenir de leur soirée avait fouetté ses sens autant que l'éclairage et le brouhaha bourdonnant, soutenu par le bruit des couverts heurtant la porcelaine des assiettes. Elle s'était assisse au même endroit ou presque et avait commandé le même jambon grillé aux endives braisées. Comme au soir de Sangatte.

– Ça n'est pas très féminin, s'était-elle justifiée, mais j'ai besoin de me dénouer l'estomac, après ce que j'ai vu toute la journée. Il faisait froid, tu ne peux pas savoir, sous ces hangars d'accueil. Clandestins ou pas, c'est honteux de laisser des femmes et des enfants comme ça... D'ailleurs, je dois avoir une de ces têtes...

– D'abord, la bouffe n'a pas de sexe, avait ironisé Vincent. Et moi, tout ébouriffée, tu me plais. Tu es jolie au naturel et t'es plutôt bandante comme gonzesse. Si on n'était pas amis, tu vois, je te draguerais bien ce soir...

– Mais on est amis, avait-elle coupé.

Sans doute trop hâtivement.

Respectueux, gêné aussi par cette réaction qui ressemblait fort à une invitation à changer de conversation, Vincent était revenu aussitôt en arrière.

– C'est sûr que cette affaire de Sangatte va se terminer avec des cars de CRS...

Il y a des phrases comme ça qu'on lâche sans avoir su les retenir. Par pudeur ou par surprise, et qui vous engagent malgré vous. Après, il est trop tard. Si c'était à refaire, Marie-Ange lui aurait répondu : « Amis... ça change quoi ? », ou plutôt : « C'est quoi, l'amitié, entre une femme et un homme ? » Ou bien elle se serait tue... Ce soir-là, elle avait perdu Vincent pour la première fois. Maintenant qu'il était mort, elle se l'appropriait sans son consentement. Sans savoir s'il avait eu pour elle un sentiment caché. Ou s'il avait imaginé, l'espace d'un instant, une aventure de reporters, comme souvent en mission. Il n'y a pas d'amitié entre une femme et un homme. Marie-Ange le pensait très fort, en rejouant cette scène, assise sur sa banquette, tristement et désespérément seule.

Ses endives étaient à peine tièdes. Le nez penché dans son assiette, elle mangeait lentement. Comme pour faire durer la mémoire de cet instant. C'est alors qu'elle avait senti une ombre frôler la nappe, et une présence qui se matérialisait en une masse hostile, s'invitant sans complexe à s'asseoir à sa table. Lorsqu'elle releva la tête, son regard glissa sur cette calvitie luisante qu'elle connaissait trop bien et qui lui fit plisser les lèvres dans une moue de dédain.

– Bonsoir, mon ange.

Kassem, comme un matou matois, semblait réjoui par l'effet provoqué.

– Tu as l'air surprise de me voir ?

– Qu'est-ce que tu fais là, Antoine ?

Marie-Ange avait du mal à dissimuler la répulsion que lui inspirait la présence de ce malfaisant. « Là où il est, ça sent la merde », disait toujours Vincent qui l'avait démasqué depuis longtemps.

– Je te l'ai déjà dit. Comme toi, j'enquête, susurra-t-il, sibyllin. Tu as trouvé des choses intéressantes ?

– Si tu permets, je réserverai mes conclusions pour Sénéchal.

– Oublie-le, Sénéchal. Quelque chose me dit qu'il n'est plus là pour très longtemps.

– Ah oui ! C'est une info ?

– Non. Une intuition. Comme ça !...

Marie-Ange fixait Kassem. Elle s'était tue. Ses deux yeux verts effarouchés, plongés dans le regard bleu d'acier du prédateur, cabrée, elle attendait. Les épaules tendues vers l'arrière, gazelle muette, en arrêt devant ce serpent qui déroulait ses anneaux, elle se tenait prête à détourner ses piques venimeuses. Elle connaissait par cœur son discours et ses méthodes. L'animateur vedette du *late show* savait retourner mieux que personne la parole des uns, distillée en poison contre les autres, sinon contre eux-mêmes. Avec lui, chaque situation était exploitée. Chaque mot était utilisé, déconnecté, réinséré, déformé, répété, acéré comme une flèche visant un but unique : affermir sa gloire et son pouvoir. Sur un divan, il eût été facile de sonder l'abîme de ses frustrations, sans doute lourdes à porter. De ses complexes. Lorsqu'une ambition ignore tout à ce point, c'est qu'elle relève de la psychanalyse. Il y a chez certains puissants de beaux tordus qui s'ignorent.

Le Libanais partageait ainsi son temps entre la guerre des autres et la représentation de lui-même. Soignant sa communication comme une œuvre au long cours. Il se regardait bouger en s'offrant en spectacle. Le sans-faute était pour lui un devoir ascétique. Ses paroles étaient pesées, ses gestes théâtralisés. Chaque pas dans son existence était une mise en scène. Savait-il qu'il se mentait quand il mentait ? Peu importe ! Sans contradicteur, il passait pour l'unique détenteur de la vérité lorsqu'il s'adressait aux gens de pouvoir. Il les dorlotait dans son émission du soir, grand rendez-vous mondain où ne se côtoyaient que les stars de la politique, du showbiz et des affaires. Ce qui était bon pour sa carrière était forcément intéressant pour le public. La question ne se posait même pas.

Il ne lui manquait que les rênes du journal pour s'afficher en maître absolu de l'information. Avant d'ambitionner la direction de la chaîne. Antoine Kassem déroulait son nouveau plan de conquête en sciant méthodiquement la planche de Sénéchal. Il était prêt à tout. Y compris à exploiter la mort de Vincent.

– Tu ne vas quand même pas t'imaginer qu'il était blanc bleu, ton copain, osa-t-il, impudique, devant Marie-Ange impassible. Moi, je ne l'aimais pas...

– Je vois que tu n'as rien perdu de ta délicatesse, mon cher Antoine. Lui non plus ne t'aimait pas, si ça peut te rassurer. Ne cherche pas de coup pourri dans cette affaire, il n'y en a pas. Je le connaissais assez, mon copain, pour t'affirmer droit dans les yeux qu'il était clean... Mais pourquoi veux-tu toujours salir les gens comme ça ? Tu ne sais rien de Vincent.

– J'en sais sans doute plus que tu ne l'imagines.

– C'est toujours la même chose avec toi, Kassem. Tu balances n'importe quoi et tu attends que ça pourrisse. Ça va comme ça, tes insinuations !

– Parle-moi sur un autre ton, coupa-t-il agacé. Ton ami Vincent, il avait forcément quelque chose à se reprocher. On ne passe pas un contrat sur la tête de quelqu'un pour une querelle de bistrot. À plus forte raison quand il s'agit d'un journaliste. Je suis prêt à parier qu'en haut lieu on ne vous pardonnera pas, ni à Sénéchal, ni à toi, de mener en douce votre petite enquête de merde. Qu'est-ce que tu crois ? Que tu vas trouver un mari jaloux ? Un deal de coke ? Une dette de jeu ? Et l'honneur sera sauf... Allons ! Vous n'êtes pas sérieux ! Cette affaire pue le règlement de compte à plein nez.

– Qu'est-ce qui te permet de dire ça ? Prouve-le, au lieu de nous embrouiller sans arrêt avec tes sous-entendus...

– Il n'avait pas que des amis, Vincent Delorme, c'est le moins qu'on puisse dire. Rappelle-toi le sac de nœuds avec les Israéliens.

– Si tu fais allusion à Ramallah, je pense qu'il a eu raison de diffuser la séquence du gamin. C'était un journaliste, honnête et courageux.

– Sauf quand il délirait sur la cause palestinienne. On ne flirte pas impunément avec les terroristes.

– C'est toi qui délires, mon pauvre Antoine. Et Doris t'envoie pour ça ?

– Doris m'envoie pour éviter les conneries. Il n'a pas envie que cette histoire vienne pourrir ses affaires. Tu oublies que le groupe n'a pas que la réputation de la télé à soutenir. La déstabilisation de nos sociétés en Afrique serait autrement plus grave. Et au Moyen-Orient. Tu as lu la presse depuis huit jours ? Le groupe a perdu six points en bourse. Il est temps que ça s'arrête... S'il s'agit d'une histoire de cul, de fric ou de drogue, on va vite le savoir. Mais j'ai plutôt l'impression que ton pote a mis les pattes là où il ne fallait pas.

– Bon, et alors ? Vas-y ! Qu'est-ce que tu es venu me dire ?

– De faire gaffe, Marie-Ange ! Laisse tomber l'enquête de Sénéchal. Ça ne te mènera à rien. Il a trop souvent couvert Vincent. Ce qu'il cherche, aujourd'hui, c'est sauver son fauteuil et n'importe quel argument pour écraser l'affaire. Il t'utilise. Tu entends ? Il t'instrumente... D'ailleurs, tu as bien vu, en huit jours, *nada* ! Tu n'as pas ferré la moindre piste. Car la clé, tu ne la trouveras que dans les relations peu avouables qu'entretenait Vincent. Ça te dérange, je sais... mais j'ai mon idée. Travaille plutôt avec moi. Tu as tout à y gagner. Doris n'est pas un ingrat... Il n'y a pas si longtemps, je lui ai suggéré qu'il nous faudrait une fille comme toi pour présenter le journal. Il n'a pas dit non. Tu sais à quel point j'ai l'oreille du patron...

Maintenant qu'il la sentait ébranlée par son discours perfide, le serpent caressait l'ego de la jeune femme dans le sens de ses désirs d'antenne. Il savait qu'en son temps, elle avait tourné des pilotes pour assurer les remplacements du week-end. Marie-Ange passait bien. Elle prenait la lumière. Assurée ce qu'il fallait, sans arrogance apprêtée, elle valait mieux que « la fille de la concierge qu'a réussi », genre très à la mode, dans les promotions express des nouvelles stars éphémères de la télé. Agréable à regarder, sans poses ostentatoires, elle dépassait le statut de plante verte juste ce qu'il fallait pour ne pas effrayer la ménagère de moins de cinquante ans. Critère absolu des sondages. Mais elle avait dû s'effacer devant un appétit plus goulu que le sien. Chantal Romanée avait d'autres arguments. Une petite pétillante qui n'avait pas plus froid aux fesses qu'aux yeux lorsqu'il s'agissait de soulever sa jupe pour gravir les échelons. D'ailleurs, elle ne s'en cachait pas. « Je baise utile », clamait-elle à qui voulait en profiter. Aussi, l'ambitieuse bénéficiait-elle d'un soutien appuyé de l'Élysée depuis qu'elle était passée au rang de maîtresse à ménager. Elle était sinon bien capable de révéler, dans ses mémoires d'alcôve en cours de préparation, les piètres performances de son amant de président qui, trop pressé, ne lutinait qu'entre deux portes, recrutant, en accord avec sa politique de proximité, de préférence parmi celles qui lui tendaient le micro.

Marie-Ange avait très certainement une revanche à prendre. D'autant que sa rivale, malgré ses arrondis rebondis, ne faisait pas l'affaire. Ses sondages avaient dévissé de cinq points en moins d'une saison. Un sixième s'annonçait fatal... À moins que, d'ici là, elle n'ait gagné du temps en laissant filer dans les rubriques people quelques indiscrétions, sitôt démenties, sur ses rendez-vous secrets, au cœur de nuits privées dans les voyages officiels. Les cabrioles présidentielles n'étant pas soumises aux sanctions de l'audimat, le public se rangerait sans aucun doute à ses côtés pour la plaindre et la sauver.

Curieux effet dévastateur que cette perspective de présenter un jour le « 20 heures ». Marie-Ange en rêvait, elle aussi. Surtout depuis qu'elle avait goûté, remplaçante aux éditions du soir, à l'étrange fascination des secondes qui précèdent le décrochage du journal. Quand le trac et l'adrénaline se conjuguent. Elle avait vécu ces moments intenses, avec la peur comme unique alliée. Seule au milieu d'un studio vide, dans l'attente d'être aspirée par l'œil robotisé de la caméra du direct, prête pour une transportation au travers de l'espace hertzien jusque dans l'univers impalpable des écrans de télé... Premier décompte. Le générique rompt le silence du plateau, comme les moteurs d'une fusée. La pression s'accélère. Déjà le second décompte s'égrène. Trois, deux, un, zéro. Le présentateur est projeté à la vitesse de la lumière, désincorporé dans l'immatérialité de l'espace et du temps. Cosmonaute en apesanteur, il flotte désormais quelque part entre faisceaux et satellites. Il se crypte et se décrypte au cœur du numérique, se démultipliant à l'infini dans l'au-delà mystérieux de la télécommunication, aux confins du réel et de l'imaginaire.

Seuls les présentateurs des journaux télévisés connaissent cette sensation vertigineuse de saut dans l'inconnu. Avec le sentiment de prêcher dans le vide. Sans témoin. « Mais qu'est-ce que je fous là ? » se demandent-ils parfois, isolés dans leur bulle de direct, devenus spectateurs d'eux-mêmes dans cette « rencontre du troisième type » entre un monde invisible et leur corps flottant, désincarné, émettant des sons perdus comme les bips d'une sonde abandonnée plongeant dans un trou noir. Heureusement, pour calmer les angoisses de l'homme-tronc solitaire, vient ensuite le temps du week-end et du retour sur terre lorsque, arpentant les marchés, il teste le poids de sa notoriété entre les têtes de veau du boucher et les artichauts bretons bradés.

Marie-Ange regardait Kassem. Elle s'en méfiait. Car l'homme était dangereux. Entremetteur des cercles de pouvoir, il s'y entendait mieux que personne pour favoriser les contacts entre les puissants et les porteurs d'intérêts divers avec lesquels il entretenait des relations serviles. En se rendant indispensable, ils lui étaient tous redevables. Et il en profitait ! Usant de son statut et de ses protections pour s'arroger la légitimité de dénigrer, sans appel, tous ceux qui le gênaient. Il se vantait d'obtenir toujours la tête de ses ennemis. « Un tas de merde dans un costume d'alpaga », disait de lui Vincent, en plagiant la formule. Ces deux-là ne s'aimaient pas. L'expert en coups montés et le chevalier blanc faisaient des étincelles chaque fois qu'ils s'entrechoquaient. Le grand patron n'avait pas eu à trancher. Le sort venait de s'en charger pour lui.

– Et pourquoi je te croirais, toi ? reprit Marie-Ange.

– Parce que j'ai une info béton... que je ne peux pas te révéler aujourd'hui, affirma Kassem sans sourciller. Mais tu verras comme tout te paraîtra limpide, si tu m'écoutes...

Consciente de la rouerie du Libanais, Marie-Ange s'était prise malgré tout à douter. Il paraissait si sûr de lui, forçant le ton, le regard appuyé, qu'elle avait dû retenir un frisson, en effleurant l'idée que Vincent puisse soudain lui apparaître sous un jour insoupçonné.

Une autre sensation, tout aussi inattendue et désagréable à sa peau, lui fit brusquement dégager sa main. En caressant ses doigts, Kassem venait de s'autoriser un geste déplacé. Si sa parole était convaincante, ses yeux doux ne l'étaient pas.

– Qu'est-ce qui te prend, Kassem ?

– J'aime les tigresses comme toi, glissa-t-il avec une arrogance assumée. Je vais t'inviter à dîner dès que tu seras revenue à Paris. Tu rentreras tes griffes quand tu découvriras le vrai Kassem... celui qui t'offrira le « 20 heures »...

– Tu ne me prendrais pas pour une pute, par hasard ?

L'une des vertus du portable est qu'il peut sonner à tout moment et vous tirer des situations les plus embarrassantes. Marie-Ange s'était précipitée sur son sac. « Allô !... Oui... Qui ? » Tandis qu'elle répondait à cet inconnu salvateur, Kassem s'était levé et, sur un signe de la main, « À bientôt, mon ange », il était reparti d'où il était venu, au cœur de cette immense taverne dont le brouhaha convivial avait permis d'estomper l'âpreté de leur échange.

– Bien sûr, je me souviens. Ce matin, oui... le jeune médecin légiste de la morgue... Ben, jeune ! Vous n'êtes pas si vieux que ça... Du nouveau, bien sûr que ça m'intéresse... Dans une demi-heure au Khédive, c'est le seul bar que je connaisse... Dans le centre. Vous trouverez, j'ai bien trouvé, moi !...

Étrange appel que celui de ce jeune homme bredouillant. Presque timide. Visiblement gêné de l'avoir dérangée. Et qui n'avait pas l'air très convaincu de l'intérêt de sa trouvaille. Un élément important, disait-il, qu'il voulait lui communiquer avant son départ. Ou alors il s'exprimait mal. Mais, après tout, quelle importance ! Elle avait fugacement imaginé qu'il allait la détendre. Elle en avait besoin. Au fait, comment s'appelait-il ? Ah oui ! Morillon. Elle ne connaissait pas son prénom.

Sitôt raccroché, Marie-Ange balaya du regard cette salle bigarrée. Si grande et si pleine qu'on ne pouvait l'embrasser tout entière. Curieuse de savoir avec qui il dînait, elle cherchait la table de Kassem, sans parvenir à localiser sa silhouette pourtant bien agitée d'ordinaire. Si justement ! Là-bas, au fond. Il était debout et s'apprêtait à sortir, distribuant d'un geste large des pourboires aux serveurs. L'homme qui le précédait apparaissait de dos. Il avait relevé le col de fourrure de son blouson de cuir, râpé comme ceux de la Royal Air Force. Il ne lui manquait que le brassard de presse... C'était le Belge.

La journaliste avait bondi, contournant les tables, glissant sur la dalle, bousculant les serveurs... lorsqu'elle fut stoppée par un chef de rang qui lui barrait l'allée. Surpris de voir cette femme allurée filer comme une griveleuse. Le temps de lui expliquer qu'elle avait reconnu un ami, qu'elle reviendrait payer, il était déjà trop tard. La voiture démarra sous son nez, en même temps qu'elle franchissait la porte. Une Mercédès, immatriculée en Belgique.

*

Les ouvriers consommaient au bar, les étudiants au premier. L'ambiance du Khédive était chaude. La bière y coulait nostalgique sur les souvenirs de vacances, et prometteuse sur les retrouvailles entre garçons et filles, à quelques jours de la reprise des cours. Oubliant les paroles de Kassem, Marie-Ange se gorgeait de cette atmosphère joyeuse qu'elle avait déjà partagée, le soir de son retour de Sangatte. Seule la saison avait changé. L'homme qu'elle attendait aussi.

Le serveur passa machinalement sa lavette grise sur la table en prenant la commande du jeune médecin, plus à l'aise qu'à la morgue, bien qu'empêtré dans son allure nonchalante d'étudiant attardé.

– Alors ? interrogea Marie-Ange. Vous avez finalement retrouvé la mémoire. Vous aviez trouvé quelque chose, à l'autopsie.

– Non, pas à l'autopsie. Je vous répète que je n'ai pas eu le temps d'en pratiquer une. J'ai trouvé quelque chose dans son pantalon.

– Son pantalon !

Le portefeuille de Vincent, sa montre, ses clés, tout ce qui se trouvait sur lui au moment de sa mort avait été consigné dans une boîte, confiée aux enquêteurs. Charge à la morgue de restituer à la famille l'ensemble de ses vêtements. Quand la blondasse qui pouffait les avait pliés, le ticket avait glissé d'une de ses poches.

– Un ticket de métro, constata Marie-Ange.

– Tournez-le plutôt... Lisez.

– BEL 24 15.

– On dirait un numéro de téléphone à l'ancienne, suggéra Morillon. Vous ne croyez pas ? Du genre ÉLY pour ÉLYSÉE.

– Non, pas du tout... réagit la journaliste. Ça pourrait bien être un numéro de plaque minéralogique. J'ai vu une voiture tout à l'heure, immatriculée en Belgique. B.E.L... Je n'ai pas eu le temps de relever le numéro, mais il se terminait par un 5... je crois.

– Quel genre de voiture ?

– Non rien... coupa Marie-Ange, qui visiblement ne souhaitait pas s'étendre davantage sur le sujet devant son nouvel ami le légiste qui commençait à prendre très au sérieux son rôle de détective.

– C'est tout ce que vous avez de nouveau ? reprit-elle, déçue. Ça pouvait attendre demain.

– C'est vrai, mais je voulais surtout... vous revoir avant que... vous ne repartiez sur Paris...

– Non, vous n'allez pas vous y mettre, vous aussi !... Ça fait trois fois qu'on me drague en moins d'une heure.

Elle éclata de rire.

– Trois fois ? s'étonna Morillon, vexé. Et peut-on savoir qui ?...

– Oh ! Kassem, un connard... Vous ne connaissez pas.

– Et l'autre ?

– Vincent.

– Vincent ?

– Oui. Vincent Delorme, soupira-t-elle en baissant ses yeux, embués de tristesse. Vous ne pouvez pas comprendre... Et je n'ai pas envie de vous expliquer.

Chapitre 8

Deux fois plus grosse qu'à Paris, la lune éclipsait les étoiles. Elle embrasait le ciel, zébrant la mer de ses reflets de lumière noire, unissant le sable et l'eau dans un drapé argenté dont les scintillements féeriques pouvaient faire oublier, en cet instant béni, que Mayumba se trouvait bien au trou du cul du monde. Quelque part perdue sur une côte africaine.

– Plus on monte vers l'équateur, plus on doit se rapprocher d'elle. C'est pour ça qu'elle paraît si grosse, en avait conclu Raffy, traversé par l'un de ces moments rares qu'il abandonnait à la méditation.

Au rythme de ses réflexions, il tirait sur un cigare trop sec, avachi sur une balancelle dont la rouille ne grinçait plus, bloquée sous son poids, lui-même augmenté du bon kilo de victuailles qu'il venait d'avaler pour son repas du soir.

– Alors, les Américains devraient envoyer leurs fusées d'ici. Ce serait toujours ça de gagné, en avait déduit Werner, qui poussait mollement du bout des pieds son rocking-chair, un verre de vodka à la main.

– Peut-être bien.

– À moins que...

– À moins que quoi ?

– Non, rien.

Werner préférait ne pas avancer d'autre hypothèse, dans le seul but d'économiser la conversation. Il venait d'imaginer pourtant que, dans ce ciel limpide qui les enveloppait, le reflet de la lune devait être moins filtré par des strates de toutes sortes et que son disque leur apparaissait du même coup plus présent. « Tu n'es pas assez poète », lui aurait rétorqué Raffy, et il lui aurait fallu argumenter. À quoi bon ! Dans cette moiteur ambiante qui transformait en sudation jusqu'à leur digestion, tout effort devenait inutile. Sans compter qu'ils se disputaient assez comme ça. Seuls Blancs dans ce village africain, éparpillé entre la forêt et l'océan.

Enfin, ils se disputaient !... comme un vieux couple. Contraints de partager leurs solitudes. Et le pastis du soir, avant de dîner, à tour de rôle chez l'un chez l'autre, dès que le soleil disparaissait. La nuit tombait vite sur Mayumba, bercée par le ressac soyeux des vagues qui glissaient doucement sur le sable, comme pour ne pas réveiller les bruits et les cris de la jungle endormie.

Raffy, qui ravitaillait toutes les communautés alentour, cuisinait les produits congelés qu'il recevait, chaque fin de semaine, par la barge côtière. De la viande rouge sans goût et des poulets de Bresse qu'il relevait avec des sauces de son invention. Mais à l'européenne... Sa villa trônait, figure de proue avancée, face à la mer, comme une épave de parpaings blanchis abandonnée sur la lagune. La plage prolongeait sa terrasse. Il ne se baignait jamais.

Quand c'était son tour, Werner, qui était là depuis plus longtemps, préférait agrémenter d'épices locales le boudin de cochon noir, ou faire griller à la feuille les poissons des pêcheurs. Il vivait dans une bicoque en bois, à deux cents mètres de là. En lisière, juste ce qu'il fallait pour profiter de l'ombre tout en laissant pointer ses antennes vers le ciel. Vingt ans plus tôt, il avait fui on ne savait trop quoi, alors qu'il officiait sur des cargos allemands en qualité d'opérateur radio. Depuis, il assurait officiellement des liaisons diverses, reliant par-dessus les arbres le trou du cul du monde au reste des vivants. On faisait la queue devant sa baraque aux meilleures heures de transmission pour entendre grésiller pendant quelques minutes la voix d'un parent qui avait patienté lui aussi devant un autre poste, semblable à celui de Werner, à l'autre bout du Gabon.

Lorsqu'il était mal embouché d'avoir trop bu de vodka, il dégageait sa porte de « tous ces fainéants de négros » à la coloniale, sans ménagement. « Ça ne passe pas aujourd'hui. grinchait-il. Vous reviendrez demain. Allez, du balai ! » Il avait même fait le coup à Raffy, un jour de grande fâcherie. Lequel Raffy avait raté sa commande sur la barge, faute de liaison. Depuis, il avait trouvé la parade aux mesures de rétorsion du « boche ». Il s'était fait livrer une radio dernier cri, directement reliée à ses fournisseurs. Il n'avait donc plus besoin de passer par le crincrin ni par les humeurs de Werner.

Leurs qualificatifs manquaient quelque peu de nuances quand ils se chamaillaient. Pour émailler ses soliloques vengeurs, le « boche » avait lui aussi quelques mots doux en réserve pour désigner Raffy, qu'il traitait alors de « bougnoule » ou de « raton ». Allusion à une origine quarteronne mal définie qui remontait à un grand-père arabe dont il portait le nom.

Leurs brouilles pouvaient durer des semaines, pendant lesquelles ils rivalisaient d'ingéniosité pour éviter de se croiser, au point d'y parvenir dans un périmètre aussi restreint que le leur, guère plus grand que le stade de France, quitte à se cloîtrer, l'un dans sa cabine téléphonique, l'autre sous les tôles de son entrepôt. Un jeu qui occupait la moitié de leur temps. Jusqu'au jour où l'un venait se planter devant la porte de l'autre, comme si de rien n'était. « J'ai reçu du sanglier qui marine depuis deux jours. C'est tout de même mieux que ton putain de cochon noir ! » Version Raffy. Ou, version Werner : « Kouloumé m'a apporté un capitaine qu'il a pêché ce matin. Y en a pour quatre. Quand je dis pour quatre, c'est quatre comme toi ! »

Ne revenait pas forcément celui qui avait tort. C'était chacun son tour.

Ce soir-là, le bordeaux blanc bouchonné, cuvée spéciale des réconciliations, avait achevé d'assoupir leurs corps et leur querelle. La paix régnait à nouveau sous le ciel étoilé, ramenant le calme au village. Car, quand les Blancs s'engueulaient, il valait mieux tailler la route, et surtout éviter de prendre parti, si on voulait continuer à téléphoner chez le boche ou faire provision de clous et d'essence au comptoir du bougnoule. Même les antilopes audacieuses se mettaient à geindre plus que d'habitude en feignant l'extase sous la moiteur des moustiquaires. Par peur de prendre des coups en guise de récompense lorsqu'elles venaient frotter leur peau noire à l'appel des pulsions coloniales de ces deux-là. Tout le village tremblait quand Werner et Raffy s'emplâtraient.

Une fois de plus, le football était à l'origine de leur différend. L'un supportait l'équipe de France, l'autre affichait une préférence provocatrice pour le Brésil. Car ici comme ailleurs, la trêve du ballon rond attisait les passions, réactivant, le temps d'une Coupe du monde, les nationalismes oubliés, unissant les pauvres et les riches, les intellectuels assis et les cons les plus reculés. À vous en faire oublier le réchauffement de la planète et tous les conflits qui renaîtraient après... Une bouffée d'oxygène libérée sur quelques hectares de pelouse et répandue sur la Terre tout entière. Du stade de France jusqu'à cette terrasse face à la mer, ignorée du reste du monde et sur laquelle deux fanatiques écoutaient religieusement tous les matches, en direct à la radio. Quelle que soit l'heure de la journée, ils fermaient leur boutique et se retrouvaient autour d'un énorme poste, capteur des ondes de toutes les longueurs, comme il n'en existe plus que dans les endroits paumés, encore vierges des antennes de télé.

Juste avant la finale, l'alcool aidant, le pronostic avait tourné à l'aigre.

– Qu'est-ce que tu me fais chier avec ton Brésil de merde ! s'était emporté Raffy. C'est pas possible ! Tu dois encore avoir des parents là-bas qui se sont planqués après la guerre...

– Y a pas de nazis chez moi ! s'était mis à hurler Werner, en frappant du poing sur la table. Y a jamais eu de nazis chez les Werner, et c'est pas un raton comme toi qui va me donner des leçons !

La suite, on la connaissait... toujours la même quand leurs invectives résonnaient plus fort que les bruits de la forêt. Mais, cette fois, de mémoire de cases, on n'avait jamais entendu les deux Blancs s'empoigner de la sorte. Ils en étaient venus aux mains. Échange court, tir dévié et reprise de volée. Pris par son élan, le boche avait raté la mâchoire de Raffy qui au passage lui avait cassé la bouteille de vodka sur la tête. Fin de la première période.

Sans la médiation du toubib, ils ne se seraient sans doute plus adressé la parole. En tout cas, pas avant longtemps. Même si l'équipe de France depuis avait tranché pour eux. Et un, et deux, et trois... On est les champions. L'offense avait été rude et le coup de l'étrier aussi, avec cette bouteille de vodka balancée cul sec sur la tronche du « frisé ». De quoi le scalper comme un Peau-Rouge. Il pissait le sang, comme, d'habitude, il pissait la bière.

Ce petit dernier pour la route, asséné avec vigueur, avait conduit Werner, groggy dans sa jeep, jusqu'au dispensaire, à cinq kilomètres de là. Il avait dû réveiller Pécheux, un médecin imberbe venu prouver sur place qu'il était bien la réincarnation du bon docteur Schweitzer, en compagnie d'une nymphette diaphane qu'il présentait comme sa femme et dont les tenues légères laissaient à penser que, quitte à se réincarner elle aussi, elle opterait davantage pour le karma d'Emmanuelle que pour celui d'une infirmière. Paraît que Raffy y avait goûté ! En venant recharger sa trousse à pharmacie. Mais il se vantait toujours...

Pour recoudre le crâne de Werner, Albert Pécheux – déjà fier de porter le prénom du guérisseur de Lambaréné – avait dû lui raser la tignasse. Avec la boule à zéro, il avait, pour le coup, une vraie tête de nazi... mais, bon ! Inutile de remuer le tesson dans la cicatrice.

Quelques jours plus tard, le frisé tondu était revenu au dispensaire. Albert l'ayant convié à suivre la finale chez lui, pour éviter que la situation ne s'envenime. Car là-bas sur la plage, on n'aurait pas coupé à une expédition punitive, pour cause de frustration. Werner étant, de fait, interdit d'écoute sur le gros poste aux ondes de toutes les longueurs dont Raffy était le propriétaire.

– Excuse-toi d'abord ! avait exigé Werner au moment de leur confrontation, après plusieurs jours de négociations.

– Je n'ai pas à m'excuser, monsieur... mais tu vois, j'affiche la générosité des vainqueurs, avait fanfaronné Raffy. Alors, je te le dis, magnanime, et un, et deux, et trois : « Je m'excuse. » Ça ne te fait pas rire ?

Et se tournant vers le jeune couple :

– C'est bien pour toi et ta petite femme, que je fais ça, toubib.

Pécheux avait joué le rôle de l'arbitre. C'était de circonstance, mais il était aussi le seul à pouvoir éviter l'éclatement de cette minuscule communauté blanche du trou du cul du monde. Fin de la deuxième période.

*

Après avoir savouré un gigot aux lingots de Provence et vidé le bordeaux blanc bouchonné de la réconciliation, ils regardaient la lune, plus grosse qu'à Paris, lorsqu'un grincement fit sursauter Werner.

– Qu'est-ce qui se passe ?

– Rien, je maigris en silence, plaisanta Raffy, égrillard, en imitant Raimu. Mon poids n'écrase plus la rouille, puisque la balancelle grince. J'en conclus que je maigris.

Le vin blanc l'émoustillait autant que le rouge pouvait l'assoupir. En réalité, il s'était levé et scrutait la nuit, du côté du chenal qui amenait les barges jusqu'au débarcadère.

– Je crois qu'ils ont fini, dit-il.

Des ombres s'agitaient, grises sur fond de lune. Respectant le silence des bruits de la forêt, une dizaine d'hommes en tenue léopard venaient de faire le plein de bidons et de caisses qu'ils avaient transportées depuis la plate-forme du bateau à l'intérieur de deux camions bâchés. La manœuvre fleurait bon l'opération clandestine.

Raffy s'était avancé sur la plage, en direction de cette barge qui stationnait sur le bras d'eau, en amont du ponton. Elle se trouvait au plus loin qu'il était possible de l'atteindre en roulant le long de la côte. À deux cents mètres de la terrasse.

– Putain ! Tu m'as fait peur, Charly, grogna-t-il, esquissant un pas en arrière. Je ne t'ai pas vu venir. T'es plus noir que la nuit.

Le chef des rebelles, une armoire angolaise, campait devant lui, les mains appuyées sur un pistolet mitrailleur qui lui barrait le ventre. Son rire amusé qui découvrait ses dents et les globes de ses yeux éclairaient son visage comme des néons dans l'obscurité.

– Tu perds tes réflexes, mon vieux Raffy. Fais attention à toi, si un jour on n'est plus du même côté.

– T'inquiètes pas, Charly. Je suis toujours du bon côté. Celui du pognon. C'est ma seule religion... À part ça, tout est OK pour toi ?

– Good job, patron. On finit d'embarquer et on se tire. Tiens, cadeau !

Il lui tendait un morceau de chiffon, roulé en boule dans sa main.

– Qu'est-ce que c'est ?

– Diam's !

– Mais je suis payé pour ça.

– Cadeau, j'tai dit. C'est pour tes fiancées...

Ils échangèrent encore quelques mots, avant que les camions de Charly ne disparaissent dans la forêt. Déjà, le cliquetis des culasses usées de leurs moteurs s'estompait sous le chant des crapauds. La faune aux aguets avait repris ses activités noctambules. Le danger s'éloignait. À nouveau, les lumières tremblotaient au travers des planches mal ajustées des baraques les plus proches. Le diable était passé. Personne ne l'avait vu. Ni entendu. Pas même le pilote de la barge qui pouvait désormais dormir tranquille sur la couche que lui offrait Raffy, dans l'entrepôt, les nuits de livraison.

La balancelle grinça. Raffy avait rejoint Werner qui n'avait pas bronché, rêvant sans doute encore de conquérir la lune.

– Plus je la regarde, s'étonna-t-il, plus j'ai l'impression qu'elle se rapproche de nous. Tu crois que c'est possible ?

– Si tu la fixes bien, tu ne vas pas tarder à voir des éléphants roses.

– Ça va, ça va ! J'suis pas plus bourré que toi... Dis-moi, ton gros zébu noir, il bouffe toujours autant de cartouches. Il revient quand ?

– D'ici un mois, s'il n'en prend pas une d'ici là... Je crois que ça chauffe en ce moment pour lui. Il a l'armée au cul. Il veut repasser au Congo, dès cette nuit, par la petite piste. Tels que tu les as vus, ils traçaient directement sur N'Dindi... Tiens, regarde... aujourd'hui, il m'a même refilé un pourliche.

Werner s'était penché sur la poignée de petits diamants que Raffy venait de compter dans sa main.

– Y s'est pas foutu de ta gueule ! Il va finir par te demander en mariage.

– À mon avis, il a surtout de plus en plus besoin de nous... Au fait, tu te souviens du reporter de la télé qui était venu trois fois l'année dernière ! Il l'avait interviewé.

– Ouais. Vincent, il s'appelait. Il était sympa. Il était même parti avec eux dans la forêt... Et alors ?

– Ben, il a pris une balle dans la tête.

– Merde ! Où ça ?

– Dans la tête, j'te dis.

– Oui, mais où ?

– En France.

– Comment tu sais ça ?

– C'est Charly qui me l'a dit.

– Et lui, comment il le sait ?

– Il le sait.

Chapitre 9

La vue plongeante sur la dalle amplifiait l'impression fantasque qu'avait Marie-Ange de se trouver à l'intérieur d'un aquarium géant. Elle était de bonne humeur et souriait en contemplant tout ce monde rétréci qui s'agitait sur le parvis de La Défense, et qui – s'il imaginait la même chose qu'elle, en bas – pouvait s'attendre à voir des bulles sortir de sa bouche quand elle répondait à Doris qui lui demandait avec la suave politesse d'un vieux monsieur bien élevé à l'adresse d'une jeune femme distinguée : « Comment allez-vous, mademoiselle ? »

– On ne peut mieux, monsieur Doris, surtout dans un décor pareil, répondit-elle sans quitter des yeux cette tranche de vie des habitants du béton qu'elle observait comme des bactéries sous le verre d'un microscope. Depuis le dixième étage de la tour de la Somira.

D'abord deux rangs qui se croisaient, aussi disciplinés qu'un défilé de fourmis. Dans un sens et dans l'autre. Depuis les escalators du parking et du métro jusqu'aux ascenseurs des buildings, et retour. Sans un regard pour le spectacle vivant qui les entourait, en dépit des efforts, mi-exhib' mi-provoc', des cascadeurs de la planche à roulettes qui exprimaient leur différence dans des sauts acrobatiques à se rompre le cou sur le dénivelé du parvis. L'avenir en marche et les marches des sans-avenir se côtoyaient ainsi, sans se voir. En attendant la confrontation prochaine.

– Vous aimez le modernisme ? poursuivit Doris, fier de faire découvrir son bureau-appartement, entièrement tapissé, sur deux côtés, de baies vitrées qui diffusaient leur lumière crue sur les contours épurés d'un décor de salle d'exposition pour designers à la mode. Cuirs, bois, métaux, tout respirait le rare et le luxe. Le clinquant valait étiquette, comme si on avait laissé le prix dessus pour bien montrer qu'ici tout était cher. Ou plutôt hors de prix.

– Ça, c'est Starck, s'empressa-t-il de souligner quand Marie-Ange posa la main sur le dos d'un fauteuil fluo, irisé par les rayons du soleil déclinant, au point qu'il faisait figure de veilleuse baroque dans cette ambiance froide de tons gris souris, gris acier. Gris sans joie. Gris président de société trop grande pour se souvenir qu'il existait des sentiments et des émotions dans la vie.

– Ça fait tache de couleur, je sais. Mais c'est un cadeau, ajouta-t-il aussitôt, devant l'air dubitatif de la journaliste. Paraît qu'il l'a fait spécialement pour moi ! Pour éclairer un agencement qu'il aurait aimé avoir conçu lui-même. C'est lui qui le dit, vous connaissez Starck !

Il devait déprimer, le grand patron, dans son bureau expo, quand il était tout seul, assis derrière sa plaque de travail vide. Avec juste un téléphone et un dossier vert dessus. À en juger par la souplesse fripée des sièges en cuir du coin salon, il devait passer plus de temps à traiter ses affaires dans ce coin-là, qui avait en réalité l'ordonnancement d'un véritable salon. Comme le coin bar était un véritable bar. Avec l'espace suffisant pour y faire sauter, une fois par an, les bouchons de champagne quand il présentait ses vœux à son conseil d'administration.

À gauche de son bureau qui tournait le dos aux baies vitrées, une porte coulissante ouvrait sur la salle à manger. Les cuisines étaient à l'étage, au fond du couloir. En sortant de l'ascenseur, on croisait souvent des serveurs en gants blancs qui circulaient avec des plateaux d'argent. Si bien qu'il arrivait fréquemment que certains visiteurs surpris redescendent, persuadés d'avoir mal compris les indications des huissiers. Car le président recevait beaucoup quand il ne courait pas les meetings aux quatre coins de la planète. Il connaissait du monde. Les Bush, père et fils, Poutine et Kadhafi, et même sœur Thérésa et la reine d'Angleterre. Sans compter tous les potentats d'Afrique où il avait l'essentiel de ses affaires. La télévision n'étant pour lui qu'un instrument de pouvoir.

De l'autre côté, à droite du bureau, une porte, toujours fermée et verrouillée, donnait sur une salle de bains ornée de céramiques façon Guimard. Une infidélité à la modernité. Un autre univers qui correspondait davantage à l'âge et aux goûts du président.

Manger, boire, recevoir, se changer, on pouvait tout faire dans cette suite de travail. Il devait donc bien y avoir un plumard quelque part ? Peut-être derrière la salle de bains. Encore que les dimensions du canapé portaient à elles seules la promesse, comme le souvenir, de chaudes espiègleries. Les promotions du même nom avaient fait la réputation du patron qui avait séduit sur le cuir bien des aventurières. Mais le temps des maîtresses semblait révolu. Il n'offrait plus que sa belle prestance de septuagénaire à l'admiration de sa cour. Simone Doris avait repris son bras dans les mondanités. Désormais, il n'exerçait son charme que par la puissance de l'argent. Une séduction qui chez lui n'avait jamais connu le désagrément de l'âge.

Une famille de taupes, ces Doris ! La dynastie avait affermi son empire en creusant des trous, pendant trois générations, sur le continent noir. D'abord Alphonse, le grand-père, apprenti géologue que le Bureau minier avait recruté, au début du siècle dernier, pour aller sonder le sous-sol en Afrique. À l'époque, il suffisait là-bas, comme au Moyen-Orient, d'enfoncer son doigt dans le sable pour que jaillisse le pétrole. Il n'en était jamais revenu. Dopé par l'énergie et l'ambition, il avait préféré se mettre à son compte, après avoir compris qu'il y avait d'autres trous à creuser, tant le sous-sol regorgeait de richesses minières. Abandonnant le pétrole aux grandes compagnies, il s'était mis à creuser, étayer des galeries, extraire, puis vendre le manganèse, le cobalt et même le charbon. Pas une mine dans l'Afrique équatoriale ou occidentale française ne s'ouvrait sans son expertise et il n'en sortait jamais sans avoir négocié avec ses commanditaires une participation confortable.

Lui succéda Albert, fils aîné de cette deuxième génération de colons, pour qui les provinces du sud de la France s'appelaient désormais le Gabon, la Centrafrique ou le Congo-Brazzaville. Il avait décuplé la fortune de son père en faisant creuser les autres et en rassemblant les concessions éparpillées sous une même bannière, la Société minière et de raffinage de l'Ouest africain, cotée sur les marchés boursiers. Car, dans le même temps, il était revenu à la case départ, prenant le vent de la coopération qui entendait faire oublier le temps des colonies, au moment où les grands groupes entrouvraient timidement les vannes du pétrole aux besoins du développement local. La Somira creusait toujours et raffinait un peu.

Vint ensuite Jacques Doris. Le parrain du moment, l'unique héritier d'Albert, qui fut tellement occupé à explorer la peau noire des belles de Libreville qu'il n'eut pas le temps de faire d'autres enfants à sa femme légitime. Il reporta donc toute son affection, puis sa succession, sur ce fils choyé qu'il envoya faire des études à Paris. Avec lui l'entreprise familiale allait basculer dans l'ère de la mondialisation annoncée. Formé à la finance et à la politique, ce rejeton, policé par la culture européenne, décida, à son avènement, de rapatrier le siège de la société en métropole. Il craignait qu'après l'Algérie ne se développent autant de troubles en Afrique que la France y comptait d'anciennes colonies.

Pendant plus de trente ans, Jacques Doris s'évertua pourtant à développer son empire en consolidant ses investissements pétroliers là-bas. Aujourd'hui il creusait encore, il raffinait davantage et en plus il transportait. Le dixième étage de la tour de La Défense était devenu incontournable dans l'économie des deux rives. D'autant qu'il avait compris qu'avec plus d'élégance et plus d'hypocrisie, les marchés s'obtenaient ici avec les mêmes arguments qu'avaient su utiliser sans complexe son père et son grand-père, dans les antichambres des palais africains. Bakchichs se traduisaient aujourd'hui, dans le monde des affaires, par des mots blanchis, tels que commissions ou rétrocessions. La corruption se fondait dans le concept des intérêts partagés. Et la compromission relevait désormais de l'art du gagnant-gagnant. « Donnez-moi des mots et je vous renverserai le monde. »

Et des images aussi. Voilà pourquoi Doris n'avait pas hésité à investir dans la télévision. La chaîne était sa danseuse, sa Mata Hari au cœur du système. Il avait senti monter le poids de la médiatisation, autre bakchich des temps modernes. Une émission offerte était moins aléatoire pour le bizness que la parité entre l'euro et le dollar. De plus, ce genre de transactions se faisait au grand jour, avec la complicité de l'audimat et de l'opinion dévoreuse de spectacle. Pourquoi s'en priver !

De la même façon, il avait déjà anticipé la fin du pétrole. Il était bien placé pour ça. Misant sur l'extension des centrales nucléaires, et par-delà sur l'exploitation des gisements d'uranium du Tchad et du Niger. Creuser était la spécialité de la firme. Obtenir des concessions et des marchés aussi. Surtout depuis qu'il avait appris à manipuler l'information, ou en tout cas à s'en servir. Une pratique efficace et transfrontalière, aseptisée sous le doux vocable de « communication ».

– Venez donc vous asseoir, Marie-Ange, l'avait priée Doris qui s'était dirigé vers le grand canapé du coin salon, en s'efforçant d'effacer négligemment son regard, capté malgré lui par les formes de cette silhouette qui ne pouvait laisser indifférent, même un homme de son âge.

Veste en tweed Chanel, col à revers, jupe soulignant des jambes d'une longue féminité, le tout rehaussé sur des talons qui affinaient sa ligne, c'est vrai que son look, avec ses mèches ébouriffées savamment réparties, lui conférait une élégance contemporaine plus adaptée à une première de collections qu'à une salle de rédaction. Il était difficile, voire indélicat, de ne pas accorder un regard admiratif à un ensemble aussi harmonieux. Elle était comme ça, Marie-Ange. Jolie au naturel et davantage encore lorsqu'elle voulait bien s'apprêter. Pour impressionner Doris, elle n'avait pas lésiné sur les détails de sa présentation.

L'invitation à venir s'asseoir aux côtés du président l'avait tirée de son aquarium géant imaginaire à l'intérieur duquel, penchée sur la dalle, elle regardait se croiser les fourmis et sauter les acrobates à roulettes.

– Vous permettez que je vous appelle Marie-Ange ? s'était repris Doris... Le public vous appelle bien par votre prénom, lui. J'ai lu ça quelque part dans les revues de presse. Huit jours de remplacement aux commandes du « 20 heures » et ils vous ont déjà adoptée. Félicitations ! Quand je vous vois, je les comprends.

Visiblement, le président savourait cette présence qu'il consommait à présent délicatement du regard, tout en la caressant de mots et de compliments d'un autre âge. Lui donnant tantôt du « mademoiselle » pour flatter son éclat, tantôt du « Marie-Ange » pour souligner sa merveilleuse façon de bouger devant la caméra. Le petit-fils de la brousse avait appris les convenances et les bonnes manières. Dans les salons. Sur tous les tons. Il maniait l'hypocrisie mondaine mieux que personne, et avec ses ennemis l'aisance affectée de ceux qui se détestent... Mais là, il était tellement surpris par ce charme cambré qu'il tournicotait du verbe, sans oser l'aborder à sa manière. Car son message n'était pas de se confondre en hommages sur sa beauté. Il ne l'avait pas convoquée pour sa prestance, lui qui se montrait d'ordinaire si direct au-delà de ses propos courtois.

– « Bouger devant la caméra », c'est bien l'expression que vous employez sur les plateaux, n'est-ce pas ? Même si, en réalité, vous bougez très peu.

– C'est ça... Moi, en revanche, je bouge trop. Surtout des épaules. Comme pour ponctuer mes fins de phrases. Il faut que je me calme, sourit-elle. Je crois que c'est le trac... J'espère que j'y arrive quand même... que je ne vous déçois pas ?

– Non, non, vous êtes parfaite.

Devant lui en tout cas, elle ne cillait pas. Marie-Ange se tenait droite, assise. Posée sur le bord du canapé. Comme devant la caméra, elle avait le trac, mais ça ne se voyait pas.

Depuis que le secrétariat de Doris l'avait appelée pour fixer un rendez-vous, elle n'en dormait plus. Elle avait du mal à se concentrer sur l'actualité. Elle peinait à rédiger ses journaux. Entrait sur le plateau avec la peur au ventre et en sortait avec le sentiment d'une prestation médiocre. « Il me trouve mauvaise, il va me virer, je le sens », confiait-elle à Marion, sa meilleure copine. « Ou alors, il m'en veut pour l'affaire de Vincent. Il va me le faire payer, c'est sûr. » Il est vrai que le président recevait rarement les journalistes dans son bureau-appartement. En dehors des affaires qu'il jugeait assez graves pour devoir les traiter directement...

– Vous êtes encore plus jolie au naturel qu'à l'écran, délivra-t-il sans prévenir... À mon âge, je peux me permettre de vous faire ce compliment.

Il venait d'infléchir le ton badin de leur conversation. Marie-Ange était tendue, au point d'accentuer plus encore la raideur de son maintien. Elle allait enfin savoir pourquoi elle était là.

– Vous êtes agréable à regarder, ce qui ne gâte rien quand on fait de la télévision. Mais, en plus, vous avez une présence indéniable à l'antenne. On vous dit bonne journaliste. J'en suis persuadé. Je vous ai suivie pendant toute cette semaine de remplacement. Et je dois dire que vous avez emporté ma conviction... J'ai donc décidé, en accord avec votre direction, de vous confier la présentation du « 20 heures », en alternance avec Thomas Lanier.

– Et Chantal ? réagit-elle aussitôt, paraissant plus inquiète que réjouie par cette nouvelle inattendue.

Non pas qu'elle fût soucieuse, au-delà du raisonnable, du sort réservé à cette petite peste de Chantal qui se prenait pour une star, mais pour se préparer à répondre aux inévitables rumeurs qui ne manqueraient pas de circuler. Tels les soupçons canapé et autres pistons politiques, arguments qu'employait sa consœur pour se maintenir, en dépit de ses mauvais sondages. Non seulement Marie-Ange ne baisait pas utile, mais jamais dans sa propre chapelle.

– Réjouissez-vous d'abord pour vous-même, ma chère Marie-Ange... poursuivit Doris. Dites-vous bien que Chantal Romanée a échoué. Elle a trop compté sur ses relations et pas assez sur son talent... Comme je suis bien placé pour savoir à quel point votre profession est narcissique et impitoyable, je vais vous donner un conseil, si vous me le permettez : profitez de la confiance que je vous accorde et ne vous retournez pas sur les autres. À votre place, ils ne se retourneraient pas sur vous. Foncez et réussissez. Et donnez-moi raison de vous avoir choisie.

– Bien sûr, monsieur... je suis consciente que... je ne sais d'ailleurs comment... vous remercier... je...

Marie-Ange ne trouvait plus les mots. Ils se bousculaient entre ses lèvres balbutiantes, comme les sentiments dans sa tête. Le soulagement d'abord, de n'être pas virée. La surprise, l'incrédulité. Puis la joie de voir ce rêve se réaliser. La fierté d'avoir été choisie et déjà l'angoisse face au défi qui l'attendait... Elle se sentait gênée, confuse de paraître aussi godiche devant le grand patron. Cette belle assurance qu'elle avait pris tant de soin à maquiller, qu'elle avait habillée avec tant d'élégance, fondait comme du Rimmel au soleil. On n'a pas le droit d'être aussi bête, pensait-elle, quand on s'attife ainsi, en femme de caractère.

Doris s'était levé, marquant la fin de leur conversation. Un autre rendez-vous l'attendait.

Alors qu'il raccompagnait la journaliste jusqu'à la porte, il s'arrêta brusquement, avec l'air inspiré de ceux à qui la mémoire revient.

– Je crois que vous étiez proche de ce pauvre Delorme, n'est-ce pas ? Quelle histoire ! On m'a dit que vous aviez abandonné votre enquête. C'est bien... Je ne comprends toujours pas d'ailleurs pourquoi Sénéchal s'entêtait à ce point. Vous n'auriez pu aboutir qu'à des conclusions gênantes pour la chaîne. J'en suis sûr. Et pour la réputation de notre information. Moins le public en sait, plus vite il oublie...

– Vous avez votre idée, j'imagine ? coupa Marie-Ange intriguée.

– Hélas oui ! soupira-t-il, en la regardant d'un air compassé... À trop fréquenter certaines amitiés dangereuses, lors de ses reportages à Gaza, il aurait passé outre la retenue que lui imposait son rôle de journaliste. Selon l'enquête officielle, il aurait basculé dans le militantisme. Et pire encore, servi les intérêts du Hamas contre le Fatah. Ou l'inverse, je m'y perds toujours dans ces organisations terroristes. Ne m'en demandez pas plus pour le moment, je ne possède pas encore assez d'informations.

– Mais Ramallah, ça remonte à plusieurs années...

– Parfois, on ignore tout des gens qu'on côtoie. Oubliez-le, Marie-Ange. Consacrez-vous désormais à votre nouveau job. Faites-nous de bons journaux... Bien entendu, il ne m'est jamais venu à l'esprit, un seul instant, que vous ayez pu connaître quoi que ce soit des agissements de Vincent. Vous m'en auriez averti, n'est-ce pas ?... Au fait, il y a une personne qui vous a toujours soutenue, et chaudement recommandée. C'est Antoine Kassem. Appuyez-vous sur lui...

Sur la dalle, elle emboîta le pas à la file des fourmis, en direction des parkings. Elle était tellement troublée qu'elle avait failli se faire renverser par un acrobate à roulettes.

Tête baissée, Marie-Ange réfléchissait au rythme d'une contradiction par seconde. Elle avait la désagréable impression de s'être laissé acheter complaisamment. Son silence contre la présentation du journal... Quel silence d'ailleurs ? Elle ne savait rien ! Finalement, elle ne valait guère mieux que Chantal Romanée. Prostituée de la tête ou des hanches, où était la différence ? Et puis merde ! Ce n'était pas de sa faute si Vincent avait déconné... Non, elle n'avait pas le droit de penser ça. Il était trop intègre. Doris, avec ses grands airs de vieux séducteur bien élevé, l'avait sûrement roulée dans la farine.

Marie-Ange était perdue, une fois de plus. Il fallait qu'elle en parle. Mais pas à quelqu'un de la chaîne. Et surtout pas à cet enfoiré de Kassem. À Morillon, le légiste. Pourquoi pas ?

Chapitre 10

Les pommes, montées en pyramides, sentaient l'automne sur les étals. Calibrées, étiquetées, lustrées, elles offraient leurs couleurs de plastique à la superstition de ceux qui allaient faire un vœu en croquant dans leur chair pour la première fois de la saison. Ces montagnes de granny smith, de melrose et de pink lady renvoyaient, ce matin-là, sur l'arrière des gondoles les barquettes de garriguettes aseptisées et les bananes à prix flambé. Les grilles s'étaient levées, donnant le signal de l'assaut dans les allées du Super U. Les courses du samedi démarraient, départ en ligne, tambour battant.

Doublant la foule, Marie-Ange avait rejoint directement le rayon des vins, le dernier avant le passage aux caisses, derrière lesquelles les filles balayaient nonchalamment d'un ultime coup de pinceau leurs ongles couleur de fruits écrasés, avant l'arrivée des premiers caddies.

Coin « champagne », il n'y avait personne. Les fêtes étaient encore loin. La journaliste faisait mine sans conviction de décrypter les étiquettes. Elle n'y connaissait rien. Accroupie, elle s'interrogeait sur la relégation de certaines bouteilles aux étages inférieurs. Inaccessibles aux yeux et aux reins des clients. Sans doute, des insoumis qui avaient refusé de rogner sur leurs marges selon les ruses et coutumes de la grande distribution... C'est dans cette position, fesses en arrière bien exposées, qu'un caddie vint la frôler, si près que les pans de sa veste volèrent dans le sillage des roulettes en folie. Marie-Ange s'était redressée, furieuse, la bouteille levée dans la main, comme si elle allait baptiser l'intrus au champagne à bas prix.

– Eh ! qu'est-ce qui vous prend ? Vous avez quel âge ?

Elle venait d'apercevoir Morillon qui faisait demi-tour à l'autre bout de l'allée, manœuvrant son caddie vide comme une trottinette à pédale.

– Excusez-moi, je ne vous avais pas reconnue, plaida-t-il. C'est vrai ! Avec votre foulard sur la tête et vos lunettes noires, j'hésitais entre une fatma et Isabelle Adjani.

– Moquez-vous ! Depuis que je présente le journal, je ne peux plus faire un pas dans la rue. Je me planque comme je peux... Mais avouez quand même que, pour un rendez-vous secret, James Bond, c'est plutôt raté. J'aurais dû m'en douter.

– Le temps que la foule fasse le tour et ratisse les rayons, on a le loisir de... Passez-moi ça, ordonna-t-il.

Il lui prit la bouteille des mains.

– Nom inconnu. Pas de cru d'origine. Petit vigneron, vin vert, cépage unique. Un conseil : champagne de merde !

Un vieux monsieur pas riche qui s'était planté derrière eux, entendant le dernier mot de cette appréciation sans appel, avait glissé du coup vers le rayon « Mousseux ».

– Vous vous y connaissez en champagne ! s'exclama-t-elle, après un court silence qui marquait sa surprise.

– Non, mais il y avait quelqu'un derrière nous. Il faut avoir du réflexe pour détourner les oreilles indiscrètes. Et comme j'ai vu hier le gros de la télé... vous savez, celui qui dit toujours : « C'est de la merde. » Il faisait un numéro là-dessus. J'ai retenu la leçon. Pas mal, non ?

Il prit une autre bouteille, feignant d'en commenter l'étiquette, tout en abordant le sujet qui les réunissait.

– Après ce que vous m'avez raconté au téléphone sur votre Vincent, j'ai acheté son livre. J'ai dû faire au moins cinq ou six librairies avant de le trouver. Il est épuisé. Il paraît même que l'éditeur prépare un quatrième tirage, tellement il est demandé... Je l'ai donc lu. Intéressant. Et là, j'ai eu une idée. De génie. Vous l'avez lu, vous ?

– Non, pas encore. Je n'ose pas. Je suis superstitieuse. Je ne sais pas pourquoi... Alors ? Votre idée géniale ?

– Voilà, je suis convaincu que le mobile du crime se trouve dans les pages de son bouquin. Si on sait lire entre les lignes, on comprendra pourquoi il a été tué.

– Entre les lignes ?... À défaut de génie, c'est ingénieux comme démarche, mais je crains que vous ne fassiez fausse route. Selon des sources que je ne vous révélerai pas, bien sûr, il faudrait plutôt chercher du côté des mouvements palestiniens. Hezbollah ou Hamas. Il semblerait qu'il ait entretenu avec ces gens-là des liaisons dangereuses. Et sans l'avoir lu, je sais que Vincent situait son roman en Afrique. Donc, rien à voir...

– En Afrique justement, c'est ça... La plupart du temps, les journalistes écrivains empruntent la trame de leurs romans aux situations qu'ils ont vécues. Ils utilisent la réalité pour en faire une fiction... Passez-moi la bouteille ! Cordon rouge, classique mais sans surprise, reprit-il à haute voix. Bon rapport qualité-prix. Vous pouvez prendre celui-là, sans crainte...

Le premier groupe des ravitailleurs du samedi venait d'atteindre le rayon des vins. La discrétion n'étant plus assurée, Morillon invita Marie-Ange à prendre un verre à l'extérieur. Il connaissait une terrasse tranquille, sur la place du marché.

*

Vincent avait aimé passionnément l'Afrique, terre d'aventures avant qu'elle ne s'embrase. L'Afrique qu'il fallait dompter comme une terre sauvage. Il avait ruisselé sous sa chaleur pestilentielle et grelotté sous ses pluies torrentielles. Tantôt reporter, tantôt voyageur. Il s'était fait des amis, Blancs, Noirs. Ex-colonisateurs, anciens colonisés. Toujours volontaire au départ, il avait couvert les coups les plus pourris. De Kolwezi aux Mille Collines. Du Liberia au reg du Tibesti. Vomissant ses tripes sur des tripes éventrées. Courant la forêt avec les rebelles angolais, et les dunes derrière les cavaliers toubous, chevaliers du désert. Parfois chasseurs, parfois chassés... Puis il avait amèrement détesté ce continent furieux où la vie valait moins que l'or et le diamant. Où le sang doit couler quand coule le pétrole. Où les voisins se tuent parce que l'un est tutsi, et l'autre musulman. Un pays vaste comme l'enfer sur lequel on déverse plus d'armes que de riz. Et qui rejette la main tendue des anciens maîtres pour mieux se précipiter dans les bras chargés de dollars et de yuans de ses nouveaux amis. Un peu plus riches, un peu plus jaunes, mais tout aussi avides de dépouiller l'Afrique.

Vincent avait fini par comprendre qu'aucun de ces pays ne lui appartenait. Pas même leurs paysages quand il s'en imprégnait. Ni l'embrasement du ciel au coucher du soleil, ni le spectacle aride de la terre qui craquelle comme pour se préparer à mieux capter la pluie, ni les plaines du Kenya, ni le rift éthiopien, paradis du regard, décor immuable du berceau de l'espèce, où rôdent les prédateurs, les hommes comme les bêtes. Ni les couleurs, ni les odeurs, ni la misère, ni les traces du passé... Il n'était rien, Vincent, au cœur d'un rêve d'Afrique, égoïste, illustré dans son imaginaire par les bandes dessinées de sa jeunesse. Lui qui prenait ses vacances en brousse, chaque fois qu'il le pouvait, avait même fini par se sentir gêné. Ce spectacle du monde, rude et cruel de beauté, lui brûlait les yeux quand il le contemplait. Il avait l'impression de lui voler son âme.

Mais comment s'extraire d'un rêve aussi violent ?... En décrivant l'Afrique au travers de son livre, il s'était offert un billet de retour. Un passeport de souvenirs. De vérités cachées, à lire entre les lignes. Son roman n'était qu'une histoire, un récit d'aventure, mais il s'était inspiré, comme le pensait Morillon, d'événements qu'il avait connus, peuplés de personnages qu'il avait côtoyés. Il avait pris plaisir à prolonger la magie exotique d'une vie coloniale finissante, dans un pays qui n'existait tellement pas qu'il ressemblait à tous les autres. Le Balawi. Dirigé par un président potentat, emprunté à Bokassa, Amin Dada, Mobutu et tant d'anciens sous-offs de l'armée française, montés sur leur trône en escaladant les marches sanguinolentes des corps de leurs ennemis. Et avec la bénédiction d'une politique élyséenne qui peinait à tirer les ficelles d'un réseau de barbouzes dépassées. C'était au temps de la grande braderie de l'après-colonie. Quand Foccart se demandait comment garder la main sur les matières premières, dans un climat d'instabilité entretenu, pour écarter les gêneurs, les voleurs. Les détracteurs.

*

– Donc je vous explique, puisque vous ne l'avez pas lu. Dans son bouquin, Vincent imagine l'assassinat d'un leader noir...

Morillon racontait. Doublement seul sur la terrasse désertée du café du Marché où il tentait, sans être écouté vraiment, de convaincre, devant un Picon-bière, habitude prise du Nord, une Marie-Ange déboussolée qui ne croyait guère à cette histoire d'énigme contenue entre les lignes. Pour elle, le livre de Vincent était un thriller sans prétention. Il espérait d'ailleurs en tirer un scénario pour le cinéma plus qu'une standing ovation, à l'automne, chez Drouant. Déjà, ironisait-il, parce que toutes ces vieilles barbes ne tiennent plus debout toutes seules...

– Je poursuis ? Ça n'a pas l'air de vous intéresser... Si... Bon ! Ce leader noir, donc, est un idéologue de culture française qui dirige depuis l'étranger une rébellion au Balawi. Un pays que vous ne trouverez pas sur une carte puisqu'il n'existe pas, mais qui, d'après moi, ressemble fort au Tchad.

Non seulement Morillon avait lu le livre, mais il avait déjà gambergé tout autour, révisant son histoire de l'Afrique en cliquant sur le Net.

– Pourquoi le Tchad ? Je fais les questions et les réponses, puisque vous ne m'écoutez pas.

– Si, si, je réfléchis en même temps... Pourquoi le Tchad ?

– Parce qu'il y a une trentaine d'années, le Tchad a connu une rébellion identique à celle que décrit Vincent dans son livre. Je vous explique... Les Toubous sont des cavaliers sans frontière qui règnent sur la bande d'Aozou, un territoire désertique contesté par la Libye au nord du pays. Des guerriers redoutables qui vous percent une pièce de monnaie à cent mètres, au galop, en tirant d'une seule main avec un fusil à crosse ciselée. Du Lawrence d'Arabie, si vous voyez ce que je veux dire. J'aurais pu écrire des bouquins, moi aussi !... Ces Toubous s'étaient révoltés contre le pouvoir central de la capitale, Fort-Lamy. Joli nom, décolonisé depuis en N'Djamena. Leur chef s'appelait Hissène Habré, formé à l'école française, qui avait troqué sa casquette de sous-préfet de Borkou contre un turban et un voile du désert... Tout ça, c'est dans le livre de Vincent. Bien entendu romancé, mais c'est du kif-kif, comme on dit là-bas. Je continue... Le bonhomme, d'abord soutenu par la Libye, finira par prendre le pouvoir, avec l'aide de la France, après une sombre histoire d'otage, l'une des premières du genre. Elle s'appelait Françoise Claustre. On n'a jamais bien su si elle appartenait de près ou de loin au service Action de la barbouzerie africaine. En tout cas, la prisonnière du désert a poireauté un an sous sa tente, préchauffée à quarante degrés, avant que le Quai d'Orsay n'envoie une mallette de dollars et un DC-3 d'armement... Pour bien comprendre, il faut savoir aussi que la dame avait bouleversé la France en versant toutes les larmes de son corps au « 20 heures », devant une caméra qui passait fortuitement par là. Grand moment de télévision !... C'est dire à quel point Hissène Habré avait déjà tout compris de la communication. Et des entrechats d'une politique africaine à rebondissements. Faite de revirements et de trahisons. Tout ça, c'est dans le bouquin... Enfin j'ajouterai, pour finir, que le titre du roman s'appuie sur une image forte, un nom évocateur, *Le Seigneur des dos-pelés*. Les dos-pelés étant ces vautours au cou galeux qui tournoient au-dessus des cadavres, dans les déserts arides, comme dans *Lucky Luke*. J'ai des lettres, comme vous pouvez le constater. Cette comparaison flatteuse se passe de sous-titre. Les charognards de l'Afrique qui la dépècent de ses richesses. Tout est dit... Qu'en pensez-vous ?

– Le résumé est parfait. Je n'ai plus besoin de lire le roman. Mais qu'est-ce que ça prouve ? D'autant que vous me parlez d'une affaire qui remonte à trente ans. Vincent était en culottes courtes. En quoi ça pouvait le concerner ?

– En rien... Mais je vous l'ai dit, il s'est servi d'une histoire pour en raconter une autre. Par exemple... lorsqu'il invente que ce sont les colons qui se chargent eux-mêmes d'assassiner le chef de la rébellion, on peut imaginer qu'il s'est inspiré d'un complot dont il avait eu connaissance. Enquêtons, comme vous savez si bien le faire, et nous aurons peut-être une réponse.

– D'accord, mais comment ?

– En superposant le calque de la fiction sur la réalité, nous trouverons bien des similitudes. Des indices. Une piste... J'en suis convaincu.

– Vous auriez dû être flic, vous, sourit Marie-Ange qui se laissait glisser, malgré elle, dans l'imaginaire de Morillon.

– Ou journaliste, ajouta-t-il.

– C'est pareil... Au fait, c'est quoi votre prénom ? Je ne le connais même pas.

Chapitre 11

« J'ai pas compris tout de suite qu'il s'agissait d'une explosion », sanglotait la coiffeuse. Choquée, les lèvres encore tremblantes à l'idée qu'elle aurait pu, elle aussi, se retrouver ce soir à la morgue, en funeste compagnie. Un ruban de bandes Velpeau enveloppait son crâne. Il avait fallu la raser pour mieux démêler le verre de ses cheveux, et recoudre ses plaies. Non seulement la vitre de la salle à manger avait volé en éclats, mais le souffle avait décroché du mur une lourde glace qui lui avait fracassé la tête. Sans comprendre ce qui lui arrivait, elle avait été projetée au travers de la pièce en même temps que la table sur laquelle elle prenait tranquillement son café.

Comment aurait-elle pu, d'ailleurs, reconnaître une explosion d'un séisme ou d'une catastrophe ? Sylvette Loret n'avait jamais vécu une telle situation. Allongée au milieu des débris, coincée sous la table qui au passage lui avait fracturé la clavicule, elle avait d'abord pensé à un tremblement de terre, puis à un avion qui se serait écrasé sur le quartier. Elle avait l'impression que les tours jumelles du World Trade Center venaient de s'effondrer sur son immeuble. Plus que jamais la folie terroriste hantait les esprits. Les cris des suppliciés du 11 septembre avaient marqué les mémoires pour au moins trois générations.

Sylvette ne pouvait plus bouger. Lorsqu'elle avait tenté d'appuyer sa main sur le sol, la coiffeuse avait ressenti une déchirure si vive à l'épaule qu'elle était retombée lourdement, le nez dans la poussière. Puis elle avait suffoqué dans une odeur de soufre et de gaz mélangés. Le gaz, bien sûr ! Elle aurait dû y penser tout de suite. Depuis le temps que le syndic demandait à GDF de changer les conduites, il fallait bien que ça arrive un jour. Prise d'une peur panique en imaginant le pire – une nouvelle explosion et le brasier dans lequel elle allait périr –, elle s'était arrachée à cette table et à cette glace qui la plaquaient au sol. Poussant sur ses bras dans un cri déchirant de douleur, elle s'était relevée, sans même sentir qu'elle s'enfonçait d'autres morceaux de verre dans les mains et dans le creux des genoux.

– J'avais conscience d'être vivante. Mais je ne savais plus où j'étais...

Sylvette Loret poursuivait par à-coups son récit. À nouveau étranglée par l'émotion, elle revivait avec une intensité décuplée ces quelques secondes de frôlement intime avec la mort. Il ne restait, à ce moment-là, dans sa tête, de place que pour la peur. Telle qu'on ne la vit qu'une fois. La dernière. Lorsqu'on n'est plus là, l'instant d'après, pour en témoigner.

– Resserre lentement sur elle... C'est bon, ça ! C'est bon ! jubilait le réalisateur dans le casque, en donnant ses ordres au cadreur. Puis s'adressant, dans l'oreillette, à Marie-Ange.

– Ne la relance pas tout de suite, suggéra-t-il. Là, on capte de l'émotion à l'état pur... C'est bon ! Putain, c'est ça, le direct !

La coiffeuse, les yeux perdus, face à la caméra, cherchait les mots justes, s'efforçant d'extirper du plus profond d'elle-même des impressions déjà enfouies. Comme on rassemble les débris après une catastrophe pour tenter de comprendre les causes d'un crash ou d'un sinistre.

– C'est bête, avouait-elle, mais j'ai alors pensé à Christiane, mon employée. Il n'y avait qu'une cliente à l'ouverture, je les avais laissées seules au salon, le temps de monter prendre un café à l'appartement, juste au-dessus... Après l'explosion, quand je me suis relevée, j'ai eu un flash. Je l'ai vue morte. Et là ! Je ne sais pas pourquoi, je me suis sentie coupable de l'avoir abandonnée...

– Votre employée et la cliente, elles font partie des victimes ? coupa Marie-Ange sur un ton apitoyé.

– Non, heureusement... Elles sont même moins blessées que moi. Pourtant la vitrine du salon a été soufflée. Vous auriez vu ça !

On aurait cru l'effet d'une bombe. Tout était retourné. On nous a dit qu'en réalité l'explosion avait fait plus de dégâts et même des morts dans les étages élevés.

Plan large, avec retour au studio. La présentatrice interrogeait en duplex le témoin dont l'image s'affichait sur le grand écran plasma des directs extérieurs, l'un des éléments clés du décor du « 20 heures ».

– Et à quel moment avez-vous compris ce qui s'était réellement passé, Sylvette ?

– ... quand je me suis approchée de la fenêtre tout éventrée. Je n'osais pas regarder, tellement j'avais peur. Une épaisse fumée blanche recouvrait la rue. L'odeur était encore plus forte dehors que dedans. En fait, ça ne sentait pas le gaz, mais l'essence. J'ai vu les flammes qui s'élevaient comme une énorme torchère au-dessus de l'ancienne raffinerie, à quelques centaines de mètres de chez moi. À ce moment-là, j'ai compris que le dépôt avait dû exploser. Remarquez ! J'étais presque soulagée... parce que c'était loin d'ici.

– Pas assez loin cependant des zones d'habitation, reprit la présentatrice, puisque l'explosion a causé des dégâts considérables sur un rayon de plusieurs kilomètres... En tout cas, merci pour ce témoignage, Sylvette. Je rappelle que vous étiez en direct de l'hôpital Saint-Antoine. En espérant que vous allez bientôt pouvoir rentrer chez vous...

– Chez moi, mais je n'ai plus de chez-moi, madame... Tout est dévasté. Je n'ai plus d'appartement, plus de salon pour travailler. Je ne sais même pas où je dormirai ce soir...

La coiffeuse ne retenait plus ses larmes, contenues jusqu'à présent et lourdes de désespoir. Elle pleurait à défaut de pouvoir crier son impuissance devant le sort qui la frappait, injuste et sans raison, exposant sa main bandée devant la caméra, pour essuyer ses yeux... Casquée de bandes Velpeau, le bras en écharpe, bardée de points de suture et de sparadraps, les traits tirés, cette femme symbolisait désormais à elle seule l'ampleur d'une catastrophe que le pays découvrait, fourchette en l'air pour ceux qui dînaient tôt, tous assis pour les autres, compatissant devant leur écran de télé.

Ils avaient été alertés par le ballet des sirènes et des gyrophares rouges qui clignotaient dès « 20 heures », à l'ouverture du journal. Édition spéciale. La nuit tombait. Les pompiers aspergeaient toujours les cuves pour éviter que le feu ne se propage. Trois d'entre elles brûlaient, côte à côte, dans un ronflement d'enfer. La chaleur du brasier était telle qu'elle aurait transformé l'eau en vapeur à la sortie des tuyaux, affirmait le commentateur, même si les secours avaient pu s'en approcher. On ne pouvait donc rien faire que regarder flamber des tonnes et des tonnes de pétrole. L'irrésistible puissance dévastatrice du feu glaçait le sang jusque devant les écrans du JT.

Officiellement on dénombrait au moins vingt morts et des centaines de blessés. Les ambulances s'étaient relayées toute la journée. Certaines sources avançaient même le chiffre de vingt-deux, voire vingt-six morts et plus de mille blessés. Comme si on n'était pas capable de compter de la même façon, à la préfecture, à la gendarmerie et dans les hôpitaux.

Les centres de secours de la région étaient bien entendu débordés. Civils et militaires. Le plan rouge avait été déclenché. On manquait de sang. La chaîne diffusait, depuis la fin de la matinée, des appels aux donneurs. De leur côté, les caméras qui circulaient dans les couloirs des urgences faisaient découvrir aux téléspectateurs des scènes qu'on croyait réservées à d'autres. À ceux qui sont tellement abonnés aux attentats qu'on ne prête même plus attention à leurs malheurs. Alors quand ça arrive chez soi, ça surprend davantage.

Après les témoignages, l'édition spéciale du journal revenait sur les longs travellings des reporters qui avaient sillonné les quartiers les plus touchés. Voitures retournées par la puissance du souffle, toitures arrachées, objets divers qui avaient valdingué en tous sens, comme cette cabine téléphonique venue se planter au beau milieu des rails de la ligne de chemin de fer. Sans compter le festival de vitres explosées qui donnait de ces quartiers une vision de ville morte.

À Saint-Antoine, l'interview en direct du « témoin n° 3 » venait de s'achever. Délicatement, l'assistant-son débarrassait

Sylvette Loret du micro-cravate, dissimulé sous sa blouse d'infirmière, prêtée par l'hôpital.

– Excusez-moi, madame, je vais vous toucher les seins. Je n'ai pas le choix, je dois faire attention à votre bras... Vous avez été parfaite... Merci.

L'assistant était chargé également de dispenser quelques formules lapidaires de politesse. Car, dans le car-régie, on n'avait plus le temps de s'intéresser aux témoins. La coiffeuse enrubannée retournait à l'anonymat. Laissée à sa détresse. Son rôle médiatique était terminé. Elle devait même sortir rapidement de la pièce aménagée pour le direct. Car il fallait préparer le suivant.

– Témoin n° 4... C'est vous ? Jacques Mingard, urgentiste.

L'assistant vérifiait l'ordre de passage des participants, sa liste dans une main, son micro dans l'autre, l'émetteur sous le bras et le fil entre les dents.

– Je vais vous mettre une oreillette et vous passer le micro.

Quand Marie-Ange vous interrogera, vous répondrez en regardant bien la caméra...

– Vous ne nettoyez pas vos oreillettes entre deux témoins, s'indigna le médecin. Heureusement que je ne fais pas la même chose avec mes patients !

– Oh, excusez-moi ! Mireille !... Kleenex, s'il te plaît !

Son intervention était prévue pour deux à trois minutes, en fin d'édition. Dernier bilan, était-il précisé sur le conducteur de l'émission. Après, il fallait rendre impérativement l'antenne, pour passer la pub à l'heure.

Sur le plateau, Marie-Ange jonglait comme une grande avec toutes ces interventions, portée par l'excitation du direct et la tension de l'actualité en marche. Improvisant comme une soliste sur le thème du *hot news*. À la tête de cette grosse machine à décortiquer l'info qui s'était mise en marche, redoutable d'efficacité dans ces moments-là : la rédaction d'un des plus grands journaux télévisés qui s'était parachutée sur l'événement, à chaud, comme d'autres sur Kolwezi.

Mais, passé le temps de l'émotion, viendrait le temps de la colère. Il allait falloir désigner des responsables au plus vite. Et, dans le cas de cette raffinerie, la société pétrolière était toute désignée. Elle exploitait un site vieillissant, trop proche de la ville. Inutile d'aller chercher plus loin... Le langage populaire étant la marque du bon sens, on aurait beau jeu de souligner que l'ancienne raffinerie était ainsi nommée parce que, dans l'inconscient collectif des populations riveraines, on aurait dû la fermer depuis longtemps.

Retour plateau. Marie-Ange enchaînait sur l'enquête qui, à peine commencée, renvoyait déjà les tenants des vérités contraires en deux ou trois camps de certitudes. L'écolo, mal rasé, mal peigné, mal fringué, non parce qu'il était pauvre, mais pour faire naturel, rappelait les précédents. Deux accidents, moins graves, mais quand même ! En dix ans, c'était bien la preuve de la dangerosité de cette raffinerie qui rouillait au soleil des grandes compagnies. Telle était l'alchimie moderne des pétroliers pour faire de l'or aujourd'hui. Jusque-là, l'écolo n'avait pas tout à fait tort. Capitalistes, assassins.

Représentant de la défense, un spécialiste des hydrocarbures, barbu comme un expert, s'était lancé dans une explication technique à laquelle il avait du mal à croire lui-même, tellement il s'emberlificotait dans l'énoncé des paramètres susceptibles de produire une cascade d'événements qui auraient pu déclencher une réaction en chaîne, etc. En clair, il s'agissait d'un accident très rare, selon lui. Une explosion provoquée par une gazéification à l'intérieur d'une cuve mal remplie, suivie d'une surchauffe due à une manipulation hasardeuse. Disons, une erreur humaine. Ouvriers, assassins.

Comment enfin ne pas évoquer l'acte criminel ? Le témoin était là, en boîte, enregistré dans l'après-midi. Il se trouvait sur son balcon lorsqu'il avait vu clairement une traînée lumineuse partir d'une tour de la Hunette, le quartier difficile. Aussitôt après, il avait distinctement perçu une première explosion du côté de l'ancienne raffinerie. Juste avant la seconde qui avait tout emporté. Quand on savait qu'un bazooka s'échangeait pour moins de cinq cents euros sur le marché noir des caves de banlieue, la cause était entendue. Islamistes assassins.

À peine Marie-Ange avait-elle lancé la diffusion de ce dernier reportage que Sénéchal lui claironnait dans l'oreillette : « Je crois qu'on tient un scoop. Je t'envoie Malterre sur le plateau. Il a un tuyau sur la piste terroriste... »

Cheveux gras, Yvan Malterre ne payait pas de mine. Passe-muraille de l'info, il était aussi gris que ses costumes élimés. Un Colombo des affaires obscures. Il suivait pour la rédac aussi bien la police que l'armée, avec une prédilection pour le terrorisme et les Renseignements généraux. Pas étonnant qu'il ait des tuyaux, à force de fréquenter ces gens-là. On se demandait même s'il ne leur renvoyait pas la pareille, avec des infos sur la maison. Sur les petits travers des uns et des autres. C'était probable... Toujours est-il que, une fois ou deux par an, il rabattait un scoop. Un vrai. Du genre à faire la une, le lendemain, dans toute la presse. « Rien que pour ça, il a sa place parmi nous », rétorquait Sénéchal à ceux qui soupçonnaient Yvan d'être une taupe des RG. Sinon, la plupart des gens l'aimaient bien. Parce qu'il était serviable et gentil avec tout le monde.

Le témoignage du retraité, détecteur de bazooka, s'achevait. « Attention, pour le plateau, dix, neuf... » Décompte de la scripte. Gros plan sur la présentatrice. « ... deux, un, zéro. Top plateau. À elle. » Rouge caméra. Marie-Ange enchaînait.

– Vous n'y croyez pas beaucoup, vous, Yvan Malterre, à cette hypothèse du tir de roquette ?

Elle s'était tournée vers le Colombo qui venait tout juste de s'installer dans le studio, surpris dans l'ordonnancement des notes qu'il avait griffonnées, comme d'habitude, sur deux ou trois pages de calepin arrachées.

– Non, pas du tout, acquiesça-t-il sobrement.

– Sans autre commentaire ?...

– Aucun.

Malterre ne parlait jamais lorsqu'il n'avait rien à dire. Au risque de déstabiliser le présentateur par la sécheresse de ses propos. « Et démerde-toi avec ça ! » pensait Marie-Ange, prise à son tour au dépourvu.

– Alors, rebondit-elle... avant un dernier bilan à l'hôpital Saint-Antoine... et la fin de cette édition spéciale... vous nous apportez, en revanche, une information de dernière minute qui pourrait bien balayer tout ce que nous venons d'évoquer jusqu'à présent.

C'était reparti.

– Oui. Selon des sources proches de l'enquête, je suis en mesure d'affirmer, au soir de cette catastrophe, qu'il s'agit très vraisemblablement d'un attentat terroriste, mené par un commando suicide d'au moins deux hommes dont les cadavres ont été retrouvés à proximité des cuves de la raffinerie en feu. L'un d'entre eux a déjà été identifié. Il s'agit d'Ali Farès, connu pour son appartenance aux réseaux islamistes, formé dans les camps d'entraînement d'al-Qaida, en Afghanistan...

Yvan Malterre égrenait ses informations avec une conviction qui ne laissait que peu de place au doute. L'examen du corps de Farès avait dévoilé, à la morgue, qu'il portait sur lui plusieurs sous-vêtements, shorts et caleçons. Marque d'un rituel kamikaze dont on avait déjà trouvé la trace dans la lettre du « dernier jour » adressée par leur chef aux terroristes du World Trade Center. Il ne fallait pas oublier, expliquait Colombo, que tout martyr recevait sa récompense au paradis en étant accueilli par une armée de vierges. « Couvre parfaitement tes parties intimes, disait la lettre, car des houris t'attendent au Ciel »... Restait maintenant à comprendre le mode opératoire du commando. N'étaient-ils que deux ? Et surtout à démanteler la cellule logistique qui avait permis la réalisation de cet attentat. Le plan Vigipirate avait viré au noir. On redoutait une seconde frappe.

*

– Bravo, Yvan, superscoop ! Et toi, Marie-Ange, tu as été au top du top.

Dans son bureau, Sénéchal félicitait ses troupes. Champagne ! Pour fêter cette « spéciale » si rondement menée.

– C’est pas moral quand même, se renfrogna la présentatrice en tendant son gobelet, on trinque au malheur des autres.

– Ben quoi ? C’est notre boulot, le malheur des autres, insista lourdement le réalisateur, avec une pointe de cynisme convenu. Allez, à la prochaine catastrophe !

– Tu ne crois pas que tu pousses un peu là, Siméon ?

Ils relâchaient tous la pression. Le champagne du directeur servait à ça. Plus qu’à fêter les promotions. Deux heures de direct sur un plateau, à jongler avec l’événement, était une épreuve dont le téléspectateur ne mesurait pas la tension. Ni les difficultés de la maîtrise.

– En tout cas, je pense que Lanier va être jaloux comme un pou, lança Kassem qui cherchait à dissiper le malaise latent... Et il n’aurait pas fait mieux que toi, ma belle.

– Pas de chance pour notre star du « 20 heures » ! avait renchéri la scripte. Lui qui croit toujours que rien ne peut se faire sans lui, Marie-Ange, tu viens de lui donner une leçon.

– À quoi ça tient parfois, de briller à l’antenne ! Une ligne sur un tableau de service, en rajoutait Siméon... Ça n’était pas son tour.

– Bon, ça suffit, les perfidies, coupa Sénéchal, il faut penser à l’édition de la nuit.

Chapitre 12

Grimaud avait retrouvé ses accents de « 68 ». Enfin ! « Nez de bœu' » soixante-huitard ! Il n'y avait que lui pour leur faire gober ça. Même s'il était aujourd'hui l'un des plus anciens de la rédac, il aurait eu du mal à les persuader qu'à... combien ? Allez, dix ans... il revisitait Marx dans les amphis de la Sorbonne. La plage sous les pavés n'évoquait pour lui que le sable, parfumé à la pisse de matou, du bac de son enfance, dans un square d'Alençon. Mais il trouvait ça plus élégant, dans son cursus militant, de se parer des pavés qu'il n'avait pas lancés, sur des barricades qu'il n'avait entrevues qu'aux actus de la télé. Surtout qu'il n'y avait personne aujourd'hui pour le contredire. De toute façon, tout le monde s'en foutait. Grimaud, on le ressortait seulement dans les grands moments de lâcheté collective. Quand il fallait ronéotyper des tracts vengeurs contre la direction.

En revanche, ses accents de « 81 », sûrement. Le 11 mai, au lendemain de l'élection de Mitterrand, il était debout sur les tables à haranguer la foule, réclamant les têtes devant lesquelles il se courbait la veille. Couché piètre journaliste au soir du 10, il s'était réveillé le 11 social-virulent, tranchant comme une guillotine. Que la révolution recommence ! Il y avait chez ce gars-là du Sanson qui sommeillait. Du Fouquier-Tinville d'arrière-salle de bistrot. C'est bien là l'un des travers des petits esprits que de vouloir vous couper la tête quand ils ne parviennent pas à vous couper la parole.

Mais son rôle s'arrêta là. Dès que les uns eurent volé la place des autres, il fut prié d'aller croupir dans les oubliettes de la

Culture, service purgatoire ou croupion, en tout cas le placard le plus fréquenté de l'époque. Il y croisa bon nombre de ses victimes, dont un ancien rédacteur en chef qui lui fit payer à petit feu son passé de thermidorien raté. Après avoir rouillé ainsi près de vingt ans à faire la sortie des théâtres, tournant des reportages qui ne passaient jamais, il était reparu, hors d'usage, réactivé par Kassem qui préparait déjà son putsch pour le contrôle de l'information. Chef d'orchestre machiavélique, la vedette du *late show* avait convaincu Grimaud de reprendre sa carte du syndicat. Et par là même son activité d'opposant systématique à la direction de la rédaction. Buté, doctrinaire, sectaire, il avait été baptisé « Nez de bœu' » par ses confrères. À l'unanimité.

– Doris t'en saura gré, lui avait vendu le Libanais. Il trouve qu'il n'y a pas assez de lien social dans cette rédac. À toi de jouer. On t'aidera.

– D'accord, mais Sénéchal va m'étriper. Il ne supporte pas les syndicats.

– Sénéchal n'est pas éternel. Le grand patron ne le soutient plus. Si tu savais ! Il a des casseroles au cul, j'te dis pas le tintamarre !...

– Ah, bon !

– Je t'expliquerai... Pour l'instant, je vais t'envoyer trois ou quatre gars qui vont te prendre une carte, chacun. Ça te fera une bonne base de départ. Et surtout ne ménage pas Sénéchal...

Grimaud avait compris et accepté son rôle. Puisqu'il était le seul, il fut désigné d'office délégué syndical. Il ne lui restait plus qu'à se forger une clientèle, en attisant les frustrations et les jalousies, concentrées dans ce parc des quatre vanités qu'était la rédaction de la chaîne. Dans un milieu où les vedettes caressent de leur ego les sans-grades qui les servent. Où les cachets de stars côtoient les salaires indiciaires, et où le faire-valoir dénie le savoir-faire. Un terreau de rêve pour faire germer l'envie et les rancœurs tenaces.

Car, dans ce monde-là, la jalousie n'est qu'un péché véniel qui sert de carburant aux ambitions illégitimes. Aux complots permanents. Aux coups fourrés et aux éliminations sommaires.

Chacun pour soi, mais tous ensemble. Même Chantal Romanée avait pris sa carte au syndicat, après son éviction du « 20 heures ».

Affûtant ses talents d'emmerdeur, Grimaud n'avait pour prouver son efficacité qu'à puiser ses arguments dans le secret feutré du bureau de Kassem. Là, les tractations avaient lieu autour d'un verre de scotch. Leur deal était simple. Quelques augmentations, des promotions bidon, contre la paix sociale. Ensuite, le Libanais rendait compte à Doris qui utilisait leurs arrangements pour mieux les imposer à Sénéchal.

Ce jour-là, le leader syndical avait retrouvé ses accents de 68 et de 81 réunis. Devant la rédaction, il tentait d'arracher une motion de défiance contre la direction. Il faut dire que l'affaire était grave. Elle risquait de jeter un voile de discrédit sur l'information de la chaîne qui n'avait pas besoin de ça. Les conséquences risquaient d'être lourdes, selon qu'on plaidait ou non la préméditation.

Accusé : Yvan Malterre, le Colombo du scoop qui, de toute évidence, s'était fait refiler un vrai tuyau crevé sur le feu d'artifice qui avait secoué l'ancienne raffinerie. Après trois semaines d'enquête, les experts venaient de balayer d'un revers de dossier la thèse de l'attentat qui depuis avait fait le tour de la planète. La veille encore, le *Washington Post* s'était livré à une gamberge visant à établir des liens entre la catastrophe française et l'attentat du World Trade Center. La tentation était belle. Faire d'al-Qaida un danger planétaire mutualisait les peurs, et quelque part rassurait, des deux côtés de l'Atlantique. On se sent plus fort quand on partage un ennemi commun. En tout cas, on est moins seul... Mais c'eût été trop simple. Pas de Ben Laden là-dessous. Ni kamikazes, ni djihad, ni fatwa. Les conclusions des experts étaient formelles. Il s'agissait bien d'un accident, dû à une maintenance défaillante. Une surchauffe des pompes qui avait déclenché l'explosion d'une poche de gaz résiduel. La vérité était plus prosaïque et moins glorieuse qu'un assaut islamiste.

Ce matin-là, l'atmosphère était lourde. Les fausses révélations de l'édition spéciale avaient fabriqué de la désinformation en chaîne, reprise en cascade et pour argent comptant par l'ensemble des médias. Il fallait bien l'admettre.

Assis à même le sol, appuyés sur les tables, debout silencieux, songeurs, arborant des mines de circonstance, les journalistes avaient formé un cercle autour de Grimaud, requinqué, comme au plus fort des deux « mai » réunis, dans son rôle de procureur.

– On a l'air malin, commentait l'un d'eux.

– Même le *Post* ! Ils ont tous foncé dans le panneau, sans rien vérifier, fit remarquer un autre.

– C'est vrai, renchérit un troisième. Personne n'a démenti. Quoi qu'il en soit, la connerie vient d'ici.

– On peut laver notre linge sale en famille, mais on n'est pas obligé de rappeler à tout le monde que ça vient de chez nous.

– Tu parles ! Tout ce qui se dit ici sera dans le *Canard enchaîné* demain.

Le ton montait. La solidarité n'étant pas à l'ordre du jour, il fallait désigner des coupables. Courageusement, Malterre s'était planté au milieu de l'arène, faisant front aux plaidoiries de son accusateur.

– OK, l'info était biaisée, mais c'était une hypothèse comme une autre. Et elle était crédible.

– Oui, mais elle était fausse, coupa Grimaud... Et tu l'as présentée comme une certitude. Je me souviens de tes paroles. Tu as dit que tu étais « en mesure d'affirmer, selon des sources proches de l'enquête... ». Et d'où elles sortaient, tes sources ? Des Renseignements généraux ?

– Oui, des Services. Ça n'est pas honteux, et je le revendique... Chaque fois que je vous ai apporté un scoop, la chaîne en a bénéficié, que je sache ! Vous oubliez bien vite l'affaire du Rainbow Warrior, celle du Crédit lyonnais, la mort de Mitterrand, l'arrestation de Milosevic... Pas de pot, cette fois, le tuyau était éventé. Mais après tout, c'est ça aussi, l'information, avec ses fausses pistes, ses démentis et ses rebondissements...

– Ses désinformations et ses manipulations, tu veux dire.

– Quoi ? Qu'est-ce que tu insinues, Grimaud ? Tu veux mon poing sur la gueule, pendant qu'on y est ? Rappelle-moi à quand remonte ton dernier reportage ? Ta dernière info exclusive ? Tu n'es pas très bien placé pour nous donner des leçons... Et toi, avec ton tribunal populaire, tu roules pour qui ?

– Je souhaite que cette assemblée générale ne tourne pas à l'affrontement, temporisa Grimaud. Je ne veux faire le procès de personne. Je vous demande simplement de tirer les conclusions d'un dérapage, lourd de conséquences pour nous tous. C'est tout...

Douché par le ton vif de Malterre, le syndicaliste en chef opéra alors un repli stratégique, en lançant le débat dans la salle. À ce stade de la confrontation, il n'était pas de taille à lui opposer un charisme échevelé, pas plus qu'un courage physique débordant. Il calmait donc le jeu. Avec son air de trotskiste sans lunettes, ses cheveux frisottés au fer, affirmant par mimétisme son appartenance à un modèle, Grimaud ne savait manier la véhémence verbale qu'à l'abri des AG. Sinon, il s'écrasait. Dès qu'il se sentait débordé, il battait en retraite et faisait diversion.

Avant l'assemblée, il avait demandé à quelques affidés de se disperser aux quatre coins de la salle. Vieille technique syndicale, dite de fond de court, qui consiste, comme au tennis, à faire tourner la balle en se renvoyant la parole. Afin de donner l'impression d'un débat animé.

Les autres écoutaient plus qu'ils ne participaient. Les journalistes n'étant pas réputés pour leur promptitude à se mouiller, ils attendaient d'en savoir plus, avant de se décider...

– Le soir du direct, l'antenne n'était pas cohérente, affirmait celui-là, du fond de l'assemblée... On passe le témoignage d'un vieux cinglé qui nous embarque dans une histoire de bazooka qui aurait tiré depuis la cité. Ensuite, on raconte qu'un kamikaze a été retrouvé mort, à vingt mètres des cuves. Sans ceinture d'explosifs, mais avec je ne sais combien de caleçons pour aller voir les filles au paradis. On nage en pleine contradiction. Sinon en plein délire.

– D'ailleurs, même cette histoire de caleçons n'est pas claire, renchérissait un autre, posté à l'opposé. Vérification faite, on dit même en Israël qu'on n'a jamais vu un kamikaze habillé comme ça.

Puis la balle revenait au centre. Les accusations se précisaient.

– Si je comprends bien, vous êtes en train de nous dire que, ce soir-là, la « spéciale » n'était pas maîtrisée et que nous n'étions pas dirigés. Il faut appeler un chat un chat... Je ne parle pas pour toi, Marie-Ange. Tu n'as fait qu'obéir aux ordres de Sénéchal dans l'oreillette.

Le fond de la salle avait repris la main.

– Maintenant, chaque fois qu'un Arabe figurera parmi les victimes d'un accident, on va en conclure qu'il s'agit d'un attentat...

– Faites chier avec vos conneries ! Sensibilité de gauche, et insensibilité de droite... ça fait quarante ans que ça dure, et notre métier n'a encore rien trouvé de mieux pour régler ses comptes, pour justifier ses lâchetés, ses compromis et ses incompétences que de se balancer à la gueule des anathèmes politiques comme des injures suprêmes. Le temps des procès en sorcellerie est terminé depuis longtemps. On dirait que vous regrettez les guerres de Religion. Quand je pense que vous vous gargarisez de tolérance, d'humanisme et de déontologie ! Des mots dont vous ignorez le sens. Il serait temps de passer à autre chose. Moi, je vote à droite, je pense à gauche, et je vous emmerde au centre... Mais, ici, je suis et je reste un journaliste. C'est ma seule revendication...

L'homme qui s'était levé et parlait ainsi était de la même génération que Grimaud. Georges Vandam, un quinqua-plus qui ne courait plus depuis longtemps l'actualité immédiate. Il régnait sur un service de cinq ou six personnes, regroupant les sciences, la santé et l'environnement. Lui savait d'expérience que les péripéties quotidiennes ne pèsent pas lourd à l'épreuve du temps. Seules les grandes tendances valent qu'on s'y attarde. « Événement », ce mot qui nourrit le journaliste comme l'opinion, est un mot qui porte déjà en lui le sens de l'éphémère, de la chose qui passe, avant qu'une autre advienne. Un autre événement qui chassera le premier. Et ainsi de suite jusqu'à l'effacement, puis l'oubli. L'historien retiendra ensuite ce qu'il voudra bien réécrire, selon l'idéologie du moment... Car même l'Histoire passe. Elle se noie dans des océans d'archives qu'on finira par ne plus consulter. Un jour viendra où nos ancêtres ne seront plus les Gaulois. Trop loin ! Oublié, Vercingétorix ! Écrit en minuscule, dans la mémoire des ordinateurs.

Vandam l'ancien, le sage, était sorti de ses gongs, désolé de constater une fois de plus que cette profession passait plus de temps à se déchirer qu'à se reconstruire, face à la menace qui pointait. La communication menait le monde, avec la complicité et la toute-puissance des nouvelles technologies.

– J'ai fait beaucoup de choses ici, poursuivait-il, j'ai suivi l'opération Tempête du désert lors de la guerre du Golfe, j'ai dirigé le service économique, puis celui des sciences, j'ai connu bien des patrons et autant de régimes politiques, mais jamais je n'ai vu la profession se remettre en question pour assurer sa survie. Car je vous le dis, avec l'accent d'une prophétie : bientôt on n'aura plus besoin de journalistes pour faire du journalisme. Et nous en sommes, nous en serons les premiers responsables... Alors, ce qui se passe ici, ce matin, n'a pas beaucoup d'importance. Ou plutôt si... Nous allons contribuer sans doute à nous enfoncer encore un peu plus. Pour satisfaire au jeu des querelles intestines... Car de quoi est-il question en réalité ? On nous demande de voter une motion de défiance contre Sénéchal. Donc de justifier son éviction annoncée. Pourquoi ne pas le dire ouvertement ?...

« Oui, nous avons propagé une information qui s'est avérée fausse. Pendant trois semaines, aucun média n'a d'ailleurs apporté de démenti. Si nous avions agi à dessein, alors là oui, la faute professionnelle serait gravissime. Mais qu'a fait Sénéchal ? Il nous a fait confiance. Comme il nous fait confiance depuis des années chaque fois que nous relayons une information. C'est notre job... En politique, quand nous diffusons les promesses de Chirac ou de Jospin, y avez-vous pensé ? On pourrait nous reprocher de la même façon de véhiculer de fausses nouvelles. Pire, de faux espoirs... J'apprécie Sénéchal qui nous a toujours soutenus et souvent préservés autant des pressions venues de l'extérieur que de celles de nos actionnaires. Je lui renouvelle ma confiance. Je ne voterai donc pas, mon cher Grimaud, ta motion de défiance.

Le vote de la motion, fixé à midi, n'eut jamais lieu. Quelques minutes auparavant, Kassem était venu lire un communiqué de la haute direction qui, « bien que regrettant son départ, venait d'accepter la démission de Sénéchal, dans un souci d'apaisement ». Elle le remerciait pour ses vingt années passées au service de la chaîne.

Dans l'après-midi, un second communiqué, envoyé à la presse, annonçait la nomination d'Antoine Kassem à la direction de l'information.

*

Marie-Ange poussa timidement la porte vitrée du bureau. Le boss en partance vidait ses tiroirs. Ses poubelles étaient pleines. Elle s'excusa maladroitement de le déranger... de n'avoir pu... de ne pas savoir comment... de tout ce gâchis...

Elle était sensible, Marie-Ange. Elle avait la larme facile qui mouillait ses grands yeux.

– Arrête, supplia Sénéchal, tu vas me faire pleurer, moi aussi... Remarque, personne ne le verrait dans la rédaction. Elle est vide. Je ne pense pas qu'ils soient tous partis en reportage. Mais la plupart d'entre eux n'avaient sans doute pas le courage de me croiser une dernière fois... L'ingratitude des peuples, que veux-tu ! Ne crains rien, je vais t'épargner le couplet traditionnel de l'amertume... mais regarde, tu vois dans quoi ça tient, vingt ans à vouloir faire qu'une rédaction soit la meilleure de toutes : un carton à peine plein.

– Tu n'aurais pas dû démissionner. Ils n'auraient pas voté la motion, j'en suis convaincue. La moitié d'entre eux était déjà partie, derrière Vandam.

– Ceux qui restaient l'auraient votée. Ils étaient manipulés par Grimaud et sa bande. Ils roulent pour le compte de Kassem. Tu ne crois quand même pas que j'allais laisser ces petits cons me coller une motion. Un blâme comme à un mauvais élève.

– C'est de l'orgueil.

– Peut-être. Même sûrement. De toute façon, la cause était entendue. Doris voulait mon fauteuil pour le donner à Kassem. Je ne sais pas pourquoi... Il ne m'a jamais pardonné l'enquête sur la mort de Vincent. Ça non plus, je ne sais pas pourquoi.

Il me reprochait certainement de vouloir remuer la merde. Mais ça n'est pas une raison !...

– Qu'est-ce que tu vas faire ?

– Dormir.

– Tu sais, patron, l'enquête sur Vincent, je vais la reprendre. Je suis certaine qu'il y a un loup là-dessous. La différence maintenant, c'est que je vais le faire pour toi. Comme tu m'as appris.

– Fais attention, Marie-Ange. J'ai toujours pensé qu'elle sentait le soufre, cette affaire-là... Et ne m'appelle plus patron. Je ne suis plus ton patron.

– Tu seras toujours mon patron. D'ailleurs je ne t'ai jamais appelé par ton prénom. Tu m'impressionnais trop. Tu m'impressionne toujours autant... Allez, je me casse, parce que j'en ai marre de chougner devant toi comme une madeleine. Salut... patron. Bonne chance.

– Salut, beauté. On se reverra sûrement.

Chapitre 13

– Ta, ta, ta... Trois balles d'un seul coup de doigt. Écoute bien... Ta, ta, ta... C'est un métronome, ce mec-là. Si t'es dans son collimateur, une rafale suffit, il te bute. Mais le tir n'est pas assez long pour qu'on puisse le repérer... Remonte la séquence en arrière. À la deuxième série de tirs... Stop. Arrête sur l'image là... Tu vois, comme une petite fumée blanche, il est derrière la carcasse de la voiture. Et moi, après... vas-y... je panneaute sur la gauche, je zoome sur la fenêtre. Je crois qu'il est à l'intérieur de la bicoque. Eh ben non ! Je me suis fait avoir. Heureusement qu'on est restés planqués, sinon je m'en serais encore pris une.

Assis à côté du monteur, Tintin commentait ses images. Une embuscade à l'entrée de Bassora.

Le reportage témoignait des tirs qu'il avait essuyés, ce jour-là, avec un groupe de « rats du désert », ainsi réputés pour leur emblème et leurs raids dans les sables de Libye et d'Égypte, face aux chars de Rommel. Commandos britanniques redoutables, ils venaient de quadriller les lieux d'un attentat qui avait pulvérisé une escorte de dignitaires chiites. Les cadavres fumaient encore à l'intérieur des carcasses, figés dans des attitudes de momies carbonisées...

Sur le banc de montage, les images défilaient. La caméra balayait en tous sens, puis s'arrêtait sur le corps de deux bérets verts, le nez dans la poussière. L'un d'eux, inerte, s'était recroquevillé dans la mort, l'autre, blessé à la jambe, tirait pour se couvrir, désignant par la même occasion la position du sniper. La caméra se fixait alors sur la voiture qui lui servait de rempart, juste à temps pour voir la carcasse voler en éclats sur un tir de roquette. Le sniper avec.

–Joli, non ! s'émerveillait Tintin. T'as pas vu souvent une scène de guerre pareille. Allez, on prend tout. Avec deux points de montage, ça va faire un peu plus de trente secondes.

Un vrai chien de guerre, ce Tintin. À peine cicatrisé de sa blessure de Ramallah qu'il était reparti, caméra à la bretelle, faire un tour du monde des conflits. Cette fois, c'était en Irak. Il avait suivi la marche des coalisés sur Bagdad qui avait frisé la promenade de santé. Saddam s'était enfui. Mais déjà la guérilla se fondait dans la foule. L'Occident apprenait à déchiffrer l'islam et s'y perdait encore dans la signification de ces deux mots nouveaux : « sunnites » et « chiites ».

– Bon, maintenant, reprit Tintin, on colle-cut l'interview du sergent.

Marie-Ange venait d'entrer dans la salle de montage.

– Salut, les mecs, lança-t-elle, avant de se pencher sur l'écran... Vous travaillez pour le journal ?

– Non, pour les magazines.

– T'as tourné avec qui, Tintin ?

– Avec Fred. On a des séquences super...

– C'était bien ?

– Ouais. Mais c'est plus comme avec Vincent !

–Justement je voudrais t'en parler, dit-elle en le tirant par la manche.

Devant la machine à café, Tintin racontait ses exploits. À Marie-Ange, il pouvait l'avouer : de plus en plus il pétochait quand ça canardait. Mais il aimait ça. La guerre, c'était sa drogue. Au cœur de l'action, dans son viseur, il oubliait tout, y compris le danger... Oui, il avait été profondément choqué par la mort de Vincent. Ces deux-là s'entendaient comme des frères. Transis sous les pluies torrentielles du Bangladesh, sautant par-dessus les cadavres du Rwanda, découvrant les charniers de Srebrenica, ou tremblant sous les tirs des talibans, ils avaient grelotté, couru, dégueulé et paniqué ensemble. Pas étonnant qu'on devienne cynique dans ce métier ! C'est le meilleur moyen de conjurer la peur et la mort. Mais lorsqu'ils étaient anxieux, terrorisés, malades, découragés, déprimés, il y en avait toujours un pour remonter le moral de l'autre. Ils partageaient tout. Un lit, la bouffe, les putes, la merde, et la rage quand Paris appelait en les engueulant comme des stagiaires. « On a vu chez le concurrent des images que vous n'avez pas eues, qu'est-ce que vous foutez ? »

Tintin se souviendrait toujours du vibreur de son portable dans sa poche, devant Karbala. Il l'avait extirpé tant bien que mal sans quitter, dans son œilleton, le char irakien qui manœuvrait de l'autre côté du pont... C'était sans doute Vincent qui le prévenait de sa position. Ils avaient été séparés par la violence des tirs, dès le début de l'accrochage... Bordel de merde ! C'était Pelletier, à la coordination de nuit, qui voulait leur lire une dépêche, pour les informer que des combats violents avaient lieu dans la région de Karbala. Et il avait ajouté sur un ton comminatoire :

– On vous demande d'aller voir ce qui se passe. Et je dois vous dire aussi, de la part de la direction, de faire attention à vos notes de frais, car la compta les trouve trop salées.

– Tu sais où je suis, connard ? avait hurlé le cameraman... sur le pont de Karbala, en train de filmer un char qui va me tirer dessus. Alors, la compta, tu lui dis qu'elle aille se faire enc...

Il n'avait pas fini sa phrase que le char avait tiré son obus. Le souffle de l'explosion lui avait arraché le portable de la main.

– J'avais justement besoin de le changer. Maintenant, bande de cons, vous allez me payer un Blackberry dernier modèle, avait-il ronchonné, en recadrant son plan, tapi derrière la pile du pont.

Ils avaient, hélas, l'habitude, les grands reporters, de ce décalage insupportable entre leur monde de baroudeurs et celui des planqués de la rédac. Pour Paris, leurs reportages n'étaient souvent qu'une suite d'images qu'on découpait en fonction du conducteur du journal. Quand eux vivaient l'événement avec leurs tripes et leur soif de terrain. Combien de fois s'étaient-ils entendu dire : « Y a pas de place. Les images de guerre, c'est toujours la même chose. On a préféré passer un plateau d'explication de Colombin. » Ben bien sûr ! Cette grosse merde de

Colombin qui portait bien son nom, et qui passait son temps à commenter ce qu'il n'avait jamais vu. « Il a au moins regardé le reportage, j'espère ? » « Pas la peine, il avait des tuyaux du Quai d'Orsay. » Tu parles ! Et on leur resservait l'éternel couplet du poids des mots et du choc des images. De la noblesse du commentaire et de la vulgarité des faits. Ils n'étaient que des soutiers au service des seigneurs exégètes, dispensateurs inspirés de la parole officielle.

Personne ne connaissait mieux Vincent que son ami Tintin. Et pour cause. « Je vis deux fois plus avec lui qu'avec ma fiancée, répétait-il souvent. Dommage qu'on ne soit pas pédés. » Sachant que le diable se cache dans les détails, Marie-Ange comptait sur lui et sur sa mémoire pour relancer son enquête. Comme elle l'avait promis à Sénéchal. Elle avait donc décidé de mener avec le cameraman une interview contradictoire, serrée, comme avec ses clients du « 20 heures ».

Après que Tintin eut ressassé ses souvenirs de grand reporter, ils s'éloignèrent des oreilles de la machine à café pour aller s'enfermer dans le silence obscur d'une salle de montage vide. D'emblée, la journaliste l'avait abordé sur le ton de l'amitié complice.

– J'ai besoin de toi, lui avait-elle avoué. Tu dois me faire confiance... Tu sais qu'on cherche à salir Vincent. Certaines langues de pute insinuent même qu'il collaborait avec des activistes palestiniens. Il se serait compromis au point qu'on ait décidé de l'éliminer purement et simplement. Qui ? Pourquoi ? Je n'en sais rien. Autant te dire tout de suite que je ne crois absolument pas à cette histoire. Mais, toi... est-ce que tu saurais par hasard quelque chose ? Qui permettrait de comprendre d'où vient cette saloperie ?

– C'est honteux de véhiculer un bobard pareil. Et qui dit ça ?

– Kassem, je pense. Et Doris. Qui en est persuadé. Mais ce que je crains le plus, c'est que ce bobard ne se transforme en thèse officielle, si ce n'est déjà fait. Une thèse soufflée aux enquêteurs par les barbouzes du ministère.

– Ça ne tient pas la route... Et je sais d'où ça vient.

La vérité était que Vincent, comme beaucoup, avait renoncé depuis longtemps à émettre un jugement, même nuancé, sur ces intifadas à répétition. L'honnêteté voulait qu'on souffre avec Israël quand Israël souffrait. Du martyre d'innocents déchiquetés dans les attentats. Alors, il était pro-israélien. Mais son avis se retournait lorsqu'il considérait le sort réservé aux habitants de Gaza, parqués, dos à la mer, dans cette prison à ciel ouvert. Sa conscience condamnait avec la même vigueur le terrorisme aveugle, poison de l'humanité, et le déni de dignité opposés à une population otage de son manque d'avenir. Comment ne pas se haïr, de part et d'autre des murs et des barbelés, tressés comme autant de couronnes d'épines sur les espoirs de paix ? Bien entendu, il avait son idée sur la portée géopolitique d'événements qui dépassaient cette confrontation sans fin. Mais il ne s'accordait pas le droit d'en user dans son rôle de témoin que lui imposait sa profession de reporter, surtout lorsqu'il était sur le terrain.

Envoyé spécial au Caire pour suivre les élections égyptiennes, il avait décidé d'enquêter le long de la frontière commune avec la bande de Gaza. Plus précisément sur la perméabilité de ce no man's land qui séparait les deux pays. Car il se demandait comment, dans un territoire hermétiquement fermé, pouvaient circuler des armes et des obus de mortier que les activistes faisaient pleuvoir sur les villages israéliens. Même si tout le monde savait que les sables de la région étaient truffés de boyaux. Chaque fois que Tsahal en détruisait un, un autre se creusait.

Cette nuit-là, Vincent s'était retrouvé avec Tintin devant l'entrée d'un tunnel dont l'accès avait été déblayé au dernier moment par des taupes soudain sorties de terre. Le contact venait de s'établir entre les combattants palestiniens et un groupe de Frères musulmans, leurs correspondants et fournisseurs qui les attendaient sagement assis sur une dizaine de caisses. En apparence, des Bédouins paisibles qui campaient pour la nuit. Leurs Land Rover étaient cachées derrière les dunes, quelques centaines de mètres en contrebas.

Vincent avait dealé avec eux le droit de voler quelques images anonymes en échange d'une cassette souvenir qu'il leur céderait, une fois passé la ligne. De quoi compléter leurs archives. Et bien entendu le bakchich qui allait avec, pour eux et les garde-frontières. Ce soir-là, on comptait des cousins des deux côtés du mur.

Tintin avait filmé, comme il pouvait, quelques gros plans dans la nuit claire. Allumant par à-coups la torche que tenait pour lui l'un des passeurs. Le tunnel était étroit. On ne s'y faufilait que courbé. Voire à quatre pattes. Des cordes furent attachées aux caisses. Le transfert pouvait commencer.

– Tu imagines le scoop, commentait Tintin en racontant leur aventure à Marie-Ange. Vincent n'avait pas son pareil pour mettre les gens en confiance et leur tirer les vers du nez. On avait fait un reportage avec l'organisation des Frères musulmans du Caire. Tout s'était bien passé. On cherchait à évaluer leur poids dans les élections, et, de fil en aiguille, il les avait convaincus de nous emmener. Tu sais, dans ces cas-là, Vincent, ses interlocuteurs, il les promenait. Il leur faisait toujours croire qu'il était de leur côté... Aboukar, il s'appelait, le mec. Il l'avait connu lors de missions précédentes. Tu aurais vu ça ! Ils se tapaient sur le ventre comme des potes de toujours. Personne n'était dupe. L'un utilisait l'autre, mais chacun le savait. Ils voulaient faire un coup, nous aussi. Ça tombait bien. Remarque, ça nous a coûté cher en dollars. Les fameuses notes de frais salées ! On ne peut pas tout expliquer à la compta. De toute façon, ils ne comprendraient pas...

Courageusement, Vincent s'était donc engouffré dans l'obscurité du tunnel, derrière la dernière caisse, emportant avec lui une caméra d'amateur, l'appoint des équipes prévoyantes. Ses semelles avaient disparu dans le trou étroit par lequel il fallait se glisser. Ce fut le dernier plan tourné par Tintin. Le retour était prévu une heure plus tard. Mais Vincent ne reparut jamais. En tout cas pas par ce trou-là.

Car, alertés sans doute par le flash de l'éclairage, les Israéliens avaient pilonné l'endroit. Soudain pris sous un ballet de roquettes et de fusées éclairantes, les Bédouins avaient détalé comme des fennecs, larguant le cameraman français, handicapé par le poids de son matériel. Tintin dut marcher des kilomètres avant de trouver une voiture qui le déposa enfin, au petit matin, dans le port d'El-Arish.

– J'ai tout imaginé, tu penses bien ! Qu'il était coincé dans le tunnel. Qu'il était mort. Et j'en passe. J'étais complètement paumé. Je ne savais plus où j'habitais. Alors j'ai appelé Sénéchal et je lui ai tout raconté...

– Et Vincent, il était blessé ? interrogea Marie-Ange, étonnée autant que bluffée par cette histoire dont personne à la rédaction n'avait jamais entendu parler.

– Non. Il avait eu le temps de passer. La sécurité israélienne l'a choppé, seulement le lendemain, à la sortie de Gaza. Il était attendu à tous les check points. Heureusement, il n'avait pas la caméra sur lui. Ils l'ont cuisiné quand même pendant trois jours, avant de le renvoyer. Lorsque Kassem s'en est mêlé...

– Encore lui !

– Kassem, oui. Mais il faut reconnaître que, sur ce coup-là, il s'est montré particulièrement efficace. Il a fait jouer ses relations. Les services secrets, je pense. Sinon Vincent serait allé tout droit au gnouf. Il y serait peut-être encore. Remarque, au moins, à l'heure qu'il est, il serait vivant...

Lorsque la première roquette avait sifflé au-dessus de leurs têtes, les passeurs palestiniens, sortis les uns après les autres, s'étaient déjà regroupés dans les ruines de la maison à partir de laquelle avait été creusée l'ouverture du tunnel. Immobiles sous le feu grésillant des fusées éclairantes, ils s'étaient fondus dans les gravats anciens et les murs lézardés de cette villa isolée qui essuyait régulièrement des tirs de barrage. Ils tendaient le dos, sans même tenter de riposter. L'un des obus avait vraisemblablement fait mouche derrière eux, car un roulement sourd était remonté du fond de la galerie. Ils recreuseraient plus tard.

Les tirs avaient cessé et la panique avait commencé à gagner les passeurs. Certains parlaient fort. En arabe. Vincent ne comprenait rien de leur agitation. Il ne les quittait pas des yeux, cherchant à lire sur leurs lèvres, interprétant leurs gestes. Il avait craint, cette nuit-là, sérieusement pour sa vie, quand l'un parmi les plus nerveux du groupe l'avait désigné, en pointant son arme dans sa direction. Sans doute les interrogeait-il sur le sort qu'ils comptaient réserver à ce témoin, devenu encombrant. Sa conviction à lui, en tout cas, semblait faite. S'en débarrasser.

Fort heureusement, celui qui apparaissait comme leur chef avait écarté d'une main ferme ce canon trop sensible. Dans un français parfait, certainement pour que Vincent comprenne, il avait coupé court à toutes spéculations en affirmant : « C'est un ami d'Aboukar. »

Puis ils avaient chargé les caisses dans un camion, avant de disparaître, chacun par un chemin différent. Le chef avait fait monter Vincent dans sa voiture. Il remontait sur Gaza. « Nous ne parlerons pas, lui avait-il précisé. C'est mieux que tu ignores qui je suis. »

Et c'était bien comme ça ! Il avait pu dire ainsi la vérité, toute la vérité aux agents israéliens qui l'interrogeaient, sans pouvoir leur fournir d'autres indications. Noms, détails. Il ne les connaissait pas. D'autant qu'à Tel-Aviv, le Mossad savait déjà tout sur son voyage souterrain, puisqu'il avait été prévenu par l'ambassade de France, elle-même alertée, sur les indications du cameraman, par la direction de la chaîne. Les versions concordaient.

Tout paraissait clair. Pourtant, dans la logique de Marie-Ange, le mystère s'épaississait à mesure que Tintin racontait. Pourquoi Kassem puis Doris avaient-ils accrédité la thèse d'une connivence avec les activistes, puisqu'ils savaient mieux que personne ce qui s'était passé, cette nuit-là. Et Sénéchal, pourquoi n'avait-il jamais démenti les accusations portées contre Vincent ?

– Dis-moi, Tintin, ce qu'il a pu filmer dans le tunnel, il n'a jamais réussi à le sortir ?

– Quand il s'est fait alpaguer, il n'avait rien sur lui. Tu penses bien qu'ils l'ont fouillé. À poil et doigt dans le cul. En fait, il avait tout confié à son chauffeur énigmatique, caméra et cassette. Pour en faire une copie, j'imagine, avant de renvoyer le paquet. Par la poste, tout simplement.

– Tu l'as visionnée ?

– Non.

– Là, Tintin, tu me mens.

– Non, j'te jure. Je l'ai volontairement occultée. J'y repense maintenant que je te raconte cette histoire... Moi, ça suffisait comme ça. Quand Vincent est rentré d'Israël, on a tous été convoqués par Doris, dans son bureau de La Défense. Tous ceux qui savaient. Sénéchal, Kassem, Vincent et moi. On s'est pris un savon de première. J'ai dû donner mes images, tournées côté égyptien. Rien n'a jamais été diffusé. Doris nous a traités de petits cons et il a dit comme ça qu'on risquait de déclencher une affaire d'État, qu'il ne s'était donc rien passé et que, tous, on avait intérêt à fermer notre gueule. Il n'était pas furieux, il était hors de lui. Je ne l'ai jamais vu dans un état pareil.

– Mais vous y êtes quand même bien retournés, après. Quand tu as filmé ta fameuse séquence sur le gosse tué dans les bras de son père.

– Oui, mais là, c'était à Ramallah. Un an plus tard et avec le feu vert de Sénéchal qui voulait peut-être se faire pardonner. On était passés en douce par la Jordanie... D'ailleurs, je te ferai remarquer que si je n'avais pas été blessé, les Israéliens nous auraient expulsés *manu militari*. Souviens-toi, le reportage a été censuré et Vincent a été définitivement interdit de séjour dans la région. Ça, c'est clair.

*

Le gars portait un vieil imper fripé, tout droit sorti d'une série policière, avec sa casquette en tweed chevronné qui cachait son crâne à moitié chauve. Il avait observé Marie-Ange un bon moment avant de l'aborder. Tandis qu'elle admirait Paris d'en haut, et ses quartiers qui ressemblaient à de grosses termitières blanches, bien ordonnées, émergeant de la brume. Derrière le grillage du premier étage de la tour Eiffel, encore peu fréquentée à cette heure de la matinée.

– Vous ne me reconnaissez pas, avait-il constaté en guise de présentation. C'est normal. Vous veniez d'arriver quand j'ai pris ma retraite. Je m'appelle Max André... Max, c'est le prénom, et André, le nom. J'avais le poste qu'occupe aujourd'hui Malterre. Les flics, la police, l'armée... Yvan, c'est moi qui l'ai fait rentrer. Il était encore stagiaire... Vous me remettez mieux comme ça ?

– Si, si… répondit Marie-Ange poliment. Je vous remets parfaitement.

En vérité, il ne lui rappelait rien. Ou vaguement. Il faisait déjà grand-père, au fond de la rédac, derrière le bureau des faits divers, dans un bocal où il pantouflait. C'était le cas de le dire ! Car cette image lui collait à la silhouette. Ventre arrondi, il donnait toujours l'impression d'avoir enfilé ses charentaises quand il marchait. Il ne lui manquait plus que la moustache pour compléter son allure de vieux matou madré. En réalité, il devait travailler beaucoup. Tôt le matin, tard le soir. Sa lampe était toujours allumée, derrière les piles de bouquins entassés qui le coupaient de la curiosité des autres, comme un mur de Berlin. Il squattait l'une de ces cages en verre qui bordent souvent les *open spaces* des salles de rédaction et dans lesquelles s'installent les dignitaires de l'information en mal de reconnaissance. À défaut de médailles, ils bénéficient d'une place réservée, comme au cimetière. Souvent, après, ce n'est plus qu'une question d'années…

Dès qu'il mettait le nez dehors, Max André fréquentait les salons dorés de la place Beauvau aussi bien que les couloirs marronnasses des locaux de la police. On lui refilait des tuyaux, il rendait des services. Il cultivait ses contacts et soignait ses réseaux. Ainsi, le matou connaissait personnellement le ministre en tant que journaliste, et tutoyait les inspecteurs parce qu'il était de chez eux. Pas ceux qui portaient l'uniforme. Ceux des enquêtes sensibles, des dossiers, des fichiers, des Renseignements. Généraux, mon colonel. Car il était colonel dans la réserve. Partisan de l'ordre et de la nation, il avait fini par ne plus savoir quel était son premier et son deuxième bureau.

– Je ne sais pas pourquoi je vous dis tout ça, mademoiselle, s'excusa l'homme à la casquette et à l'imper fripé. Mais ça vous aidera à comprendre la suite.

Marie-Ange avait reçu, la veille, un appel bizarre de cet homme qui connaissait donc son numéro de portable. D'abord convaincue qu'il s'agissait d'un canular, elle avait failli raccrocher. L'inconnu maquillait sa voix. Comme dans les films policiers, sans doute avec un mouchoir plaqué sur le combiné. « Vous ne me connaissez pas, avait dit cette voix, mais il est important que je vous rencontre. J'ai une information à vous communiquer pour votre enquête. »

Dix heures, le lendemain matin, sur la plate-forme du premier étage de la tour Eiffel. Le rendez-vous était pris. Que risquait-elle d'y aller ? Marie-Ange s'était interrogée une bonne partie de la nuit. Elle avait tout envisagé. Jusqu'au retour du tueur qui aurait cherché à l'attirer dans un piège pour l'assassiner, elle aussi. Pas facile cependant de tirer sur quelqu'un au milieu des touristes. Il y avait pourtant des vendeuses dans la librairie quand Vincent... Bon ! La situation était différente. Et comment pourrait-il s'enfuir, après l'avoir tuée ? À moins qu'il ne la pousse par-dessus la rambarde ? Impossible ! Il devait bien y avoir des protections, ne fût-ce que pour éviter les suicides. Elle ne se souvenait plus. Ça faisait si longtemps qu'elle n'était pas montée sur la tour Eiffel...

Ce qui la décida finalement, ce fut l'impression que la voix était vieille, en dépit du camouflage. Ce n'était pas la voix d'un tueur. « Appelez-moi monsieur Max, pour l'instant », avait répondu l'inconnu lorsqu'elle lui avait demandé comment elle le reconnaîtrait.

– C'est moi qui ai infiltré Yvan Malterre dans la rédaction, poursuivit monsieur Max. Parce que la Piscine me l'avait demandé, bien que je n'appartienne pas à la DST. Mais j'en étais très proche. Lui en faisait partie. C'était un agent et il fallait l'introduire sur la chaîne. Il avait suivi une formation de journaliste et il aimait ça. D'ailleurs, il a fait son trou. C'est un bon reporter, je crois.

Marie-Ange n'en revenait pas. Elle était sidérée d'entendre ce grand-père lui expliquer le plus naturellement du monde comment fonctionnaient les connexions entre l'info et les services secrets. Elle voulait tellement ne pas y croire qu'elle ne cessait de hocher négativement la tête comme pour apporter un démenti, mot après mot, à la fable qu'on venait lui conter. Pourtant le matou insistait. Il affirmait que, dans tous les grands médias, il fallait bien imaginer la présence d'infiltrés, sinon des Services, en tout cas d'officines d'influences diverses qui plaçaient leurs hommes. Soit en les recrutant à l'intérieur, soit en tentant une greffe avec l'un des leurs.

– Vous n'êtes pas naïve, s'étonnait-il, au point de croire que l'infiltration n'est qu'un fantasme de romans d'espionnage ? L'information est une arme bien trop redoutable pour qu'on ne cherche pas à la contrôler, ou à la manipuler quand il le faut. Même dans un pays démocratique comme le nôtre... La première chose que je voulais vous dire est donc la suivante : quand Yvan Malterre a lancé son scoop, affirmant que l'explosion dans l'ancienne raffinerie était le fait d'un groupe de terroristes, il était en service.

– Vous voulez dire qu'il a lancé une info bidon ? Et qu'il le savait ?

– Exactement. Il a agi en service commandé.

– Mais comment pouvez-vous dire ça ?

Le vieux monsieur se redressa, agacé. Contractant sa bedaine d'indignation, il ne comprenait visiblement pas qu'on puisse mettre en doute ses informations.

– Mais parce que je le sais, ma chère petite. Je viens de vous dire que nous appartenions aux mêmes réseaux.

– Et vous n'avez pas peur de lui nuire en me racontant tout ça ?

– Vous pourriez penser, en effet, que je trahis là un secret et un ami. Je l'admets bien volontiers. Mais je vais vous répondre... Je sais qu'il n'est pas dans votre intérêt de divulguer ce que vous venez d'apprendre et je sais que vous en ferez bon usage. Personnellement, j'ai la conviction d'agir pour la bonne cause. Comme l'a fait Yvan en remplissant sa mission.

Agent de la DST, Yvan Malterre sommeillait ainsi, depuis des années, dans son bocal en verre, ancien bureau de Max André, son parrain, parti à la retraite. Une ou deux fois par an, à l'occasion, les Services l'alimentaient en informations exclusives. C'est ainsi qu'il avait pu consolider sa crédibilité de chasseur de scoops auprès de sa direction en révélant le premier le scandale du Crédit lyonnais ou en annonçant deux heures avant tout le monde la mort de Mitterrand.

Un bon agent est un homme ordinaire qui ne partage avec OSS 117 qu'un matricule d'identification dans le catalogue des pièces détachées des services secrets. Il y en a des grands, des gros, des petits. Des costauds, des maigrichons. Des permanents, des sous-traitants. Des intermittents. Des dynamiteurs, des petits rapporteurs. Tous ont leur utilité. Pour un agent, il n'y a pas de mission anodine. Ni de mission impossible. Seul compte le service commandé.

Certains aussi sont dormants, comme l'était Malterre. Une catégorie qui s'use dès que l'on s'en sert. Il attendait son heure... Elle vint le jour de l'explosion, lorsqu'il fut « réveillé » par son correspondant à la DST, sur un simple coup de fil. On avait besoin de faire diversion, ce jour-là, dans l'opinion. Il n'avait pas à en connaître les raisons. L'activer était en soi la preuve de la nécessité d'agir, en déclenchant le type d'action pour lequel il était programmé. Mentir... Ses supérieurs ayant donné l'ordre, Yvan, le petit doigt sur la couture du micro, n'avait plus qu'à obéir et à divulguer une thèse fabriquée sur mesure... mais crédible.

La moitié des ouvriers de l'ancienne raffinerie étaient de confession musulmane, et l'une des victimes, proche des milieux islamistes. Le terroriste idéal était donc tout trouvé. Il suffisait de l'habiller d'une pelure de caleçons à la morgue, pour l'envoyer se faire voir chez les vierges, et le tour était joué. Puisque al-Qaida faisait trembler la planète depuis le 11 septembre, le scénario était ficelé. Il s'agissait d'un attentat. Inutile d'aller chercher plus loin.

L'opération fut, de ce point de vue, une réussite complète. L'intox fonctionna au-delà des espérances de ses promoteurs, faisant le tour du monde, à la vitesse de la lumière, sur les écrans de télé. Elle fut commentée, expliquée, justifiée pendant près de trois semaines par la presse internationale. Le temps d'arranger les bidons là où c'était nécessaire. Jusqu'aux conclusions des experts.

Quand vint le démenti, il était trop tard. Quoi qu'on dise, quoi qu'on fasse, désormais l'ombre de Ben Laden planerait pour toujours à l'évocation de cette catastrophe.

En racontant son histoire, l'homme à l'imper fripé prenait des airs énigmatiques. Aussi bien dans sa façon de délivrer ses secrets que dans ses postures d'espion aux aguets, jetant de temps à autre un regard furtif autour de lui, comme un oiseau. Par petits coups de tête. Tantôt à droite, tantôt à gauche. Pourtant, personne ne semblait porter attention à leur conversation parmi ces touristes étrangers dont la foule grossissait. À côté d'eux, un groupe de Japonais s'émerveillait de voir Paris à ses pieds, tandis que les livreurs déposaient leurs caisses de boissons devant la porte des restaurants du premier étage.

Marie-Ange l'écoutait en se tenant les épaules. Elle avait froid. Dans sa petite veste en crêpe de Chine, elle avait oublié que le vent pouvait souffler assez fort pour lui donner la chair de poule. Là-haut, sur cette plate-forme exposée de la vieille dame de fer.

– La seconde chose que je voulais vous dire, poursuivit monsieur Max, c'est que je fais ça aussi pour Sénéchal. J'ai beaucoup d'admiration pour cet homme que j'ai eu comme patron sur les dernières années de ma carrière... Il est clair qu'ils ont fait d'une pierre deux coups en l'éliminant. Certes, on pouvait taxer de légèreté le feu vert donné à Yvan pour balancer son intox, mais comment pouvait-il savoir ? Maintenant, ils sont tranquilles. Loin de la chaîne, il n'aura plus la tentation ni les moyens de faire enquêter sur la mort de Vincent. C'est en cela que vous êtes concernée, mademoiselle.

– « Ils », c'est qui ? demanda, intriguée, Marie-Ange.

– Je me garderai bien de mettre un nom sur une entité qui recouvre autant d'intérêts... j'espère que vous trouverez par vous-même, si vous décidez de continuer. Je vous ai donné deux pistes. Exploitez-les, comme vous savez le faire. Je vous recontacterai plus tard... Un dernier conseil : la prochaine fois, prenez un manteau. Nous sommes quand même aux portes de l'hiver.

L'homme souleva sa casquette, en signe de salutation à l'ancienne. Sans découvrir cependant le dessus chauve de son crâne qu'il risquait d'exposer au vent. Puis il se dirigea vers l'ascenseur, avec son pas de charentaises, absorbé par la foule qui se refermait sur lui. Il n'était pas très grand. Il disparut donc rapidement.

Marie-Ange l'avait regardé partir. Drôle de personnage, ce retraité ordinaire, porteur de messages codés. Fallait-il le prendre au sérieux ? Avait-elle trouvé son « gorge profonde » à elle ? *Made in France.* Baguette sous le bras plutôt que médaillé du Vietnam. Mais qui, comme le célèbre indic du Watergate, lui donnait peut-être une clé pour ouvrir la prochaine porte... Et si c'était un piège ?

*

À peine sortie du studio, Marie-Ange avait saisi à la volée une poignée de kleenex imbibés de tonique. « Excuse-moi. Je vais me débrouiller toute seule », avait-elle lancé à la maquilleuse qu'elle venait de bousculer dans sa précipitation. Elle se frottait déjà le visage en courant dans le couloir. Une formalité pour elle qui détestait se faire grimer comme une tortue avant le direct du journal. Un minimum de poudre lui suffisait, juste ce qu'il fallait pour ne pas briller sous les projecteurs. Nature. Ce n'était pas le cas de Chantal Romanée qui passait une demi-heure en salle de maquillage à l'époque où elle présentait les infos. Et je te souligne les yeux, et je t'estompe les valoches, et je te creuse les joues, et je te fais la mèche mutine... Marie-Ange n'avait pas besoin de tout cela. Elle passait au tube telle qu'elle était dans la vie. Fraîche et souriante. C'est ça, la lumière ! On la prend ou on ne la prend pas. Elle vous flatte ou elle vous tue.

Marie-Ange s'était précipitée. Elle venait d'entendre passer la voix de Malterre dont le timbre gras résonnait dans le couloir du studio. Sa rocaille était reconnaissable à cent pas, les yeux fermés. Et en plus, il parlait fort.

Le spécialiste du renseignement véreux se faisait rare depuis l'affaire du scoop bidonné. Bien qu'il ait échappé au procès en sorcellerie. Il figurait désormais au rang des victimes de la désinformation ordinaire. On avait pardonné sa faute en faisant semblant de croire à la fatalité. Ça arrangeait tout le monde. Les attaques s'étaient concentrées en revanche sur

Sénéchal. Y compris de la part de ceux qu'il avait chouchoutés. Quoi de plus facile ! Puisqu'il n'était plus là.

L'homme avec qui Malterre parlait si puissamment et qui marchait à ses côtés n'était autre que Kassem. Leur conversation avait d'ailleurs soudainement viré au ton feutré des confidences et des propos secrets. Du coup, Marie-Ange avait freiné sa course. Elle poussait sur la pointe de ses pieds afin d'éviter que ses talons ne martèlent les dalles sonores du couloir. De toute façon, ils étaient trop absorbés pour se rendre compte que quelqu'un les suivait.

Dès qu'ils se furent quittés devant les ascenseurs, la journaliste rattrapa le Colombo qui filait vers la sortie.

– Attends-moi, Yvan... Paie-moi l'apéro. J'ai quelque chose à te dire.

– Marie-Ange ! Ça fait trente ans que je rêve d'être poursuivi par une jolie femme. Enfin ! Et c'est toi... Bon, pour l'apéro, c'est d'accord. Mais tu vas rater le débriefing du journal.

– Kassem attendra.

– C'est comme ça que tu traites ton nouveau directeur !

Le bar n'était fréquenté que par les gens de la chaîne. Une exclusivité qu'on retrouve généralement dans tous les bistrots proches des médias. Et qui curieusement garantit une plus grande confidentialité. Personne ne prêtant plus attention à personne. À peine assise au fond de la salle, Marie-Ange avait attaqué Malterre, bille en tête. Sans gants ni préambule.

– Je sais tout, Yvan... Tu as balancé une fausse info sur la raffinerie, en connaissance de cause... Non, ne proteste pas. Laisse-moi finir. Je ne dirai rien, tu peux me faire confiance. Ce que je cherche est ailleurs.

Elle eut beau adopter tous les modes, la douceur, la supplique, prouver par le détail qu'elle savait et qu'elle ne jugeait pas, l'agent infiltré résistait au charme de son questionnement comme à la fermeté de ses affirmations. Il avait bien appris. Même sous la torture, il n'avouerait jamais.

Au contraire, il se justifiait. Quel journaliste, faisait-il remarquer, ne s'était embarqué, au moins une fois dans sa carrière, sur une piste hasardeuse ? Sa tête à couper... Mais peut-être avait-il été lui-même manipulé ? Et puis la belle affaire ! Si la mayonnaise n'était pas montée à ce point en interne, Dieu seul savait pourquoi, personne n'en aurait rêvé. La presse entière n'avait-elle pas relayé la thèse de l'attentat ? En la trouvant plausible. Puis démenti à son tour, sans se flageller, ni perdre son temps à critiquer ses sources. On était passé à la version suivante. Parole d'experts... C'était l'ambiance du moment qui voulait ça, lui expliquait-il. L'information étant une matière vivante qui se développait au gré d'affirmations et de vérités successives. Comme les cultures et les civilisations. L'essentiel étant d'approcher la vérité au moment de conclure. Les politiques, en particulier, n'en usaient-ils pas pour n'avoir jamais à répondre ni de leurs promesses ni de leurs actions passées ?

Aujourd'hui, chacun pouvait suivre l'actualité aussi vite qu'un journaliste, et selon les rebondissements qui rythmaient la vie des rédactions... Le quotidien était une part d'histoire sans cesse renouvelée, au terme de laquelle le public se faisait sa propre idée. L'explosion de la communication avait maturé les esprits, affirmait-il. Ça, c'était moins sûr. Le débat restait ouvert. Sommes-nous tous égaux devant l'information ?... Enfin, argumentait-il pour revenir à son affaire, qui pouvait affirmer que demain n'interviendrait pas un élément nouveau qui relancerait la piste d'al-Qaida ?

Marie-Ange devait reconnaître que Malterre l'avait bien entortillée. Surtout qu'elle ne pouvait lui opposer la crédibilité de sa source. Elle ignorait son degré de connivence avec « Gorge profonde », qui par ailleurs ne l'avait pas autorisée à faire état de son existence. Encore moins à décliner son identité. C'était un point à éclaircir lors de leur prochaine rencontre. Si rencontre il y avait.

– Puisque tu m'as l'air sincère, rebondit Colombo, au grand étonnement de la présentatrice, je vais te donner une indication qui pourrait t'aider à débloquer ton enquête. C'est ça que tu veux finalement, non ?... Moi aussi, tu sais, je suis persuadé qu'il y a du lourd sous la mort de Vincent... Tout le monde le croyait rangé des voitures. Eh bien non, il profitait de ses balades aux quatre coins du monde pour enquêter sur des trafics d'armes. Ne me demande rien de plus, je n'en sais pas davantage.

Et même s'il le savait, il n'en dirait pas plus. Marie-Ange l'avait compris. Elle insista quand même.

– Je suis bien avancée avec ça. Le monde est truffé de trafics d'armes.

– Il y a trafic et trafic... Le plus dangereux, c'est d'aller fouiner dans les combines des États... Car la morale, ça fait longtemps que tout le monde s'en tape. Derrière les tribunes des conférences de paix, se signent les plus gros contrats d'armement.

– Mais Vincent, qu'est-ce qu'il vient faire là-dedans ?

– Vincent, il était sur un coup. Au début, les Services l'ont suivi, puis ils l'ont perdu de vue. Il était malin. Il enquêtait en douce, et seul. On savait qu'il remontait une filière, mais on ne comprenait pas bien ce qu'il cherchait... Le seul tuyau que je puisse te refiler pour t'aider, c'est de te donner un de ses contacts... En Afrique.

– À ton avis, il faisait ça pourquoi ?

– Peut-être voulait-il écrire un livre.

Chapitre 14

Les jambes des filles sont de retour, c'est signe de beau temps. Encore trop blanches, à la terrasse des cafés, elles s'étiraient comme des bourgeons précoces, ou sautillaient, mal assurées, comme des oiseaux malades, sur le dos des pavés du quartier Saint-Germain. Morillon les regardait passer. Sans y voir autre chose qu'un défilé de membres inférieurs dénudés de femmes de race blanche, pigmenté de quelques jambes bronzées, dont la chaleur du corps avait dû monter comme la fièvre, dans les dernières vingt-quatre heures, compte tenu de la légèreté des effets qu'elles portaient au moment de cette autopsie contemplative et cérébrale. Non pas qu'il fût asexué, le légiste, ni homo, ni insensible à l'esthétique des corps. Ni engoncé encore dans la rigueur d'un hiver trop long qui lui couvrait toujours le nez d'une longue écharpe rouge, en ce si beau premier jour du printemps. Rien de tout cela. Ambroise Morillon, assis en terrasse, jaugeait surtout les silhouettes au loin, par-dessus les épaules décolletées de ce troupeau de femelles qui n'avaient pas attendu un jour de plus pour venir tester leurs charmes engourdis, en défilant comme des mannequins sur le trottoir des Deux Magots. N'ayant pas en mémoire le galbe de ses jambes, il préférait, pour calmer son impatience, se souvenir de l'allure souple et lente de Marie-Ange qu'il cherchait à distinguer aux quatre coins du carrefour Saint-Germain, dès qu'elle émergerait de cette foule bouillonnante, léchée par les premiers rayons du soleil. Elle était en retard. En fait, il l'attendait depuis bientôt six mois.

Exact ! La journaliste ne lui avait pas donné signe de vie depuis leur dernière rencontre, délirante et naïve, entre les rayons d'un supermarché. Le jour où il avait pris tant de plaisir à lui décrypter les étiquettes sur les bouteilles, en singeant les cavistes et les experts en champagne. Le jour où il s'était imaginé que la complicité de leurs propos esquissait l'espoir d'un prochain rendez-vous, prometteur. Quand elle lui avait demandé, avant de partir : « C'est quoi, au fait, votre prénom ? » La désinvolture de cette question de rattrapage lui avait quand même laissé un goût amer. Il était triste et heureux à la fois. Elle l'avait quitté, certes sur un sourire, mais s'intéressait-elle si peu à lui ? Au point d'avoir attendu leur troisième rencontre pour le considérer autrement que comme un apprenti légiste, croisé au hasard de la morgue. Drôle d'endroit, il était vrai, pour faire chavirer un cœur !... À moins qu'elle ne soit tombée amoureuse posthume de ce Vincent dont ils avaient partagé la mort, chacun à sa façon ? Un cadavre autopsié, transformé en rival. Drôle de prétendant, pour une confrontation sentimentale... Mais il ne pouvait lui en vouloir, à ce fantôme assassiné. Il l'avait même pris en affection depuis qu'il avait lu son livre, et tenté de démêler les fils de son destin entre les lignes de son roman. Désormais, ils étaient condamnés à faire ménage à trois, s'il voulait conserver l'espoir de conquérir Marie-Ange.

Chaque fois qu'il le pouvait, il la guettait au détour d'un « 20 heures ». Pour l'admirer, tout simplement. Jusqu'à ce qu'elle disparaisse avec le générique. Inutile alors de lui demander un résumé des grands titres de l'actualité. Morillon ne retenait rien. Il n'avait d'yeux que pour elle, et d'oreilles pour personne. Dès qu'elle lançait un reportage, le souffle suspendu, il attendait la fin, impatient de la voir reparaître au plus vite sur l'écran... Et pourtant ! Elle lui semblait tellement inaccessible, toujours plus star, toujours plus virtuelle. Il n'avait jamais osé la rappeler pendant cette si longue absence. Morillon, si tu savais ! Combien de femmes comme elle rêvent de se serrer contre un homme avant de se résigner à vivre sans amour. Condamnées à ne se refléter que dans la célébrité d'autres stars sur l'affiche, victimes comme elles de la consanguinité d'un milieu où ne règnent que des déesses et des dieux hermaphrodites.

Morillon était quasi exsangue d'espoir lorsque son portable avait sonné. C'était elle. Son nom s'affichait sur l'écran. Marie-Ange, c'était trop long. Il avait inscrit « Ange » dans la mémoire. Un peu de guimauve dans le numérique. C'est fou ce qu'on est niais quand on est amoureux.

Il attendait donc ainsi, à la terrasse des Deux Magots, avec, sous le bras, le roman de Vincent.

*

– Vous avez relu le livre ? demanda-t-elle, à peine arrivée. Vous devez le connaître par cœur.

– Par cœur.

– Est-ce que, dedans, il décrit un trafic d'armes ?

– Pas vraiment. C'est d'abord une histoire d'amour.

– Comme dans tous les romans !

– Doublée d'une histoire d'amitié entre deux mecs...

– Tous les bouquins !

– Si vous me contredisez tout le temps, on ne va pas y arriver.

Elle avait beau insister, Morillon ne voyait pas.

Si... peut-être... vaguement. Lorsque Vincent évoquait, dans son récit, le calvaire d'une prisonnière qui fut, dans la réalité, l'otage des rebelles du désert. Françoise Claustre. Pour obtenir sa libération, le gouvernement français avait fini par payer une forte rançon, laissant les rebelles s'emparer de la cargaison d'un DC-3, bourré d'armement. Tu parles ! Le pilote était peut-être parti pisser dans une oasis... Bien entendu, les faits avaient été démentis, à l'époque, par l'Élysée. Normal. En diplomatie, il faut toujours démentir ses mauvaises actions. Pourtant, grâce à ces armes, les cavaliers toubous avaient pris le pouvoir au Tchad, rebaptisé dans le roman « Balawi ». Un pays imaginé, histoire de noyer le poisson... Un gros mélange de fiction et de réalité qui ne semblait guère inspirer Marie-Ange.

– Si c'est ça, il n'y a rien à découvrir entre les lignes de son roman, avait-elle conclu, dépitée... Pour tout vous dire, un de mes contacts m'a branchée sur une piste. Vincent enquêtait, semble-t-il, sur un réseau. Et comme j'ai appris par ailleurs qu'il avait été témoin d'une livraison à Gaza, je comptais sur vous pour me conforter dans cette voie, avec votre intuition de décodeur de lignes invisibles... Quoi qu'il en soit, j'ai bien réfléchi, j'ai décidé de foncer. Je sens que je tiens le bon bout dans cette affaire.

– Attendez, j'ai peut-être une autre idée, avait réagi Morillon... Et s'il fallait chercher la clé dans le comportement des anciens colons tels qu'il nous les décrit ? Dans les personnages plus que dans les faits... Si je devais cerner Vincent, au travers de son roman, je dirais qu'il était séduit par la vie coloniale. Il la connaissait bien. Sans en être dupe. Parfois même, il n'est pas très tendre avec ses amis. Il les accuse d'être les dépeceurs de l'Afrique. Des dos-pelés, des charognards. Je vais vous lire quelques lignes, si vous avez la patience d'écouter. Ça vous mettra dans l'ambiance... Attendez... page 55. Il décrit les vautours.

« Drapés dans le deuil poussiéreux de leurs ailes noires, les dos-pelés enveloppaient Bourda de leur sinistre garde. Avec le jour, ils venaient parquer là leurs longs cous décharnés, épiant, immobiles au-delà des barrières, le va-et-vient des corvées dans la cour des cuisines. Parfois, l'un d'eux, rompant leur silence de complot, quittait ce cercle de nettoyeurs de mort et s'en allait plonger un œil vif et sournois dans la puanteur sèche des poubelles du quartier. Depuis que l'eau manquait, ces oiseaux de charogne survivaient comme des princes. Déjà gavés de la chair calcinée au soleil, que les bêtes abandonnaient avec leur vie aux abords des mares vides, il leur fallait encore chaparder les restes des vivants. Au village Bololo, pour leur avidité à dépouiller l'Afrique de ses quelques richesses, on désignait les Blancs du nom de dos-pelés... »

Voilà planté le décor, conclut Morillon. La comparaison est sévère.

– Finalement, vous avez peut-être du nez, mon cher Ambroise ?... Il faut que j'aille voir ça de plus près, affirma-t-elle. L'un des hommes dont on m'a parlé correspond trait pour trait à cette description. C'est sûrement l'un des dos-pelés du roman.

– Et où allez-vous le trouver ? demanda Morillon interloqué. Le Balawi n'existe pas.

– À Mayumba... Vous connaissez ? En Afrique.

– Dites-moi, je ne me trompe pas, avait réagi le légiste avec un temps de retard, vous venez bien de m'appeler Ambroise ? C'est la première fois !

– Oui, ça n'est pas votre prénom ?

– Bien sûr que si, mais dans votre bouche ça sent la naphtaline. Il ne manquait qu'un brin d'emphase pour m'envoyer à la figure la désuétude de mes armoiries. Vieille aristocratie beauceronne. Finalement je préfère quand vous m'appelez Morillon.

*

« Marie-Ange... Marie-Ange... Par ici... » criaient les photographes. Les flashes crépitaient. La nouvelle star du « 20 heures », plantée au milieu du tapis rouge, guindée dans le fourreau noir de sa robe à paillettes, ne savait plus de quel côté donner de son sourire papier glacé qu'elle testait pour la première fois. Elle faisait de son mieux, un peu gauche, mal assurée. Lancée, sans répétition ni filets, au cœur de la mitraille de la célébrité. Mireille, l'attachée de presse, avait tout juste eu le temps de la coacher dans la limousine, sur le trajet qui les avait conduites de la chaîne aux Champs-Élysées... À sa descente de voiture, elle franchirait d'abord le trottoir, encadrée par les appariteurs musclés du service d'ordre qui écarteraient la foule que les barrières ne suffiraient pas à contenir. Puis entre les cordons qui délimitaient l'aire des photographes, elle devrait s'arrêter. Un petit tour à droite, un petit tour à gauche. Au moins deux fois. Plus, selon l'intérêt qu'elle susciterait. C'était comme au théâtre, lui avait dit Mireille, « si tu leur plais, ils battront le rappel ». Surtout, en même temps qu'elle mettrait le pied sur le tapis rouge, elle devrait se parer de son plus beau sourire, ni glacial, ni forcé, ni figé, qu'elle devrait tenir jusqu'à ce qu'elle disparaisse, à l'abri des regards, sous le hall du Normandy. « Tiens-toi bien droite, pour valoriser ta silhouette », lui avait recommandé l'attachée de presse. Le plus sûr moyen de tenir la pause étant de fixer un point vague sans jamais regarder vraiment quelqu'un dans la foule, ni parmi la meute des photographes. Elle effectuerait cette traversée en surfant sur l'ambiance, insensible aux cris et aux applaudissements, étrangère au spectacle de sa personne offerte à l'admiration et à la curiosité du public. La traversée serait courte, mais déterminante pour l'image qu'allaient lui voler tous ces instantanés. D'autant qu'elle se trouvait en brillante compagnie.

« Par ici... Par ici... Marie-Ange, Tom... Tommy », criaient les photographes. Lui avait l'habitude. Dents blanches, sourire hollywoodien, Tom Cruise avait pris « Mary-Angel » par le bras. Devant les flashes, il s'était même mis à singer leur différence de taille. L'humour et les clowneries servant de masques aux complexes des stars d'outre-Atlantique. Ainsi, la tête et les épaules rejetées vers l'arrière, l'acteur américain fixait d'un air faussement admiratif la coiffure de la petite Française qui, perchée sur ses talons, le dépassait d'un bon vingt centimètres. Sans compter que, s'inspirant des leçons de Mireille, elle se tenait très droite, presque raide, bien que l'armature du décolleté de sa robe de gala, prêtée par Lagerfeld, ait commencé à lui labourer douloureusement la chair à hauteur des aisselles. La souffrance étant l'un des corollaires de la beauté, et non pas de la notoriété, elle hésitait même à agiter le bras, en réponse aux signes amicaux prodigués par la foule. Quelques pas en arrière, Spielberg s'avançait. Le Tout-Paris était invité ce soir-là à l'avant-première de *La Guerre des mondes* dont le succès était loin d'être assuré.

Le cocktail qui suivit allait s'en charger plus que la projection. Car capter, dans ce genre de raout, la sympathie affectée d'un pape hollywoodien méritait bien la complaisance d'un article élogieux. Et si les critiques avaient du mal à s'y soumettre, les patrons des journaux sauraient rectifier.

Un aréopage, trillé sur liste, avait migré de l'autre côté des Champs, suivi par quelques flashes et les derniers badauds qui avaient su braver une attente inutile, dans la fraîcheur de la nuit. Le Fouquet's, temple de la société fermée des mondains cooptés, rutilait de l'effervescence des VIP de la politique, des arts et de la communication réunis. Champagne et compliments se mêlaient au luxe de l'ambiance. Marie-Ange, l'aisselle endolorie, parachevait son apprentissage. Abandonnée par Tom, déjà parti déverser son sourire sur les rondeurs d'un nid de pétasses à sa taille, prêtes à tester sa sexualité, si d'aventure elle s'adressait aux femmes. Spielberg s'entretenait avec les distributeurs, et Doris avec le ministre de l'Intérieur. La présentatrice n'en était pas moins entourée, contrainte de donner son avis sur les effets spéciaux du film lors de l'attaque martienne. Évoluant comme elle pouvait, un verre à la main, au cœur de cette planète nouvelle dont elle découvrait, chaque jour, les cirques lunaires, les mers de sarcasmes et de solitude, les fractures et les fêlures, dans une galaxie d'étoiles naines qui gravitaient autour des soleils du pouvoir et de l'argent, à des années-lumière de ses aspirations. Et cette robe qui lui déchirait la peau ! Réveille-toi, Marie-Ange. Avant qu'ils ne t'aspirent dans le trou noir de leur antimatière. Elle parlait, elle riait même, mais son esprit flânait au-delà de ces conversations sans âme. Comme si seule sa lucidité pouvait lui garantir son rêve d'indépendance.

Galamment, Kassem vint alors la tirer d'un cercle d'ennuyeux. Il voulait, avait-il prétexté, lui présenter le ministre de la Culture. Comment pouvait-on avoir la prétention d'administrer la culture ? lui avait-elle répondu. Et pourquoi pas ministre de l'Esprit, de la Beauté, de l'Amour et de la Vie ? Il y a des mots parfois qui s'entrechoquent comme des astéroïdes. Marie-Ange était en verve. À moins que le champagne n'ait profité du flou de ses certitudes pour venir lui délier la langue de toutes ses inhibitions sociales. Kassem l'omniprésent avait préféré l'entraîner vers le bar, le temps d'étouffer ses vivacités de langage dans la consistance muette des petits-fours et canapés divers.

– Je crois qu'il préfère les présentateurs aux présentatrices, ton ministre, avait-elle précisé, en cherchant à se hisser sur un tabouret, parfaitement inadapté, en dépit de la préciosité des lieux, à l'élégante rigidité des robes fourreaux.

– Lagerfeld habille bien les femmes, avait-il répondu, en s'efforçant de la soutenir dans sa vaine tentative.

– Arrête, je vais tout déchirer. C'est une vraie camisole, cette splendeur pailletée. Je préfère rester debout et la rendre en état... Mais dis-moi, Antoine, ça te développe l'esprit et la galanterie, les mondanités.

– Enfin, elle me découvre ! Tu m'en vois ravi... Je vais te le présenter quand même, mon ministre. Ça peut toujours servir.

– À qui ? À toi ou à moi ? Tu ne serais pas devenu un peu maquereau, toi, depuis que tu as été nommé directeur de la rédaction ?

– Tu sais bien que c'est la même chose.

– Et lucide avec ça !

Le ministre la salua d'un baisemain à l'ancienne, fort bien exécuté. Sans effleurer sa peau, plié jusqu'au nombril. Un instant de respect égaré, vite compensé par un retour à la raideur empesée de la fonction officielle, telle qu'elle n'avait jamais évolué depuis l'époque des conseils en habit. La nuque à peine relevée, il lui tint un discours de ministre à l'ancienne, fort mal articulé. Donnant du volume à la voix afin d'estomper la vacuité du propos. Il n'avait rien à lui dire. Sinon pérorer sur la prochaine loi relative à l'audiovisuel que préparaient ses services en étroite concertation avec les professionnels et qui enfin donnerait les moyens nécessaires au développement harmonieux, et néanmoins maîtrisé, des technologies modernes, permettant d'ouvrir un champ nouveau à l'expression des talents de la création française, dans un strict respect de la liberté de chacun... et je t'embrouille, et je m'embrouille. Et je n'y comprends rien, mais je suis le ministre quand même. Et je ne sais toujours pas comment m'y prendre pour contrôler cet immense bordel que nous contribuons à alimenter, à tour de rôle, de droite à gauche et de gauche à droite, en avantageant toujours un peu plus nos amis politiques. Changez de ministre, ça ne changera rien. Seule notre volonté d'influence semble aussi immuable que les colonnes de Buren que contemplent, depuis leurs fenêtres du Palais-Royal, les ministres successifs de l'Information, de la Communication et de la Culture, peut-être un jour rebaptisés des Arts du blog et du bling numériques.

Un rapide compliment sur la tenue pailletée de la présentatrice et sur celle de son journal de 20 heures avait permis au ministrounet d'enchaîner :

– Vous recevez de temps à autre des invités en direct sur votre plateau, je crois ? Pensez à moi. J'aurai bientôt des choses à dire sur mon projet de loi. Je vous réserverai un scoop, si vous le voulez.

– Vous savez, c'est monsieur Kassem qui décide.

– Kassem est un ami. Au plaisir, mademoiselle.

Scoop se déformait en soucoupe dans son phrasé emphatique. Un ovni du langage, prononcé avec une patate chaude dans la bouche, et qui prétendait résonner comme un signe de proximité jargonnant avec les gens de l'information. C'était toujours comme ça, avec ce ministre-là. Il se brûlait le palais chaque fois qu'il faisait l'initié des choses de la télé.

Kassem présenta ensuite à Marie-Ange le patron du Crédit lyonnais, deux membres du CSA, nommés par la droite, Tulipe, un mannequin à la mode, Andromaque, une danseuse du Moulin-Rouge, le P-DG d'Alcatel, le directeur de cabinet de l'Élysée, Robert Hossein, un philosophe au nom compliqué, Line Renaud et le patron de Renault qui n'était pas son mari. Sans oublier l'extravagant Jean-Claude Brialy dont la voix recouvrait celle de Laurent Gera. Tous ses amis étaient là. Kassem était fier de faire découvrir à la journaliste l'étendue de ses connaissances. Disons de ses relations.

– Ce sont tous ces gens, lui fit-il remarquer, eux et leurs semblables, qui font et défont les réputations. Soigne-les. Reçois le ministre, quoi que tu en penses. Dans ce milieu, il faut savoir renvoyer les ascenseurs. Sinon, un jour, les mêmes qui t'ont admirée, congratulée, te tourneront le dos, sans le moindre état d'âme

– C'est une menace ?

– Non, un conseil.

Tom avait disparu, sans avoir omis d'inculquer quelques rudiments de scientologie aux minettes, pendues pour la soirée à son sourire de prédicateur. Désormais, elles liraient Ron Hubbard comme un bouquin porno, en pensant à cette bribe de nuit passée au creux de leur idole. Spielberg avait fui le cocktail. Les Champs-Élysées s'étaient vidés. La limousine attendait Marie-Ange pour la raccompagner. Seule dans ce long tube à bestiaux pour vaches sacrées du monde des faux-semblants, elle avait la sensation coupable de se trouver abandonnée, comme une courtisane en fuite, dans le silence poisseux d'une nuit de débauche et d'ennui. Non, cette vie-là n'était décidément pas faite pour elle.

Chapitre 15

La forêt équatoriale semblait tenir l'avion suspendu, comme immobile au-dessus de cette densité sombre. Le Fokker volait pourtant à son rythme de croisière. Le ciel était limpide. Le soleil éclaboussait les hublots en se réfléchissant sur le volet des ailes. Voyage agréable, temps idéal. Mais on n'avait pas l'impression d'avancer. Rien ne ressemblant plus à des arbres que des arbres, le déplacement de l'appareil ne s'appréciait pas en gardant l'œil fixé sur cette masse noire qui se déroulait comme un tapis sans fin. Par manque de points de repère. Déjà qu'avec les petits carrés jaunes et verts de la campagne française, à six ou huit mille mètres, on avait l'illusion qu'à pied on irait aussi vite. Là, l'avion faisait carrément du surplace. Marie-Ange, qui se résignait à la mort chaque fois qu'elle pénétrait dans une carlingue, était depuis plus d'une heure en phase d'alerte rouge.

C'était plus fort qu'elle. Dès qu'elle montait dans un avion, avant même le décollage, elle entrait en éveil comme une tour de contrôle, épiant tout, écoutant tout, cherchant à déceler le moindre bruit qui lui paraissait suspect. Un changement de régime des moteurs, et elle envisageait le pire. Sans oublier les prises d'otages. Les exécutions sommaires sur le bord des passerelles. S'il ne devait y avoir qu'une victime, et une seule, ça tomberait forcément sur elle. La journaliste. Du coup, elle cachait toujours sa carte de presse au fond de ses bagages de soute.

Cette peur incontrôlable était sans doute la raison qui l'avait détournée du grand reportage. Paris-Nice était déjà un calvaire suffisant pour ne pas aller s'embringuer dans des vols internationaux, vers des destinations hasardeuses. Mais elle, au moins, faisait partie de ceux qui osaient l'avouer. Elle n'avait pas, toute sa vie, rêvé d'avoir les fesses en l'air, comme dans la chanson. Elle préférait avoir les pieds sur terre. En attendant, elle avait hâte d'arriver.

C'est à ce moment de sa réflexion que le ciel avait choisi de se couvrir. Orage tropical annoncé ? Non. Bouclez vos ceintures quand même, avait recommandé l'hôtesse. Ça allait tabasser. La couche était épaisse, et le vol intérieur Libreville-Mayumba n'allait pas tarder à amorcer sa descente. L'attente commençait. Poings serrés, calée dans son fauteuil, nuque tendue contre l'appui-tête mal réglé, Marie-Ange était prête. À tout. Sa respiration était déjà descendue de moitié. Pulsations cardiaques réduites à soixante. Il faut savoir s'économiser avant d'affronter... Dieu seul sait quoi. On verrait bien. La peur, quoi qu'il en soit.

Le Fokker venait de décrocher et plongeait au travers de la couche nuageuse. Marie-Ange décomptait. Il fallait combien de temps pour percer ces foutus nuages ? Quelques minutes au plus. Ça n'en finissait pas. L'appareil était secoué. Il ne devait pas être bien résistant. Un coucou de soixante places au plus. Un taxi de la forêt, sûrement mal entretenu. S'ils se crashaient maintenant, ils n'avaient aucune chance de s'en sortir. Aucun survivant. À moins que l'appareil ne rebondisse sur les arbres comme sur un tapis de mousse. C'était déjà arrivé. On ne peut lutter contre la panique que s'il reste encore un tant soit peu d'espoir. Oh là, là ! Qu'est-ce que c'était que ça, encore ?

La ouate nuageuse qui bouchait les hublots venait de s'effacer pour laisser apparaître brusquement la cime des arbres qui se rapprochait, cette fois, à la vitesse de l'avion. Ils étaient à quelques centaines de mètres sans doute, mais Marie-Ange avait déjà l'impression qu'elle pouvait les toucher. Que faire ? Regarder la mort en face ou fermer les yeux ? Avant les cris, la terreur se fige toujours dans un silence d'angoisse paralysante qui tétanise les réactions. Le temps de prendre conscience du danger.

Les premiers sons étaient à peine sortis des gorges nouées qu'ils furent refoulés au plus profond des entrailles des passagers, projetés cette fois en arrière par une nouvelle secousse brutale. L'appareil s'était cabré et remontait comme une fusée. En quelques secondes il explosait à nouveau dans un ciel radieux, comme expulsé par les nuages qu'il avait traversés en sens inverse, les réacteurs à fond.

L'avion poursuivait sa route, depuis dix bonnes minutes. Il avait repris son palier de croisière quand enfin l'hôtesse gabonaise vint livrer, avec son charmant accent « afuikin' », les premières explications du pilote qui reconnaissait avoir amorcé sa descente trop tôt... en raison d'une mauvaise indication de la tour de contrôle de Mayumba. Ben, allons ! Une petite erreur d'aiguillage. Et lui, le pauvrc, il n'avait pas pu vérifier, à cause de la couverture nuageuse. Mais tout était rentré dans l'ordre. L'atterrissage était prévu dans un quart d'heure. D'en haut, on apercevait le retour du ciel bleu. Au bout, il y avait la mer.

*

Une vaste trouée dans la forêt, une longue piste damée sur la terre rouge, l'aéroport de Mayumba, posé là comme la gare exotique d'un Monopoly géant, se résumait à la juxtaposition de petits bâtiments en bois, couleur poussière de latérite, qui abritaient un guichet et un bar, plus fréquenté par les douaniers et la police que par les passagers qui allaient et venaient librement sur le terrain, suivis par les curieux. Une petite escale à la bonne franquette, au milieu de nulle part, un aéroport d'opérette à l'africaine, dans une contrée perdue qui agitait sa pauvreté ambiante et la gaîté de ses couleurs dès qu'un avion était annoncé. Un spectacle figé dans la tradition d'une population toujours marquée par l'empreinte coloniale. On comprenait pourquoi on désignait toujours cet endroit du même nom qu'autrefois. L'Aviation. À l'instar des anciens patrons blancs, trop occupés à dépouiller l'Afrique pour s'être souciés, à l'époque, de l'évolution du langage. De toute façon, aéroport était un bien grand mot pour une si petite escale.

Ils s'avancèrent l'un vers l'autre. Raffy l'attendait. Il ne pouvait se tromper. Elle était la seule femme blanche qu'il ne connaissait pas. Les autres étaient des habituées de la ligne. L'institutrice et les compagnes de deux coopérants qui ne supportaient pas de vivre ici toute l'année. Elles faisaient la navette, moitié en France, moitié dans cette prison verte, au trou du cul du monde.

Lui, en revanche, ressemblait au cliché qu'elle avait dans la tête. Son imagination avait tracé à grands traits quelques portraits-robots, au travers des descriptions d'Ambroise. Elle avait complété en parcourant en diagonale *Le Seigneur des dos-pelés* dans l'avion. En diagonale seulement. Car c'était plus fort qu'elle. Elle n'y arrivait pas. Elle ne parvenait pas à entrer dans un univers qui lui rappelait douloureusement Vincent lorsqu'il était encore en vie.

– Vous avez fait bon voyage ? lui demanda Raffy en faisant signe aux deux gamins noirs qui les suivaient de porter ses bagages.

– Un peu secouée, mais bon !

– J'ai vu. Ils vous ont encore collé un équipage de bronzés. Ces gars-là, ils trouvent leur licence de pilote dans les pochettes-surprises. Remarquez, je les préfère là-haut plutôt que sur la route. Ils ne savent pas conduire, non plus... D'ailleurs, je me demande comment on a fait jusqu'ici pour ne pas avoir d'accident sur la ligne ?

– Sans moi, si vous permettez !

Le ton était donné. Raffy, le volubile, appartenait bien à cette race des dos-pelés. Amis des Africains, à condition qu'ils les dominent. Prêts à les aider, à condition d'en profiter.

– Alors, comme ça vous êtes une amie de Vincent, enchaîna-t-il, en faisant un pas de côté pour l'admirer. Amie ou... amie ? Vous voyez ce que je veux dire. Non, parce que, sans vouloir vous offenser, j'aurais pu croire... Il m'a parlé de vous, plusieurs fois. Un prénom avec Ange, ça ne s'oublie pas. Ah, ça, il vous trouvait à son goût ! Remarquez, maintenant je comprends pourquoi. Mais déjà, au téléphone, à la voix, je me doutais un peu... Un chic type, ce Vincent. Liant, sympa. On était devenus potes, vous savez. Des mecs droits et francs comme lui, on n'en rencontre pas tous les jours... Mais qu'est-ce qui lui est arrivé ? J'en reviens pas. Un cinglé, un cocu ou quoi ? Parce qu'il était beau mec. Les filles, à Paris, il devait les tomber toutes... Excusez-moi, mademoiselle, je vois que je vous fais de la peine en remuant ces souvenirs... C'est bien moi, ça ! Je parle, je parle, sans faire attention... Allez, on va rentrer tranquillement à la villa. Vous allez vous mettre à l'aise et vous reposer. J'ai préparé votre chambre. Pour dîner, j'ai acheté du capitaine. C'est un poisson d'ici. C'est mon pote Werner qui l'a préparé...

Ils s'éloignèrent des retombées de poussière rouge qu'avaient brassée les réacteurs de l'avion. Marie-Ange avançait tête baissée. Elle n'était pas peinée. Elle évacuait simplement son stress, appréhendant déjà le retour, et les cabrioles de ce Fokker sauteur.

Arrivés à hauteur des douaniers, le geste suffisant de Raffy n'était rien moins qu'une invitation à les laisser passer sans formalités et à se mêler de ce qui les regardait. « Madame est avec moi. »

Les gamins couraient derrière. Il ouvrit la porte de sa Land Rover, un infatigable modèle de brousse, en leur lançant sur un ton paternaliste :

– Tu n'as rien volé dans mon dos, Bouba ? Sinon gare à toi... Allez, chargez-moi ça là-dedans. Doucement.

Et glissant un billet dans la main tendue du plus grand.

– C'est pour vous deux. Tu fais la monnaie. Et fifty-fifty. Pas d'arnaque, hein !

– Vous les connaissez tous, s'étonna Marie-Ange.

– Pas tous. Ceux-là campent quasiment à l'Aviation. Avec les pourliches, ils nourrissent leurs familles. C'est pas des mauvais bougres, mais il faut les éduquer.

La Land Rover démarra sur les chapeaux de roues, gratifiant ceux qui la suivaient d'une gerbe rouge de latérite. Pire que les réacteurs du Fokker.

*

Ils étaient trois, ce soir-là, à contempler la lune, deux fois plus grosse qu'à Paris. Raffy avait cédé la balancelle à cette improbable invitée qu'il choyait comme une princesse. Enfin, il avait gratté la rouille et huilé les jointures. Les grandes occasions étant toujours propices au règlement, sans cesse reporté, des petits problèmes quotidiens, elle ne grinçait plus. Marie-Ange devrait revenir plus souvent !

Comme deux égoïstes, ils n'avaient jamais eu sur la terrasse que deux sièges confortables. Du coup, ils avaient dû exhumer un vieux rocking-chair qui craquait quand Raffy lui imposait son poids, recouvert d'une toile de boubou pour camoufler le tissu des coussins qui avait souffert des mille et une nuits de leurs siestes nocturnes sous les étoiles.

Les gazelles callipyges, qui refaisaient leur lit le matin pour mieux le défaire le soir quand une envie les taraudait, bénéficiant à leurs yeux d'une confiance limitée quant à leurs dons d'époussetage, ils s'y étaient collés eux-mêmes. Ils avaient briqué la villa avec une méticulosité de fées du logis. Passé la serpillière, frotté la poussière incrustée sur les lattes des jalousies, et même gratté à l'éponge de fer le cul des casseroles. Werner, tablier noué sur le ventre, s'était fendu d'une sauce coco au piment doux pour agrémenter son capitaine. Du trois étoiles de luxe au Michelin des cases nègres. Pour l'occasion, ils avaient débouché du bordeaux blanc, celui de la réconciliation qui, ce soir-là, coulait en souvenir de leur amitié pour Vincent. Pas plus de deux bouteilles, afin de ne pas effrayer la demoiselle de Paris.

Marie-Ange n'avait fait qu'y tremper les lèvres. Le vin était piqué. Il fallait vraiment en manquer, pensait-elle, pour faire d'une pisse d'âne pareille un nectar des jours de fête. Les goûts et les plaisirs s'apprécient avec moins d'exigence selon qu'on déguste au Château ou qu'on picole sous l'équateur.

– La première fois que je l'ai rencontré, leur confiait Raffy, c'était dans les sous-sols d'un grand hôtel de Libreville. Il tournicotait autour des tables de black-jack, avec un air fouineur. On aurait dit un poulet de la répression des jeux, incognito, en service commandé. Parce que officiellement les casinos étaient interdits, comme les claques, sauf que c'était toléré pour tous ceux qui avaient du pognon à se faire tirer... Je me suis dit : ce gars-là, il n'est pas descendu ici pour jouer. Pas comme moi. Surtout avec ces petites salopes, décolletées jusqu'au nombril, qui vous faisaient sauter le portefeuille comme la braguette. Une filière de croupières anglaises aux doigts agiles qui vous manipulaient les cartes comme on aurait aimé qu'elles vous papouillent les... excusez-moi, je deviens grossier, mais il faut dire que, pour des croupières, elles avaient de la croupe, c'était le cas de le dire. Je ne sais pas où ils les avaient trouvées. On disait qu'elles assuraient le service après-vente, mais vu leur agilité à vous plumer, le gars qui y allait, il devait ressortir à poil. Des expertes, quoi ! Des petites rouquines à la peau laiteuse, les bronzés, y devaient aimer ça... Je sentais bien qu'il voulait me parler. Entre Blancs en Afrique, on lie vite la conversation. On a donc bu un verre au bar. Il a d'abord essayé de me bluffer, en m'embrouillant avec ses bobards. Qu'il représentait un gros marchand d'armes et qu'il cherchait des contacts dans le Sud, là où les rebelles d'Angola passaient facilement la frontière. Je ne l'ai pas cru, mais je me suis demandé comment il savait tout ça. Il était sympa. On a terminé complètement torchés. On était devenus copains...

Le lendemain, Raffy embarquait Vincent à bord du Fokker, caprice des cieux, pour quelques jours de villégiature sur le littoral sablonneux du trou du cul du monde. La confiance s'installait. Ayant scellé leur complicité, en jouant au rami, par des nuits sans lune que leur cachait la pluie, le journaliste avait fini par dire la vérité à son nouvel ami. Il s'intéressait à la rébellion angolaise dans l'espoir de se connecter à un réseau de marchands d'armes. Non qu'il ait eu l'intention de dénoncer un trafic, mais dans l'unique but de remonter jusqu'à la tête. Il avait, disait-il, sa petite idée sur la question.

Vincent pouvait se montrer manipulateur, lui aussi, comme savent l'être parfois certains journalistes qui ne s'encombrent pas de moralité pour parvenir à leurs fins. Un soir qu'il lézardait, à Libreville, dans sa chambre d'hôtel, il avait suivi à la télé un discours du président. C'est à partir de ce morceau d'anthologie qu'il avait imaginé corrompre un haut fonctionnaire de la Défense en l'entraînant dans le repère sulfureux des croupières aguicheuses. À nous les petites Anglaises... Rehaussé sur ses talonnettes pour se hisser à la hauteur des micros, le petit chef d'État par la taille avait fustigé les lauréats de sa nouvelle promotion d'énarques locaux en se lançant dans une diatribe contre les alcooliques chroniques de la fonction publique. Il le savait, l'ennui entraînait cette élite de la nation à s'épancher sur la boutanche, pendant ses heures de bureau. « On lève le coude, assénait-il à ces penauds en mimant l'action subversive. On lève le coude, et glou, et glou, et glou... » Ami remplit ton verre. L'eau ferrugineuse, oui. Le picolo, non. Il allait donc faire la chasse aux poivrots... Vincent aussi. Mais pour d'autres raisons. Saisissant par le col du verre son contact au ministère, il l'avait embringué dans cette atmosphère torve, avec la ferme intention de le faire parler sous l'emprise des jeux, de l'alcool et du sexe. Lorsqu'il était à jeun, ce conseiller avait la charge de coordonner les opérations de lutte contre les infiltrations du territoire. Ce soir-là, bien allumé, il lui avait désigné Raffy qui trônait devant une rouquine du black-jack. Ce Blanc, affirmait-il, était connu des services de police du président purificateur comme traficotant avec les bandes armées d'Angola.

– Je m'étais bien juré de lui faire sauter le caisson, à cet enfoiré, poursuivait Raffy, mais il a été viré du ministère, et depuis il s'est mis au vert. Ici, ce n'est pas ça qui manque ! Il a dû passer la frontière avec tout le fric qu'il a volé... Parce que me balancer à un inconnu pour boire un coup et en tirer un autre, avec une petite pute pleine de taches de rousseur, avec moi il avait gagné le jackpot. Il était mort. Heureusement pour lui qu'il s'agissait de Vincent... De toute façon, moi, dans cette affaire, je ne suis qu'un passeur. C'est déjà assez risqué comme ça. Je leur prends un max sur la cargaison. Les caisses, je ne sais même pas d'où elles viennent. On les embarque sur ma barge à Port-Gentil et je les livre au gros zébu que vous verrez demain. Après, ils s'entretuent comme ils veulent, ça n'est plus mon problème !

Marie-Ange avait connu, cette nuit-là, un sommeil agité. Sous sa moustiquaire, elle avait rêvé de crashes d'avions, de panique et de cris auxquels se substituaient, dans ses moments d'éveil, les cris stridents des bêtes, répercutés par l'écho du grand silence noir de la forêt. Puis avaient défilé, dans son cauchemar, des guérilleros armés. Elle avait vu le corps de Vincent recroquevillé sur le sable, dans la position du spectre de craie dessiné sur le sol de la librairie. Comme s'il voulait lui indiquer qu'elle avançait sur la bonne piste.

*

Peu avant la tombée du jour, la barge s'était immobilisée, à quelques centaines de mètres du ponton, sur l'eau du chenal que berçait doucement l'amplitude de la mer... Le pilote dormait déjà sur son lit sans confort, installé sous la tôle encore chaude des entrepôts de Raffy. Ce qui se passait dehors ne le regardait plus.

Le cliquetis des culasses avait précédé l'arrivée des camions qui s'étaient approchés au plus près du bateau. Tandis que ses hommes récupéraient les caisses, Charly, le gros zébu, canon pointé dans la nuit, s'était avancé pour inspecter la plage. Au milieu l'attendait son ami.

– Salut, Charly. Tu n'es pas en avance aujourd'hui. T'as eu des ennuis ?

– On ne se méfie jamais assez, mec. Il faut savoir casser les habitudes, dans ce foutu métier. Tu le sais bien. Sinon, ça peut devenir dangereux.

Et il était parti d'un grand éclat de rire, découvrant sa denture carnassière que les rayons de lune caressaient comme un néon de lumière noire.

Les deux hommes se toisaient, en arrêt à quelques mètres de distance. Jambes écartées, dans une même position, se renvoyant une carrure identique. Épaisse et rugueuse comme les grands arbres de la forêt. Se méfiaient-ils l'un de l'autre ? Pourtant complices dans cet échange. Pouvaient-ils oublier qu'ils avaient combattu, côte à côte, mercenaires en Centrafrique, puis en Somalie, puis au Congo. L'Afrique est un vaste continent où les rufians comme eux, experts en coups de main, se croisaient comme dans un hall de gare, renversant ici un régime dont ils ignoraient tout, croisant le feu ailleurs avec des hommes qu'ils ne connaissaient pas. Jusqu'au jour où, lassés par l'aventure, par des soldes trop maigres et des commanditaires incertains, ils avaient décidé, l'un comme l'autre, de s'attacher à des valeurs plus sûres. L'argent pour Raffy. Son pays pour Charly qui avait rejoint les rebelles de Savimbi, dans l'espoir d'imposer un jour à Luanda un gouvernement dirigé par l'Unita.

Depuis, ils avaient gardé des contacts discrets dans leurs jobs respectifs. Disons qu'ils étaient devenus complémentaires. L'un acheminait des armes dont l'autre se servait. Mais ils savaient, tous les deux, que ces activités dangereuses reposaient sur des équilibres douteux et qu'au moindre accroc, leur amitié ne résisterait pas à l'instinct de survie, si c'était nécessaire, et n'exclurait jamais la fatalité d'une trahison.

– Baisse ton flingue, Charly. Il faut toujours te répéter la même chose.

Le gros zébu s'était rapproché d'eux, tournant autour de Marie-Ange qui se tenait discrètement quelques pas en arrière. Il voulait renifler de plus près cette ombre effarouchée et gracieuse qui se dessinait dans la nuit, à l'abri des épaules de Raffy.

– C'est la gonzesse dont tu m'as parlé ?...

Charly était aussi sexiste avec les femmes que le Blanc, raciste avec les Noirs.

– Sois poli avec les dames et ne l'approche pas trop, tu pues le bouc, vieille carne.

– Alors, qu'est-ce qu'elle veut ?

– Te parler de la guérilla. Rien qui ne mette en péril ton organisation. C'est l'amie de Vincent, le journaliste assassiné. Je réponds d'elle comme j'avais répondu de lui, la dernière fois. Elle veut t'interviewer avec sa petite caméra.

– Ça ne lui a pas porté chance, à ton gars, que tu répondes de lui. Elle devrait faire attention, elle aussi, la demoiselle.

Il la renifla encore un peu, avec son air de mâle en rut. Marie-Ange sentit passer sur sa joue l'âcreté du souffle du zébu, soutenu par un grognement de fauve en arrêt, hypnotisant sa proie... Les muscles de son ventre tremblaient. Elle parvenait à peine à soutenir son regard.

– Amène-la, demain à dix heures, au carrefour des Grandes Lianes, lança-t-il à Raffy, avant de tourner les talons sur un salut militaire, négligemment jeté.

Marie-Ange ne put fermer l'œil de la nuit. Elle avait deux fois plus peur que si elle avait dû prendre l'avion le lendemain.

*

Pour accéder au point de rendez-vous, il fallait quitter la piste et s'enfoncer sur plusieurs kilomètres à l'intérieur de la forêt. Ils attendaient déjà depuis bientôt une heure, sans rien admirer d'autre que l'enchevêtrement des arbres. Sans rien entendre que le froissement des feuilles chaque fois qu'un oiseau prenait son envol. Le silence était tel qu'il filtrait tous les bruits.

Raffy avait stoppé sa Land Rover à la pointe d'une fourche, identifiée comme un carrefour par la grandiloquence locale, et dont le lieu-dit Les Grandes Lianes n'était guère connu que des forestiers qui rendaient carrossable le tronçon le plus large à mesure qu'ils exploitaient les parcelles de bois rares. L'autre chemin ne pouvait prétendre au mieux qu'à l'appellation de sentier. Depuis le 4 × 4, on apercevait les premières lianes qui descendaient des arbres. Ceux qui s'y aventuraient empruntaient cette voie pour gagner plus rapidement les pentes du Mont Pelé.

On avait l'impression qu'il faisait moins chaud sous les arbres. L'air était plus rare, on respirait mal, et la moiteur gagnait.

Marie-Ange avait tout prévu. Des rangers, un pantalon de treillis et une chemise épaisse, afin que le tissu puisse absorber sa sueur sans coller à ses formes. Un chapeau commando sur ses cheveux tirés, un minisac à dos avec sa caméra. Elle ne voulait surtout pas attirer le regard concupiscent des hommes qui ne manqueraient pas de la détailler, de l'entrecuisse à la pointe de ses seins. La pin-up du « 20 heures » s'était déguisée en reporter de brousse. Un métier qu'elle n'avait jamais pratiqué et qui ne l'avait jamais tentée. Le danger, l'aventure et les moustiques, merci, très peu pour elle ! Fallait-il qu'elle l'aime, Vincent !...

Pourquoi cette formule soudaine dans ses pensées ? « Qu'elle l'aime. » Ce n'était pas le moment de nourrir le trouble de ses sentiments déjà assez confus comme ça, ni d'ajouter davantage de tension à son esprit anxieux. Un flux de chaleur avait traversé sa poitrine en même temps qu'elle avait laissé filtrer ce constat amoureux qu'elle tenait intimement secret au plus profond d'elle-même.

Jamais, elle n'avait cherché à nier son penchant pour Vincent que leur amitié s'était empressée de remiser au rang d'affection ordinaire. Ni elle ni lui n'auraient accepté de rapports ambigus. Maintenant qu'il n'était plus là, elle regrettait que sa présence ne se soit résumée qu'à ses moments de déprime. Lorsqu'il la faisait rire. Comme au soir de Sangatte, quand une phrase malheureuse avait réprimé ses avances. « Mais on est amis ! »... Depuis, elle le cherchait au travers de sa mort. Bien qu'il lui soit encore trop difficile d'admettre que, par sa faute, elle avait laissé filer cet amour vivant. Pour ne se draper aujourd'hui que dans le deuil de son amour posthume.

Raffy, qui faisait les cent pas, du pare-chocs avant au pare-chocs arrière de sa Land Rover, vint alors la tirer de ses rêves nostalgiques.

– Ça, à tous les coups, c'est pour nous.

Un petit homme noir, sec, aux cheveux crépus grisonnants, suivait une mule bâtée, portant un sac à moitié vide sur chacun de ses flancs. Un paysan pauvre qui ne risquait pas de trouver un champ, en s'enfonçant dans la forêt.

– Pour nous ? Qu'est-ce qui vous fait dire ça ? demanda Marie-Ange, restée assise à l'intérieur.

– C'est la première personne qu'on rencontre depuis une heure. Et il n'a rien à faire ici.

L'homme, derrière sa mule, passa à côté d'eux, comme s'il ne les voyait pas. Avant de s'engager sur le sentier aux lianes, il se retourna et fit signe qu'on le suive. Non, pas les deux. La femme seulement.

– Je n'y vais pas toute seule, protesta Marie-Ange.

– Si. Vous n'avez pas le choix. Ne montrez pas de faiblesse, et ça se passera bien. Je vous attendrai ici, le temps qu'il faudra. Allez !

– Non, j'ai peur.

– Ils ne vous toucheront pas. Faites confiance à Charly... L'occasion ne se présentera pas deux fois. Si vous n'y allez pas, dites-vous bien que vous serez venue jusqu'ici, en Afrique, pour rien... Allez, dépêchez-vous, insista Raffy. Il va partir sans vous.

Les premiers mètres furent les plus pénibles à couvrir. Marie-Ange avançait, la peur au ventre. Elle se tordait les chevilles, mal assurée dans ses rangers. Butant contre les racines, trébuchant sur les trous de ce sentier tout juste bon pour les mulets. L'homme filait devant, sans se retourner. Elle parcourut ainsi cinq cents, huit cents mètres, peut-être plus. Elle n'avait pas la moindre notion des distances, perdue, sans repère, au cœur de cet univers hostile. Elle avançait, c'est tout. Lorsqu'un homme armé, en tenue léopard, sorti d'on ne sait où, s'interposa entre elle et son guide. Elle n'avait pas discerné de loin cette silhouette, campée sur le côté, tant sa peau noire et les couleurs de son treillis se fondaient dans la masse sombre de la végétation. Pourtant, elle n'avait cessé, en marchant, de jeter des regards inquiets en tous sens, guettant – elle ne savait ce qui était le pire – la présence d'autres hommes ou de bêtes sauvages. Le guerrier lui fit signe à son tour de le suivre. La détournant du sentier, ils s'enfoncèrent sous les arbres, abandonnant le paysan et sa mule qui poursuivirent leur route, comme si de rien n'était.

La brusque apparition de ce rebelle à l'allure combattante avait provoqué chez elle une nouvelle et puissante décharge d'adrénaline. Son cœur en palpitait encore. Mais elle se sentait rassurée. Consciente qu'elle se déplaçait désormais, selon un jeu de piste organisé, guidée par un homme qui la conduisait vers son chef. Pourvu qu'il s'agisse bien de la bande du gros Charly ! De toute façon, comme avait dit Raffy, elle n'avait pas le choix. Il y a toujours un moment où, passé le temps de la panique, on se doit d'assumer la situation dans laquelle on s'est plongé soi-même.

Marie-Ange restait tendue, mais les efforts qu'elle devait fournir pour suivre ce soldat, bien plus aguerri qu'elle à courir la forêt, l'obligeaient à se concentrer sur ses réserves physiques plus que sur ses inquiétudes. Elle avait toujours le souffle coupé. Plus par cette marche forcée que par la peur.

Après un bon quart d'heure de crapahutage intensif, la forêt, en certains endroits, semblait s'éclaircir. Ils venaient de déboucher sur un vaste plan chauve qui marquait les premières pentes du Mont Pelé. Au volant d'une jeep, un troisième homme attendait.

À mesure qu'ils approchaient du camp de Charly, Marie-Ange apercevait, à peine dissimulés, des groupes de guérilleros isolés, installés le long du parcours. À leur approche, le chauffeur ralentissait. Un signe de reconnaissance, et il relançait son moteur, embrayant d'un coup les quatre roues motrices qui arrachaient la jeep comme une Ferrari, en la cabrant sur la piste de plus en plus pentue. Un vrai tape-cul. Le relief des ornières et des bosses était directement communiqué aux passagers par l'intermédiaire de la tôle. Et comme chacun sait, les fesses des filles sont plus molles que celles des garçons. Ce qui fait tout leur charme. Sauf dans certains cas. Marie-Ange avait la sensation douloureuse de rebondir directement sur son coccyx.

Ces petits campements n'étaient pas disséminés au hasard. Ils constituaient autant d'avant-gardes qu'il fallait franchir, en cas d'attaque contre la forteresse du roi Charly qui régnait tout en haut de la colline. La jeep s'arrêta enfin devant un baraquement en bois. Sans doute un refuge d'anciens forestiers qui avaient bien élagué l'endroit. Grignotant la forêt comme des termites. La vue était plongeante. D'ici, on pouvait facilement voir monter ses ennemis.

*

La bedaine du Zébu explosait sous sa chemise entrouverte. Lorsqu'il s'asseyait sur sa caisse à l'ombre du camion, elle s'arrondissait comme une mappemonde, formant un buffet avancé sur lequel il aurait pu poser sa bière. Cette masse imposante, surmontée d'un coffre qui l'était tout autant, révélait la nature du chef. On sentait sous cette peau noire la vigueur d'un centaure. La puissance, quand la graisse et le muscle se confondent.

Lorsqu'il se levait, il haranguait ses hommes, accroupis à distance, sous les arbres, ou postés sur les jeeps en batterie. Il s'adressait à eux en même temps qu'il répondait à la journaliste, réfugiée, muette, derrière sa caméra.

Charly gesticulait ainsi depuis près d'une heure. Il en était à sa cinquième bière. Des doubles canettes qu'il ingurgitait cul sec en les écrasant dans sa grosse pogne comme des éponges. De la bière Amstel, la seule marque que Marie-Ange connaissait. « De la bonne », avait-elle souligné pour se montrer experte. Du coup, il la faisait resservir chaque fois qu'il en reprenait. En ricanant.

– Tu ne bois pas, grognait-il, elle va être chaude. Prends-en une autre.

Une bête de télé, ce Charly. Il calculait ses effets. Assis, debout, assis, fixant l'objectif chaque fois qu'il entendait asséner un argument massue, une phrase définitive. Il se prêtait à l'exercice avec une complaisance déconcertante. La journaliste n'en demandait pas tant. Mais il avait l'habitude. Ce n'était pas la première fois qu'il acceptait de faire le clown devant une caméra.

– La télé, il faut savoir s'en servir, avait-il affirmé, en prenant la pose. Tu ne filmes pas mes gars, ni rien autour de toi. D'accord ? Que moi. Ma gueule, ils la connaissent. J'ai rien à perdre. Au contraire, je veux leur montrer que Charly est toujours là. En pleine forme. Avant les pluies, nous entrerons en vainqueur dans les rues de Luanda et nous balayerons tous ces fantoches, tous ces corrompus à la solde des puissances étrangères. Tu comprends, ma gazelle ? Je veux aussi rappeler aux Blancs que les sauvages comme moi sont des rebelles tant qu'ils n'ont pas remporté la victoire. Charly est un libérateur... comme de Gaulle. Nous avons le même nom.

Il riait de ses bons mots, persuadé qu'il impressionnait Marie-Ange par son humour, grassement souligné par les convulsions zygomatiques des autres. Craintive de tout, elle les accompagnait d'un sourire bien élevé. L'essentiel, comme aux JO, étant de participer.

– Bientôt, ils me respecteront. Car c'est avec moi qu'ils signeront les contrats. Fini, le gros zébu terroriste ! Je serai ministre du Pétrole. Il y a beaucoup de fric là-dedans. Bien sûr, je devrai me faire couper un beau costume… sur mesure, ajouta-t-il en se frappant la bedaine, dans un nouvel éclat de rire. Allez ! Tu es prête ? On y va. Je n'ai pas beaucoup de temps. La guérilla m'attend.

Charly soliloquait. Se posant à lui-même des questions auxquelles il répondait ou ne répondait pas. Il retombait alors sur ses pattes, comme un guépard, adaptant ses répliques aux formules des conférences de presse, en singeant le grand Charles. « J'ai déjà répondu à cette question. Suivante. » Et il enchaînait tout seul. Chaque fois que Marie-Ange tentait de s'immiscer dans son jeu, soit il ne l'écoutait pas, soit il s'échappait, avec une agilité de serpent, dans une direction contraire. Qu'importe ! Elle n'avait désormais qu'une seule idée en tête. S'arrêter à temps, avant la fin de la cassette. Elle était sur le point de réussir. À condition de disposer des trois dernières minutes, nécessaires à la réalisation d'un mouvement de caméra, juste avant de lui poser la seule question qui lui tenait à cœur. Jusqu'ici, elle n'avait pas osé. Tétanisée, elle se sentait épiée dans chacun de ses gestes. Elle faisait bonne figure, mais la peur ne l'avait pas quittée. Et Charly qui parlait, parlait…

Enfin, il allait lui donner l'occasion attendue, quand, emporté par le récit de ses exploits guerriers, il s'était dépoitraillé. Ne voilà-t-il pas qu'il avait commencé à ôter sa chemise. Pour montrer ses blessures. À l'épaule droite et au flanc gauche. Et qu'il faisait mine de déboucler le ceinturon de son pantalon, se frottant la cuisse à hauteur du pénis.

– La troisième est là, hurlait-il de bonheur, agitant ses dents blanches comme des grelots, au milieu d'un concert d'hilarité généralisé.

Un quart de tour à droite. Marie-Ange déclencha le zoom avant de sa petite caméra. Elle cadrait difficilement l'inscription portée au pochoir sur l'une des caisses d'armes qu'elle avait bien identifiée la veille. De longues caisses en bois, renforcées sur les arêtes par une armature de fer kaki. Déchargées à l'ombre d'un camion, elles attendaient d'être ouvertes... Un recadrage rapide. C'était bon, elle avait le plan.

Quand Charly releva la tête, l'objectif, toujours cadré serré, était pointé sur ses narines dont les ailes gonflaient au rythme des soubresauts de sa cage thoracique dilatée. On aurait dit... le mufle d'un gros zébu.

– Ne t'inquiète pas, petite, lança-t-il en l'apercevant si fragile, désappointée, au milieu de cette meute d'hommes plongés dans une apnée désopilante.

En réalité son désarroi ne dissimulait rien d'autre que sa crainte d'avoir été aperçue, filmant un secteur interdit.

– J'ai promis à Raffy, poursuivit-il. Tu sais que personne ne te fera de mal, ici. Et tu me plais, petite gazelle blanche. Je te trouve sympathique et courageuse. J'espère que tu viendras m'interviewer quand je serai ministre ?

Elle acquiesça d'un petit signe de la tête. Puis, profitant du silence demandé par le chef, elle poussa la voix, comme elle n'avait osé le faire auparavant, afin de lui montrer l'importance qu'elle accordait à sa dernière question.

– Que pensez-vous de la mort du journaliste, Vincent Delorme ?

Tout en réajustant sa chemise, Charly, l'air grave, cherchant l'inspiration, les yeux levés vers le ciel, lui répondit d'une phrase, inhabituellement courte.

– C'était un grand journaliste. Il a été assassiné parce qu'il en savait trop. Je ne peux en dire plus, actuellement. Secret défense, jusqu'à ce que nous prenions Luanda.

Il était temps. Le clic de fin de la cassette venait de marquer l'arrêt de la bande. Marie-Ange avait ce qu'elle voulait.

La jeep l'avait raccompagnée jusqu'à la fourche des Grandes Lianes Voyage chaotique, mais tellement plus rapide. Dans le dernier tronçon, le passage était si étroit qu'elle avait dû écarter à la main les branches qui fouettaient son visage. Elle avait les fesses endolories.

– Deux heures seulement ! Vous êtes une rapide, vous, s'étonna Raffy qui s'était assoupi à l'intérieur de la Land Rover.

*

Pour son dernier soir, Marie-Ange avait accepté l'invitation de Pécheux. Il n'y avait pas d'hôte de marque, passant par Mayumba, qui n'était reçu avant la fin de son séjour dans la salle à manger, pur style colonial, de ce jeune toubib qui se prenait pour la réincarnation du bon docteur Schweitzer. Il planait dans cette villa un parfum de vie facile et ennuyeuse, aux charmes ultramarins du début du siècle dernier. On s'attendait à y croiser, à tout moment, la grâce lascive et nonchalante d'Emmanuelle, derrière chaque voile, chaque jalousie, dans chaque fauteuil d'osier. Quoique ! La gracile et diaphane silhouette de la maîtresse de maison faisait parfaitement l'affaire. On la disait si accueillante et sensible.

Pour l'occasion, Werner s'était rasé. Raffy avait changé de chemise. Le toubib portait la cravate et sa femme avait sorti une de ses robes en mousseline suggestives qui faisaient que les hommes avaient du mal à la regarder au fond des yeux lorsqu'ils lui parlaient. De toute façon, elle avait des seins de poêle à frire qui ne risquaient pas de rivaliser avec les rondeurs de la jeunesse locale.

Seule Marie-Ange n'avait pas fait assaut de coquetterie. Nature. Elle avait juste frotté la poussière sur sa tenue de brousse. Pas le temps. À peine rentrée de sa virée chez Charly, elle s'était affalée sur son lit, pour ne se réveiller que le soir, juste avant de partir. Elle avait dormi comme une souche, relâchant sa tension de la journée, cumulée avec ses deux nuits d'insomnie. Tant pis, il fallait la prendre telle qu'elle était. Mais c'était tellement chic, d'avoir à sa table une authentique femme reporter, doublée d'une star du « 20 heures ». À Paris, ils ne l'avaient jamais vue comme ça.

La minette avait mis les petits plats dans les grands, servis par deux boys noirs aux vestes blanches mal repassées et aux gants beurre frais un peu rance. Marie-Ange, comme d'habitude, dut satisfaire au jeu des portraits sans concession des stars du showbiz et de la politique passées sur son plateau. « Et celle-là, elle est comment ? Il paraît qu'elle est bête... »

Vers minuit, n'y tenant plus, elle s'était levée, prétextant un rendez-vous téléphonique avec la rédaction, pour s'assurer de l'exploitation rapide de son reportage.

Depuis la terrasse des Pécheux, la lune deux fois plus grosse qu'à Paris semblait posée sur les arbres. Dommage de devoir repartir. Elle se serait bien laissé envoûter encore un peu par le charme mystérieux de cet endroit figé dans l'espace et le temps, quelque part, au bout du monde.

Elle venait de composer le numéro d'Ambroise sur son portable.

– Tu dormais. Excuse-moi, c'est tard, mais c'est urgent. Est-ce que tu te souviens de ce qui était écrit sur le ticket de métro que tu as trouvé dans la poche de Vincent ? Est-ce que c'était BEL 31 32... Quelque chose comme ça, mais tu ne sais plus... Mais va le chercher, s'il te plaît... Tu ne sais plus où tu l'as mis. Écoute, tu as intérêt à le retrouver. J'ai absolument besoin d'en être sûre et de recouper avec la date du jour où il a été poinçonné... J'ai trouvé une piste. Même « la » piste. Il a été assassiné... Je sais que tu le sais. Mais moi, je sais pourquoi ?... Où je suis ? À Mayumba... En Afrique... Bon, écoute, tu ne comprends rien. Rendors-toi. On se verra demain... Mais non, à Paris. Je serai rentrée...

Cette nuit-là, Marie-Ange n'avait pas dormi du tout. Tant de questions lui embrouillaient la tête !... Pourvu que la caméra ait bien enregistré ! Sans compter qu'il lui fallait reprendre l'avion, dans quelques heures.

Chapitre 16

– Mais qu'est-ce qu'elle fout, bordel ? s'impatientait le chef de plateau qui venait la chercher, pour la troisième fois.

– J'en sais rien, Serge. Je te le répète, elle s'est enfermée là-dedans depuis plus d'une demi-heure. J'ai même pas pu lui finir les yeux.

La pauvre Josy, dépassée par les événements, levait les bras au ciel. Qu'est-ce qu'elle en savait, elle ? Pourquoi ça fusait comme ça, depuis un bon moment... Marie-Ange était descendue en salle de maquillage, tendue comme un ressort multispire. Dès qu'elle s'était assise sur le fauteuil, elle l'avait gratifiée d'un « Ça ne va pas du tout, ce soir », sur un ton glacé qui ne souffrait pas qu'on vienne l'agacer davantage. Josy avait certes l'habitude de ces humeurs de stars, toujours stressées avant de passer à l'antenne, mais là, c'était du sérieux Elle avait pris sa petite éponge, sans moufter, et commencé à lui tapoter du fond de teint sur le visage. Elle n'y arrivait pas, tellement elle était agitée. « Déride-toi, ma chérie, avait-elle dit pour la détendre, sinon, même avec trois couches, j'y arriverai pas toute seule. » C'est là que Kassem était entré, furieux. Il avait demandé à la maquilleuse de sortir. Sans ménagement. Offrant à qui voulait l'entendre un avant-goût des intentions affectueuses qu'il nourrissait à l'égard de la présentatrice. « Tu vas pas me faire chier, la diva ! » avait-il lancé avec un ton racaille avant de claquer la porte.

Josy aurait pu économiser sa poudre à éclaircir. À voir la tête de Marie-Ange, elle devait être toute blême, sous son fond de teint. Muette de rage, elle avait les lèvres trop pincées lorsque la maquilleuse avait tenté un trait léger au pinceau autour de sa bouche, pour en dessiner les contours, comme elle faisait d'habitude. Trois minutes à peine, et voilà-t-il pas que Kassem réapparaissait. Josy était éjectée à nouveau. Le ton avait encore monté. Reclaquement de porte. Cette fois, en sortant comme un butor, il avait conclu par un théâtral « Tu l'auras voulu ! » Sans appel. Et la pauvre maquilleuse s'était ramassé une troisième porte sur le coin du nez lorsqu'elle avait tenté de revenir noircir les cils de la présentatrice qui, depuis, s'était enfermée à clé dans la salle de maquillage.

– Alors qu'est-ce qu'on fait ? paniquait Serge. Antenne dans un quart d'heure. Il faut refaire toute la lumière sur le plateau. Hier c'était Lanier. Lui, il faut l'aplatir comme du fromage blanc, pour effacer ses rides. Pour elle, il y a trop de jus.

– J'sais pas, moi, se lamentait Josy. Appelle Kassem. C'est lui qui fout la merde, non ?

*

Le sol craquelé de cette couverture, symbole d'un continent asséché par le soleil et la cupidité des hommes, aurait attiré son œil parmi des centaines d'autres. Elle avait repéré sa couleur ocre en descendant l'escalier. *Le Seigneur des dos-pelés* trônait toujours aux places d'honneur. Marie-Ange s'était dirigée vers cette pile de bouquins qui surplombait tant d'ouvrages dont les meilleures ventes n'atteindraient jamais le tirage hebdomadaire d'un magazine people. Ils gisaient pourtant là, comme des tas de papiers à emporter ou à jeter, s'offrant à la vente comme des prostitués, étalant leurs charmes, faisant assaut de couleurs, de dessins et de photographies, comme autant de décolletés, de bas résille et de jupes fendues. Affichant leurs titres et leurs auteurs comme des néons aguicheurs. Il y avait tellement de choix qu'il n'y en avait plus. La plus grosse pile emportait les suffrages. Ici, c'était le marketing qui avait du talent.

Le roman de Vincent en était à sa quatrième ou cinquième réédition. Six mois après sa mort, son livre vivait encore. Un rêve ! Dans l'enfer des écrivains, pavé de piles exposées, de piles entassées. De piles des autres.

Heureusement pour elle, monsieur Max, en dépit de son look à l'ancienne, n'affichait pas un goût particulier pour les rencontres discrètes à la façon des romans de gare. Sinon, elle aurait grelotté à l'attendre, en plein hiver, devant une cage de ouistitis du Tanganyika, au Jardin d'Acclimatation. Sur le banc d'un hall glacial, de gare précisément. De Lyon de préférence. Sur la passerelle d'un bateau-mouche. Ou, comme la dernière fois, sur la terrasse ventée du premier étage de la tour Eiffel.

Non, monsieur Max actualisait ses rendez-vous. Puisqu'on faisait dans la littérature, il avait convié Marie-Ange à venir le rencontrer au rayon thrillers des sous-sols du Virgin Mégastore, Champs-Élysées. C'était plus chic que dans un zoo. Un lundi à dix heures, il n'y avait personne. Discrétion assurée.

Son « Gorge profonde » à elle n'avait pas changé de tenue. Imper fripé. Sans doute pour éviter toute confusion avec un autre qui aurait pu lui ressembler. Précaution élémentaire. Il avait même gardé, à l'intérieur, sa casquette en tweed à chevrons. Par coquetterie. Afin de conserver intact le secret de sa calvitie.

Il était déjà là, le nez fourré dans un ouvrage, devant le rayon « Poche » qui complétait celui des « Nouveautés ».

– Qu'est-ce qui vous absorbe tant ? interrogea Marie-Ange dont il avait fait semblant de ne pas remarquer l'arrivée.

– Agatha.

– Vous êtes un amateur d'Agatha Christie ?

– Non. C'est le titre. *Agatha.* Un polar érotique.

Ne sachant comment le retrouver, la présentatrice avait fait appel à son acolyte du renseignement, Malterre, le propagateur de fausses nouvelles, qui n'avait pas voulu transgresser la règle en lui communiquant le numéro du papy mystérieux. Il s'était chargé de le contacter lui-même.

Du coup, Marie-Ange avait commencé à s'interroger sur la réalité de leur première rencontre sous le vent, au milieu du grand mécano de la tour Eiffel qui tournait dans sa mémoire comme dans un rêve absurde. Elle l'avait peut-être imaginée, cette entrevue ? En ce sens qu'elle aurait pu dévier le contenu et le sens d'une conversation banale avec un illuminé. Parce que cela servait son interprétation des faits. Maintenant, elle émettait des doutes sur la personnalité de cet homme aux deux prénoms. Max André. Elle ne savait rien de ces vies parallèles. Pourquoi ne serait-elle pas, elle aussi, l'objet d'une manipulation ? Elle devenait parano, Marie-Ange, à force de fréquenter ces grands malades du secret. Mais lucide... Oui, il était possible qu'elle soit en train d'échafauder un plan, sans queue ni tête, par déni d'évidence. Parce qu'elle refusait de banaliser la mort de Vincent. La thèse du mari jaloux ne lui convenait pas. Voilà, c'était dit ! Et pourquoi ne pas ajouter qu'elle refoulait par la même occasion un penchant amoureux qui ne datait pas d'hier. Les arcanes de la déraison sont insondables. Elle ne pouvait, bien entendu, sauf à faire tourner les tables, déclarer sa flamme à un fantôme. Pourtant, inconsciemment, elle se sentait responsable de cette liaison ratée, de cette mort inexpliquée, de... tout. Ou presque. Les neurones de son cerveau, comme la toile numérique, sans verrouillages ni sauvegardes, étaient capables d'assurer les connexions les plus folles. Imagination et paranoïa faisaient bon ménage. Depuis le début de cette histoire, il fallait bien reconnaître aussi que tout s'était ligué pour l'embrouiller à souhait. Là où elle en était, elle déconnectait grave.

Voilà pourquoi elle espérait beaucoup de ce nouveau rendez-vous avec le papy secret. Elle tenait à s'assurer qu'elle ne rêvait pas.

– Je voulais être certain que vous aviez besoin de moi, s'était justifié monsieur Max, en faisant l'important. J'ai donc attendu un peu, avant de vous recontacter... Pour la suite, s'il y a une suite, nous opérerons ainsi. Vous appellerez Malterre, comme vous l'avez fait...

– Qui vous appellera, et vous m'appellerez... Il y a plus simple, mais bon ! soupira Marie-Ange, quelque peu agacée par ces méthodes de boys scouts.

Passons ! Elle préférait conserver toute son énergie pour lui raconter, au milieu des thrillers du Virgin, son voyage sous la lune africaine. L'affirmation de Charly sur la mort de Vincent... qui en savait trop. Le trafic d'armes. Elle avait tout compris. Sauf un détail qui ne collait pas. Les chiffres sur les caisses.

Parce qu'à son retour de Mayumba, à peine descendue de l'avion, ensuquée par les somnifères qu'elle avait pris pour voir la vie en rose dans les trous d'air, Marie-Ange s'était précipitée chez Morillon qui, entre-temps, avait retrouvé le fameux ticket. La date correspondait. 25 août. Vincent avait bien pris le métro, cinq jours avant de plonger au cœur du tunnel qui passait sous la frontière égyptienne. La reconstitution était facile... Il suffisait d'imaginer la progression sous terre des Palestiniens qui tiraient avec leurs cordes la cargaison d'armement, livrée par les Frères musulmans. Pendant tout ce temps, le reporter avait eu sous le nez un numéro, balayé par le halo des lampes de poche, inscrit au pochoir sur la caisse qui glissait devant lui. BEL 24 15. Il l'avait griffonné sur ce qu'il avait trouvé de plus discret dans sa poche. Un ticket de métro.

– Et moi, au camp de Charly, j'ai noté BEL 31 32, avait constaté Marie-Ange. Un lot différent, mais de la même origine, j'imagine. Qu'est-ce que vous en pensez, monsieur Max ?

– Que vous avez sans doute raison, ma chère. Sept cents caisses de kalachnikovs, écoulées sur les trois ans qui séparent ces deux livraisons, c'est même peu. Il s'agit vraisemblablement d'un petit trafic. Un grossiste russe vous refourguerait ça en moins de trois livraisons.

– Et pourquoi dites-vous des kalachnikovs ?

– C'est l'arme préférée des combattants. Terroristes, rebelles, révolutionnaires de tous poils, ils rêvent tous de tripoter ces engins-là. On en trouve partout. Même d'occasion. Ça circule dans tous les sens. Parfois, certaines de ces caisses ne sont même pas ouvertes. Elles repartent aussitôt, revendues avant même d'avoir été débarquées. Elles alimentent tous les commerces. Des caves de banlieue aux souks de Bagdad. Depuis l'éclatement de la Yougoslavie, le marché est saturé. Si vous en voulez une, faites-moi signe... Je plaisante, bien entendu. Vous avez assez de vos yeux pour tuer. Je plaisante encore, pardonnez-moi, je vous taquine... Je vous écoute.

– Je suppose qu'avant sa mort, Vincent avait établi un lien entre les armes de Gaza et celles de l'Ouest africain, poursuivait-elle, sans s'arrêter aux facéties du papy... S'il avait décidé d'enquêter au fin fond de la forêt équatoriale, c'est qu'il cherchait, et qu'il avait découvert, quelque chose d'important... Ce lien, pour moi, c'est le chaînon manquant. Je tiens les deux bouts de l'histoire, mais je ne parviens pas à les assembler. D'où ça vient et où ça va... J'ai bien réfléchi. Je ne vois pas l'intérêt qu'aurait eu Vincent à remonter une filière de trafiquants. Simplement pour la dénoncer sur un plateau de télé, ou dans un article. À plus forte raison, un petit réseau, comme vous semblez le constater. Il avait dépassé ce genre d'indignation depuis longtemps, pas plus qu'il ne courait derrière un déficit à combler de frissons face au danger. Jouer à se faire peur, c'est bon pour les débutants. Ça ne lui ressemblait pas. En revanche, la partie cachée de l'iceberg, car il y a forcément une face obscure, devait l'intéresser au plus haut point. Au point d'avoir poussé trop loin ses investigations.

– Je ne vois rien à ajouter. Je partage vos conclusions, acquiesça le papy.

– Oui, mais là je suis bloquée. Est-ce que vous pourriez m'aider à ouvrir une autre porte ? Je vous le demande.

Monsieur Max, qui l'écoutait et parlait sans jamais la regarder, s'efforçait de donner le change en passant d'un livre à l'autre. Il prit un roman sur la pile de Vincent, le retourna comme pour lire la quatrième de couverture et détailler la photo.

– Je vous comprends, souligna-t-il. Joli garçon, comme disent les femmes aujourd'hui. Un adjectif jadis réservé aux filles. Mais tout change. Nous versons désormais dans la confusion des sexes... À votre place, je m'adresserais tout simplement à Malterre.

Il replaça Agatha au rayon « Poche », et se dirigea vers celui de la « Poésie », sans un regard pour Marie-Ange.

*

L'adrénaline montait, devant et derrière la porte, à dix minutes du journal. La scripte était descendue, puis le réalisateur. Le chef opérateur et tous les techniciens du plateau. La trentaine de personnes qui assuraient chaque soir le direct du « 20 heures » étaient venues tour à tour aux nouvelles. Une atmosphère de crise planait devant cette porte close, dans le couloir du maquillage. On n'avait jamais connu une tension pareille sur la chaîne, depuis les grèves de 68.

Josy, dans la loge d'à côté, avait commencé à poudrer Chantal Romanée, trop contente d'avoir été appelée à la rescousse. Kassem l'avait envoyée en catastrophe. « Tu n'auras qu'à lire son prompteur, avait-il précisé. On saute directement au deuxième sujet pour l'ouverture. On va sucrer sa merde. »

Décidément les scoops ne réussissaient pas ces temps-ci à la chaîne. Marie-Ange, très fièrement, avait annoncé le sien, le matin même, en conférence de rédaction. Elle était en mesure, avait-elle vendu à Laubry, d'exhumer l'affaire de Vincent, car elle disposait, assurait-elle au rédacteur en chef, d'éléments suffisants pour avancer l'hypothèse d'un assassinat en relation avec la découverte d'un trafic d'armes. Ses arguments tenaient la route. Avec à l'appui les images d'un court reportage qu'elle avait monté la veille. On y découvrait le groupe d'islamistes poussant ses caisses dans l'entrée du tunnel, sous le no man's land de Gaza. Vincent qui s'engouffrait derrière. Les fusées éclairantes et le bombardement israélien... Tintin avait ressorti ses séquences dont on avait occulté l'existence, à l'époque, et qui n'avaient même pas été visionnées. Veto complet de la direction de la rédaction. Sénéchal, ce jour-là, n'en était pas sorti grandi.

Pour justifier l'enterrement du reportage, il avait prétexté le risque de représailles inévitable à l'encontre des équipes du journal lorsqu'elles se pointeraient désormais dans la région... Pourquoi cette décision ? Pour pas grand-chose, puisque tout le monde connaissait la réalité de ces passages. Ce n'était donc pas un scoop. Gêné malgré tout, il n'avait pas caché à Vincent – qu'il tenait en grande estime – que la censure venait d'en haut.

Doris ne voulait pas de vagues avec Israël. Le big boss était en affaire avec Tel-Aviv... « Au moins, je t'évite d'être triquard sur tous les fronts, ici et là-bas », avait argumenté Sénéchal pour lui donner le change.

C'était sans doute pour se faire pardonner aussi que Sénéchal l'avait autorisé à repartir, passé le temps de l'émotion, couvrir l'intifada. Bien mal lui en avait pris, puisque, à l'issue de cette mission, le reporter avait réussi à diffuser la séquence terrible de cet enfant palestinien, mort dans les bras de son père, filmée par Tintin. Taxé de propagande anti-israélienne, ce document choc avait connu une brève carrière. Sa rediffusion à une heure de grande écoute fut trappée sans explication. La censure du big boss avait frappé pour la seconde fois.

Vincent, déçu, avait alors demandé à quitter le grand reportage, pour se consacrer à la diplomatie. Il se disait fatigué par la guerre et les conflits. À Sénéchal, il osait l'avouer : il lui arrivait d'avoir peur. Il n'avait plus rien à prouver dans ce genre d'exercice. Place aux talents nouveaux. Il avait rangé sa panoplie de brousse et son écharpe des sables. Celle qu'il arborait sur les affiches annonçant la dédicace de son livre. Sa dernière posture de baroudeur. Ensuite, il avait troqué les étoiles de ses nuits blanches contre celles des palaces. Les éclats d'obus contre les éclats de rire, sur le bord des piscines. Les morts contre les bons vivants. Les embuscades ne l'attendaient plus désormais qu'autour des bars des grands hôtels. On imaginait qu'il avait définitivement jeté l'éponge. Qu'il avait tourné la page. En réalité, il menait son enquête. En douce.

Afin de parfaire sa démonstration, Marie-Ange avait complété la séquence du tunnel par le plan des caisses de kalachnikovs volé dans le repère de Charly. Suivait l'extrait de son interview dans lequel le gros zébu affirmait, en fixant la caméra droit dans l'objectif, que Vincent avait été assassiné parce qu'il en savait trop.

Les journalistes présents à la conférence de rédaction, bluffés, avaient applaudi des deux mains. Non seulement leur présentatrice était devenue, en quelques mois, la coqueluche de la presse télé, mais elle se révélait, en supplément, excellente enquêtrice.

Le scoop était là. Il rouvrait le dossier d'une mort bien étrange qui les concernait tous, oubliée depuis plus d'un an, et sur laquelle était retombé un lourd silence d'opacité. La cause était entendue. Le reportage de Marie-Ange valait bien évidemment l'ouverture du « 20 heures ».

– Mais comment t'as fait ça ? demandaient-ils.

– Pendant mes vacances... J'avais un tuyau, répondait-elle énigmatique. J'espère surtout que cette info va relancer l'enquête.

La présentatrice dictait les derniers lancements de son journal quand Kassem avait fait irruption dans son bureau, plus aimable que jamais.

– Qu'est-ce que tu me fais là ? C'est quoi, ces conneries ? Tu vas me virer cette ouverture immédiatement.

– J'te fais là, j'te fais là... J'te fais que je termine mon canard. Et que c'est pas le moment de venir me déstabiliser, à une heure de l'antenne.

– Tu n'as pas entendu ce que je viens de dire ? Tu me vires ce reportage qui sort de je ne sais où, et pour lequel je n'ai pas donné mon accord.

– Laubry l'a inscrit ce matin au conducteur.

– Laubry est rédacteur en chef. Et moi, je suis directeur. Et en ma qualité de directeur, je ne cautionne pas la diffusion d'informations non vérifiées sur une affaire aussi grave et qui met en cause notre maison.

– Ces informations ont été vérifiées par moi-même. C'est moi qui ai réalisé ce reportage...

– Et de quel droit ?

– Du droit que me confère ma carte de presse.

– J'en ai rien à foutre, de ta carte de presse. Ce reportage ne passera pas.

– Si, il passera. Si tu fais ça, je ne présente pas le journal.

– Très bien ! J'appelle tout de suite Doris. Fais gaffe, Marie-Ange. Tu joues un jeu très dangereux.

*

Cueillie à froid, Marie-Ange avait vécu l'intrusion de Kassem comme une agression d'une rare violence. Il venait piétiner son travail, nier ses compétences, bafouer son intelligence, mais aussi ses convictions, sa vérité et son combat. Il méprisait le respect, l'admiration, l'amitié amoureuse qui la liaient à la mémoire de Vincent. Il salopait tout ce qu'il touchait. Il n'était que bave, fiel, aigreur, mépris et méchanceté... Elle était en colère, Marie-Ange la douce. Elle ne se sentait pas l'âme de céder, d'autant qu'elle ne comprenait rien aux mauvaises motivations de ce zélé serviteur des intérêts supérieurs du patron. En cet instant précis, elle aurait aimé être communiste, pour dénoncer l'emprise des cartels. Elle aurait voulu être révolutionnaire, pour s'attaquer à l'oppression des dictatures. Elle aurait rêvé d'être un mec pour lui casser la gueule... L'épreuve de force était engagée. Elle touchait à son paroxysme. Quels que soient les individus, il y a toujours des limites qu'il ne faut pas franchir, avant qu'ils ne se révoltent et ne se muent en justiciers, forcenés ou kamikazes. Au gré des échanges téléphoniques qui suivirent, Marie-Ange était tout à la fois. Kassem n'était pour elle qu'un tueur. Il assassinait Vincent pour la seconde fois... Il ne fallait pas compter sur elle. Elle ne serait ni l'actrice ni la complice de cette ultime mise à mort que serait la censure de l'oubli.

« Tu vas pas me faire chier, la diva ! » Kassem était descendu la coincer dans sa loge pour lui communiquer la confirmation de Doris. Ils étaient convenus d'ajourner la diffusion du reportage.

– Il n'a qu'à me le dire lui-même, avait-elle répondu.

– T'es devenue complètement folle, ou quoi ?

– Ça t'arrangerait bien, que je sois folle ! Mais est-ce que tu imagines un peu la situation ? Nous avons un scoop. Un reportage qui nous permet d'avancer l'hypothèse qu'un des journalistes les plus connus de cette chaîne a été assassiné parce qu'il enquêtait sur une affaire de trafic d'armes, et nous le censurerions ! Personne au monde ne comprendrait. Ça cache quoi ?

– Qu'est-ce que tu insinues ?

– Que ta montée en vrille et la décision de Doris n'ont qu'un objectif. Empêcher la vérité d'éclater. Pourquoi ? Mystère !

– ... parce que tu es incapable à ce point de te remettre en cause. Tu veux que je te dise ? Ton reportage est bidon. Tu l'as fabriqué de toutes pièces pour t'en servir contre nous. Tu n'as jamais digéré qu'on ait stoppé cette enquête véreuse que Sénéchal t'avait commandée sur la mort de Delorme. Il va falloir t'expliquer, je te préviens. Sur la connivence que vous avez entretenue, tous les deux, autour de cette affaire. Et cette fois c'est toi qui vas devoir nous dire pourquoi. Je t'avais pourtant mise en garde, Marie-Ange. Quand je pense que j'ai eu la faiblesse de te pistonner pour le « 20 heures » !

– C'est donc ça que tu as dit à Doris ! Que mon reportage était bidon. Bravo ! Tu es bien le roi de la manip.

– Ça suffit, maintenant ! Tu sais que tu parles au directeur de la rédaction...

Leurs regards se croisèrent comme des lames. À cet instant-là, il était impossible, dans la lueur meurtrière de leurs yeux, de savoir lequel d'entre eux était le plus dur et le plus déterminé.

– Je te donne l'ordre, martela-t-il, de retirer ce reportage du journal.

– Il n'en est pas question.

– C'est pas possible, ma pauvre fille, tu es sous coke.

– Nous ne fréquentons pas les mêmes milieux, monsieur le directeur.

Kassem était sorti en claquant la porte sur le nez de Josy qui attendait, l'air de ne pas y toucher, dans le couloir du maquillage. Motus et bouche cousue. Elle n'avait pas osé la moindre allusion, en rentrant à pas feutrés dans la loge. De toute façon, derrière la cloison en carton-pâte, elle n'avait rien perdu de l'algarade. Ils hurlaient tellement, tous les deux. Mais elle savait rester discrète. Le petit personnel, dans ces cas-là, se gardait bien des crises d'hystérie entre les stars et les patrons. Ça leur retombait toujours sur le nez. Déjà que... la porte.

Marie-Ange avait du mal à respirer, renversée dans le fauteuil, la nuque en arrière, calée sur l'appui-tête. Oppressée, sa ventilation n'était qu'un long soupir. À peine le temps pour la maquilleuse de lui poser son pinceau sur le coin de l'œil que Kassem réapparaissait.

– Une dernière fois...

– C'est non ! coupa-t-elle.

– Josy, tu peux arrêter. Elle est remplacée ce soir par Chantal Romanée.

– Tu n'oses même pas me le dire en face... Continue, Josy. Je fais le journal.

– Ne me pousse pas à bout. Puisque tu le prends comme ça, je vais te faire interdire l'entrée du studio. Tu l'auras voulu !

Et il était reparti, en bousculant Josy.

*

Depuis, Marie-Ange fulminait, ruminait, réfléchissait, soupesait, enfermée à double tour, à l'intérieur de sa loge. Les murmures du couloir lui parvenaient comme les chuchotements d'une foule lointaine, sans qu'elle puisse en distinguer le sens. Un mot par-ci, par-là. Ils étaient nombreux. Ils parlaient bas, comme dans un sanctuaire. Ou dans une chambre funéraire. À la tonalité, elle sentait bien que l'inquiétude gagnait. La clé pour ouvrir était de son côté. L'avait-elle pour renverser la situation ? Sinon, demain, il lui faudrait quitter la scène. Et si elle devait se sacrifier, fallait-il encore que ce sacrifice ne soit pas inutile.

Elle se regardait comme on détaille une autre, dans la grande glace du maquillage. Avec l'impression étrange d'avoir déjà vécu cet instant-là. Simplement parce qu'il arrive des moments dans la vie où l'on croise des situations, des sentiments qui s'emboîtent, semblables à d'autres qu'on a déjà connus. Elle se souvenait. Ce soir-là, elle avait laissé courir des larmes sur ses joues en appuyant son front contre son front sur la vitre. Elle regardait tristement son image dans le miroir de sa chambre de nonne, restaurée dans un hôtel du Nord. Aujourd'hui son regard était dur. Ses larmes étaient de rage... À l'époque, elle avait les cheveux sales. On aurait dit qu'elle avait dormi sous la pluie. Aujourd'hui, elle était brushée, pomponnée, apprêtée... Dans cette chambre monastique, elle rêvait de faire craquer sa féminité sous son carcan de reporter asexué. D'être sexy, de plaire aux hommes. À en rendre jalouses toutes les femelles du métier. Aujourd'hui, figée dans sa lucarne, elle ne portait que des tenues de marque. Désincarnée, elle représentait la beauté et le chic virtuel... Elle enquêtait sur la mort de Vincent. Aujourd'hui aussi... Elle était sèche dedans. Aujourd'hui encore.

Et si elle voulait mettre un peu d'amour dans son cœur, celui qu'elle avait laissé filé, un soir de retour de Sangatte, alors elle devait l'affirmer. Ne rien céder. Car pour elle, il était bien là, l'enjeu de son combat solitaire... La femme dans la glace avait laissé couler une larme qui roulait sur sa joue. Celle qui la regardait de l'autre côté du miroir sentait bien qu'un sentiment fort faisait vibrer sa poitrine.

Cette allure de femme qu'elle avait déployée, ce port élégant qu'elle savait prendre, ses pommettes hautes qui la faisaient passer pour une Annamite blonde, aux jambes longues comme l'envie, tout ce charme que sa nature dispensait et dont elle avait usé pour impressionner Doris lors de leur première rencontre avait sans doute conditionné le respect du big boss, lorsqu'il l'avait appelée, sitôt la sarabande comminatoire de Kassem terminée. Le ton se voulait apaisant.

– Je comprends votre position. Elle me paraît légitime, avait-il assuré. Mais, voyez-vous, ma chère enfant, il y a des intérêts à un niveau qui nous dépasse, qu'on ne peut transgresser. La liberté de l'information n'est pas une règle absolue. Ni un droit divin. Sinon, vous auriez plus de pouvoir que moi dans cette maison... Tout n'est pas bon à dire ni à montrer. L'équilibre des forces tient parfois dans les silences et les non-dits. Parfois même dans les mensonges organisés, mais nous n'en sommes pas là. Les journalistes ne sont pas des chevaliers blancs. Chacun doit s'en tenir à son niveau de compétence et de responsabilité. Bref ! Je ne vais pas vous faire la leçon. Vous êtes une excellente professionnelle. Reconnue. N'ai-je pas décidé de vous mettre à ce poste de premier plan pour vous témoigner ma confiance ? Je vous demande donc d'en être digne aujourd'hui... Pour être plus direct, je ne souhaite pas que nous diffusions ce reportage, pour des raisons que je vous expliquerai volontiers, demain. Il ne serait pas bon pour nous, actuellement, d'exhumer cette affaire. Pourquoi ne pas surseoir ? Nous ne sommes pas à un jour près.

Marie-Ange avait bien tenté de s'expliquer, mais sans pouvoir obtenir d'autres inflexions que cette phrase qui coupait court à un entretien d'une fermeté courtoise.

– Nous en reparlerons demain. Pour ce soir, faites ce que Kassem vous a demandé... Merci de m'avoir écouté, et j'espère entendu. Je n'abuserai pas davantage de votre précieux temps, mademoiselle, je sais qu'il vous faut remanier votre journal.

La voilà bien embarrassée, Marie-Ange ! Le patron n'avait pas tout à fait tort, quand il pensait que la diffusion du document pouvait attendre un jour de plus. Il fallait en convenir. Mais elle voyait aussi s'affûter les dents du piège. Demain, son reportage serait critiqué, remonté, aseptisé. L'interview de Charly serait jugé peu crédible. Comment pouvait-on faire confiance à un mercenaire de toutes les révolutions, ivrogne, drogué, sanguinaire ? On trapperait également la séquence de Gaza. Explosive, au regard de la fragilité des rapports de la holding de Doris avec l'État d'Israël. Il ne resterait donc plus rien. Mais bien entendu, on poursuivrait l'enquête. Jusqu'aux calendes grecques.

À présent, le temps lui était compté. Il restait encore à Marie-Ange deux coups de fil à passer, avant de rouvrir la porte. Victorieuse ou vaincue. Finie, la déontologie, elle ne raisonnait plus qu'en termes de combat.

Premier appel à Malterre avec qui elle s'était déjà longuement entretenue, dans l'après-midi, sur les conseils de « Gorge profonde ». Pour préparer son commentaire, il lui avait dessiné sur une carte la route de tous les trafics sur le continent noir. Une vraie leçon de géographie. Elle avait pu remettre un peu d'ordre dans ses connaissances. Et les États à leur bonne place. Le Tchad à côté du Niger et le Cameroun au-dessus du Gabon. La côte ouest était une vraie passoire. Tout transitait par là. Dans les deux sens. Les filières de la drogue, les armes, les clandestins, la traite des femmes. Tout ce qui était illicite ou interdit prenait les mêmes chemins. « Passeur, c'est un métier, commentait Malterre. Après tu changes de marchandise. » Ainsi, les caisses qu'elle avait vu débarquer à Mayumba pouvaient alimenter des guérillas aussi bien au Darfour qu'en Érythrée. Au Yémen ou à

Gaza. Et même remonter jusqu'en Irak. Tout acheteur étant susceptible à son tour de s'improviser revendeur. Surtout, insistait-il, ne jamais négliger l'importance des munitions sans lesquelles une arme ne vaut rien. Lorsqu'un front connaît une accalmie, on a toujours besoin de mitrailler ailleurs. C'est ainsi que les surplus circulent.

Elle l'avait donc rappelé.

– Allô, c'est Marie-Ange. Je voudrais m'assurer que tout ce que tu m'as donné comme tuyaux, cet après-midi, c'est du béton armé, si j'ose dire.

Sa réponse fut catégorique.

– Je connais ça par cœur. Mayumba, Angola, Gaza, c'est un circuit classique. Maintenant que tu sais d'où je viens, je peux te le dire. Je tiens mes infos directement des Services.

Deuxième coup de fil, Tintin. Son ami. Le pote de Vincent. L'auteur des images interdites.

– Tintin, rends-moi un service. Ils sont ulcérés par l'attitude de Kassem. Tous. Chez les journalistes, le mot « censure » est un mot qui ne passe pas, même lorsqu'ils ne sont pas d'accord. Fais-moi de l'agite propre. Comme tu sais le faire. Il reste vingt minutes pour qu'un autre gros mot soit prononcé. Celui que redoutent les patrons. Le mot « grève ».

L'horloge tournait. Lancement du générique du « 20 heures » dans moins de dix minutes. Le chef de plateau – il y croyait encore – venait de tambouriner une nouvelle fois, sans succès, à la porte de la cabine... lorsque le portable que fixait Marie-Ange, au milieu des pots de couleurs et des pinceaux de Josy, s'était mis à vibrer.

– Allô, c'est Doris. Bon, dépêchez-vous d'aller sur le plateau. C'est entendu, on va passer votre reportage ce soir. J'ai donné des instructions dans ce sens à Kassem. Mais qu'est-ce que c'est que ces histoires de grève ? Ça n'est pas sérieux. On ne va quand même pas mettre la chaîne à feu et à sang pour une affaire pareille ! Allez, on reparlera de tout ça demain.

Au moment même où la présentatrice rouvrait la porte de sa loge, Chantal Romanée sortait de la cabine d'à côté.

– Désolée, ma chérie ! Tu t'es faite belle pour rien, lui lança-t-elle, perfide. Comme tu vois, je fais le journal. Doris est d'accord pour passer mon reportage.

– On n'a plus le temps de refaire la lumière, se lamentait le chef opérateur. Tu vas être surexposée.

– C'est pas bien grave, assuma Marie-Ange en le gratifiant d'un sourire dégagé. L'important, c'est le contenu.

Chapitre 17

Quatre heures du matin. Les Champs-Élysées avaient la gueule de bois. Leurs réverbères, en berne dans la brouillasse de l'hiver, s'effaçaient derrière le rail de lumière phosphorescente qui remontait les trottoirs jusqu'à l'Arc de triomphe. Avec ses guirlandes d'ampoules blanches, jetées sur ses branches nues, l'avenue semblait bordée d'arbres de conte de fées qui s'évanouissaient dans la brume. Ses pavés luisaient sous la neige fondue. L'humidité recroquevillait les derniers acteurs de la nuit qui erraient encore, à la recherche d'un client pour celle-là, d'un dealer pour un autre. D'un taxi pour les éméchés. D'une bagarre ou d'un sac à tirer pour ce trio qui apportait la haine dans le cœur fané de la plus belle relique du monde.

Fut un temps où la richesse s'admirait, même si on la haïssait. Parce qu'elle rendait beaux les lieux qu'elle fréquentait. Comme ce quartier peuplé autrefois de voitures racées, de femmes élégantes, de pochettes gonflantes sur des costards rayés. C'était au temps où Paris parisianisait. On regardait passer les gens aisés qui n'étaient pas encore des nouveaux riches. Les étrangers qui n'étaient pas encore des oligarques, ni des nababs dont les chèvres broutaient les champs pétrolifères. On y croisait les vedettes qui n'étaient pas encore des stars. Les mannequins qui n'étaient pas encore des top-modèles. Ils venaient déjeuner dans les brasseries huppées et prendre le thé dans les bars mondains. La province y côtoyait ceux de la capitale, sous le passage du Lido. On s'achetait de belles chaussures et des fringues à la mode. Le chic était anglais et la coupe italienne. On pouvait flâner en toute tranquillité, sur les Champs-Élysées.

Mais tout se gâte quand l'argent devient fric. « Ils » ont volé l'avenue la mieux fréquentée du monde pour y installer des plates-formes commerciales, des Big Mac, des big bizness et des macs tout court. À vouloir draguer une clientèle nouvelle, les golden boys du marketing, les financiers de l'apocalypse avaient fini par attirer les rats, les claques, la coke, et les casseurs de banlieue.

La mode, qui tentait de s'éclipser derrière les grilles de l'avenue Montaigne, un affluent des Champs, fut vite rattrapée par la clientèle arrogante des palaces voisins, chambres à coucher des princes de l'énergie fossile, et par toute une branchouille prétentieuse et mal rasée qui était à la modernité ce que les pattes d'éléphant étaient aux pantalons des années soixante-dix. De quoi se bidonner en regardant les photos dans vingt ans. Seul le Fouquet's résistait encore, Mont-Saint-Michel des Champs, ensablé dans son luxe, ghetto sur cooptation, village romain, rendez-vous des césars du ciné, encerclé au beau milieu de cette avenue désormais gauloise.

Jetant un pas devant un pas, sur une ligne de marche lente, comme les filles de l'Est sur les podiums des défilés, Marie-Ange traînait sa peine et ses désillusions, arpentant le trottoir mouillé, sans un regard pour cette faune clairsemée qui défilait encore, à quatre heures du matin, sur les Champs-Élysées... Elle n'avait pas pris la mesure du temps. La pluie et le froid pénétraient les semelles trop légères de ses escarpins, et son imper ceinturé n'était pas de saison. Elle était partie vite, mais surtout elle était loin d'imaginer, au début de la soirée, qu'elle se retrouverait là. À cette heure-là... Elle avait froid, Marie-Ange. Elle était triste. Désabusée, elle fendait les icebergs de sa nuit perdue, comme un Titanic naufragé. Les larmes qui coulaient, une à une, sur le coin de ses yeux se fondaient, sur ses joues, avec les flocons qui fouettaient son visage. Mais qu'est-ce qui lui avait pris, ce soir, de coucher avec Morillon ?

Elle se sentait poisseuse, malgré la douche brûlante sous laquelle elle avait dissipé son ivresse et tenté de reconquérir l'intégrité de son corps. Sous l'eau ruisselante, l'intérieur de ses cuisses avait longuement tremblé du choc en retour de ce viol consenti qu'elle s'était infligé. Son ventre s'était durci comme pour rejeter l'empreinte de ce sexe étranger qu'elle avait laissé pénétrer sans envie. Puis elle s'était caressée jusqu'à l'orgasme, les yeux fermés sous la douche fumante, en appelant Vincent du fond de son désir, imaginant qu'elle pouvait, par ce geste d'amour, évacuer la trace des souillures intérieures. Elle se sentait abandonnée. Elle avait le sentiment de l'avoir trompé.

Elle n'en voulait même pas à Morillon. Comme tout mec qui baise au hasard d'une soirée, il se croyait sans doute irrésistible. Il n'avait même pas profité de la situation puisqu'elle avait dit « oui » à la question fatale, banale, posée sur tous les tons, mille fois par nuit, par lot de mille dragueurs en mal de conclusion. « On prend le dernier, chez moi ? »... Ensuite, elle ne savait plus. Elle avait laissé faire. Elle avait dû penser qu'après s'être engagée, il était ridicule à son âge de s'esquiver comme une pucelle effarouchée. Elle avait un peu bu... Sur le coup de trois heures, Marie-Ange avait pourtant repoussé ce bras maigre et blanc qui pesait, endormi, sur son sein, et qui lui faisait mal. Morillon avait une gueule d'ange, une allure d'étudiant attardé, un corps osseux et une peau de poulet, couverte de poils noirs en soie de pécari, sur les avant-bras et sur la poitrine, qui ne correspondaient pas à son look juvénile. Cette vision de la réalité nue avait provoqué chez elle un sentiment de gêne et de dégoût. Davantage pour elle-même que pour ce garçon assoupi, effondré dans son rêve de possession assouvi.

Après avoir rassemblé ses vêtements, elle s'était alors glissée jusqu'à la salle de bains.

*

Marie-Ange ne parvenait pas à contenir les frémissements de sa peau, malgré ses efforts de contraction musculaire sous les manches de son imper trop léger, transpercé par l'humidité. Lorsqu'elle était transie, c'était toujours là, à l'arrière des bras, qu'elle ressentait le pincement du froid. De toute façon, elle gelait sur pied, à force de descendre ces Champs-Élysées, de plus en plus mouillés, brumeux, déserts. De plus en plus hostiles. À mesure qu'elle s'avançait vers le rond-point, les regards torves et les quolibets se multipliaient sur son passage. « Eh, salope, tu baises ? » avait crié le gars depuis sa voiture en descendant sa vitre. « Branle-toi, connard ! » avait-elle répondu, avec la gouaille d'une fille de la nuit. Quinze ans dans une rédaction, entourée de mecs aussi mal embouchés que les journalistes, ça vous pose une femme, même des plus distinguées. Mais elle avait beau savoir manier la réplique, elle n'en menait pas large.

Elle avait quitté l'appartement de Morillon, derrière l'avenue Victor-Hugo, et depuis elle marchait, espérant trouver un bar ouvert. Même le Drugstore était fermé, pour cause d'adaptation à la clientèle. Sa cartographie des lieux de perdition n'étant plus tenue à jour depuis longtemps, tout ce qu'elle avait connu n'était que rideaux tirés sur son passage. La vie tourne, les bars avec. Quant aux boîtes de la bourgeoisie dépravée et des enfants de la coke, très peu pour elle ! Elle préférait encore se geler les miches sur le trottoir. Mais comment faisaient-ils, les SDF ? se demandait-elle en croisant les clodos du métro, enfouis sous des monceaux de cartons et d'oripeaux, dans la descente des escaliers. On croit tout savoir sur tout, mais personne ne connaît la vie de personne, dans la jungle des villes. Marie-Ange avait peur de la misère, comme si la toucher des yeux la rendait contagieuse... Que faire pour abréger la nuit, sans finir au Samu ? Rentrer chez elle ? Pas question. Elle ne se sentait ni l'envie ni le courage d'aller lutter contre un sommeil introuvable, seule dans sa chambre, avec ses cauchemars dont Morillon était le dernier. Faire le tour des rues adjacentes ? Il y avait sûrement un boui-boui ouvert quelque part, toute la nuit, mais elle n'avait guère le cœur d'affronter la promiscuité des épaves du quartier. Alors, elle décida de prendre un taxi pour Saint-Germain-des-Prés.

Rue des Canettes, elle avait le souvenir d'un pub qui servait de dortoir jusqu'à six heures du matin aux intellos de pacotille, aux artistes inconnus et aux poivrots mondains. Elle avait vingt ans lorsqu'elle les côtoyait. Ils étaient moins dangereux que les connards en rut et les loubards de faubourgs en quête d'un mauvais coup.

Sa journée avait pourtant bien commencé. Deux témoignages étaient venus compléter son enquête. Des retours de mémoire liés à son intervention, la veille, à la télé. Car, bien que Marie-Ange n'ait pas misé sur ses effets induits, son reportage, diffusé à l'arraché, avait ravivé les souvenirs. Dont ceux de Lemarchand, le cameraman avec lequel elle aimait tourner lorsqu'elle était reporter. Même si leur dernière prestation n'avait pas manqué d'écorner la tradition de solidarité des équipes sur le terrain... Au lendemain de l'assassinat de Vincent, découragé par huit jours de recherches infructueuses à courir partout et n'arriver à rien, il l'avait purement et simplement laissée tomber. Il fallait bien appeler les choses par leur nom. Posant sa caméra dans le hall de l'hôtel, il avait attendu la suite, en faisant la navette entre le bar et la salle à manger, entre le salon et sa chambre à coucher. Mais tout cela était oublié. Depuis, il aimait se présenter comme l'ancien coéquipier préféré de la nouvelle star du « 20 heures ».

– En regardant ton reportage, hier soir, lui avait-il confié, il m'est revenu en mémoire une scène à laquelle je n'avais pas accordé plus d'importance que ça, à l'époque. C'est Charly qui m'y a fait penser. Il m'a rappelé, trait pour trait, le dernier président africain que nous sommes allés interviewer, avec Kassem. Il ne lui manquait qu'un tapis de breloques sur le plastron. Le même, j'te dis ! Il faut dire que ces gars-là, un jour ils sont dans la jungle, le lendemain dans le luxe des bureaux présidentiels. J'étais avec Plassart, ce jour-là...

Ils avaient poireauté des heures, tous les deux, à attendre dans un boudoir du palais comme deux laquais que le Libanais – qui n'avait pas encore été nommé directeur – en finisse avec son ami, le général-président. Après un discours interminablement arrosé au ministère de la Défense, Kassem avait passé, à son retour, un dernier appel sur son portable, à l'abri des oreilles indiscrètes. Excepté celles du preneur de son qui, avec un micro directionnel, avait tenté, l'air de rien, de capter les paroles du journaliste. Lemarchand s'en souvenait comme si c'était hier.

– Dommage qu'il n'ait entendu que la fin de la conversion. En tout cas, il précisait que « pour le contrat, le général enverrait son ministre de la Défense à Paris ». Et pour conclure, devine à qui il disait au revoir ?... À Doris. « Je suis pressé, on doit reprendre l'avion. » Ou quelque chose comme ça. Si tu veux les phrases exactes, Plassart a tout enregistré... Tu penses qu'on a flippé, sur le coup. Le sondier voulait effacer l'enregistrement. Un contrat ? En déconnant, il me disait : « Et si c'était Kassem qui avait passé un contrat sur la tête de Vincent. » « Raison de plus pour garder la cassette », j'lui ai répondu. On déconnait mais, en écoutant ton reportage sur les trafics, j'ai compris. Il parlait, à tous les coups, d'un contrat d'armement...

– Mais on ne fabrique pas d'armes dans le groupe, rectifia Marie-Ange.

– Surtout des kalachs, t'as raison. Mais on peut en vendre... Ces magouilles-là, je les ai vues de près. Qui te dit que Kassem ne jouait pas les intermédiaires pour le patron ? Je ne t'en ai jamais parlé. Maintenant, je peux te le dire. Ça n'était un secret pour personne que, dans ses tournées africaines, il passait des messages à défaut de commandes. Tu sais, quand tu vends des raffineries, clés en main, il y a toujours des clauses secrètes, en annexe des contrats...

– Pas pour quelques caisses de kalachnikovs. Ce serait quand même léger au regard des enjeux du pétrole. Quant à ton président, crois-moi, il n'a certainement pas besoin de traficoter pour s'approvisionner en armement. Non, que Kassem ait confondu son rôle de journaliste et celui de représentant de commerce, c'est plus que vraisemblable. Il a toujours su faire ce qu'il fallait pour qu'on lui soit redevable. À mon avis, il parlait tout simplement du contrat pétrolier. Qui a d'ailleurs été signé.

– Et pour ça, on aurait envoyé un ministre de la Défense ?

– C'était peut-être le seul qui savait lire, dans la bande !

– Bon, écoute-moi, je te disais ça comme ça... Tu en fais ce que tu veux. Mais surtout, tu ne dévoiles pas ta source.

Le second témoignage, ou plutôt la seconde indication, lui avait été communiquée par monsieur Max. L'énigmatique « Gorge profonde » l'avait appelée, avant le journal, pour la prévenir qu'un admirateur allait la contacter. Un ancien mercenaire qui pour l'occasion se ferait appeler Bergougnian. « Vous progressez bien, l'avait félicitée le papy secret. N'hésitez pas à lui parler, c'est un ami. Il a vu votre reportage, hier soir. Il a des choses à vous dire »... Étonnant ! Pour une fois, l'homme à l'imper fripé n'était pas passé par l'un de ces rendez-vous tarabiscoté dont il se délectait. Sans doute faisait-il trop froid pour se balader au dernier étage d'un édifice public. À son âge, il risquait la pneumonie.

*

Un chocolat chaud au milieu des whiskies et des bières, la consommation de Marie-Ange faisait tache sur le comptoir en bois de son pub de Saint-Germain-des-Prés. Une tasse anachronique, révélatrice d'une présence étrangère au cérémonial noctambule de cette communauté de paumés qui se jouaient la nuit ce que la lumière du jour leur interdisait. L'amour, le talent, la gloire et la beauté. Mais, dans ce refuge, tous les chiens de misère étaient accueillis. Sans collier. Sans rien à déclarer. Pour un soir s'ils ne faisaient que passer. Pour davantage si la fusion s'opérait dans cette ambiance dérisoire qui purgeait dans l'alcool les échecs du moment, en trinquant, comme la veille, aux utopies du lendemain. Quand ils seraient connus. Reconnus. Méconnus. Comédiens, écrivains, artistes autoproclamés. Que de rêves abîmés s'étaient fracassés ici ! Pour une poignée de rescapés seulement... Rien n'avait changé, ni le décor, ni les âmes esseulées qui s'accrochaient à leurs nuits blanches comme des naufragés au radeau de la célébrité.

Assise au bar, Marie-Ange laissait lentement la chaleur regagner ses reins, ses bras, ses jambes. Un autre chocolat brûlant et Morillon avait disparu, lui aussi, de son corps. Définitivement. Elle n'y pensait même plus. Tandis qu'elle se séchait au soleil de sa nuit, elle déroulait dans sa tête le fil de son enquête. Dieu que le temps passait ! Le coup de feu ajusté sur le front de Vincent remontait à plus d'un an déjà. Le début de son enquête aussi. Elle avait piétiné souvent. Elle avait hésité trop longtemps à rencontrer Raffy. Mais, aujourd'hui, elle se sentait portée par une force nouvelle. Un signe prémonitoire. Un élan du cœur qui la poussait à croire à une issue prochaine. Peut-être parce qu'elle acceptait enfin la vérité. Elle irait jusqu'au bout pour venger l'homme qu'elle aurait dû aimer... Pourvu que ce Bergougnian ait des révélations à lui faire ! Jusqu'à présent, monsieur Max ne l'avait jamais aiguillée sur une mauvaise piste.

En poussant la porte du pub, personne ne l'avait remarquée. Avec son air de poule mouillée, de rat crevé, elle ne détonnait pas. Mais, vite trahie par le parfum du chocolat, elle avait senti les regards se tourner vers elle. « C'est la fille de la télé. » « Qu'est-ce qu'elle fout ici ? » Impossible désormais de passer inaperçue. Elle était condamnée à fuir les situations ordinaires. À contourner sa vie. À éviter les lieux qu'elle avait partagés avec des gens comme eux. Ici, on l'appelait Marie, lorsqu'elle avait vingt ans. Elle y avait passé de bons moments. Aujourd'hui, il lui fallait repousser l'haleine pâteuse de ses voisins de tabourets, agglutinés autour de cet ovni de notoriété qui traversait soudain le champ de leur médiocrité. « Je peux vous offrir quelque chose ? L'alcool, ça réchauffe autant que le chocolat. Je vois que vous avez pris la pluie. » « Non merci, vous êtes gentil. » « Vous connaissez bien les producteurs de variétés ? » « Ceux qui font passer les castings ? » « Non, moi, c'est l'information. » Et elle était partie.

*

La nuit, les rédactions s'endorment. Leurs lumières se tamisent. L'actualité s'envole. Le temps d'aller faire sa moisson sur les faisceaux horaires, avant de ressurgir, au petit matin, avec son lot glané de drames, d'événements et de surprises nouvelles. Rappelant au citoyen tiré de son sommeil que la vie s'est poursuivie sans lui, que la terre tourne rond et le monde avec elle.

Il n'y avait pas pire capharnaüm que la rédaction la nuit. Elle semblait vitrifiée par une bombe à neutrons qui aurait détruit les hommes en épargnant les murs. Vidée, tout restait en l'état, pêle-mêle sur les bureaux, dans un désordre indigne. À croire que les journalistes étaient à ce point hantés par l'inexorable marche de l'actualité qu'ils cherchaient à reprendre le temps, chaque matin, là où il s'était suspendu pour eux, la veille au soir. Laissant leurs feuilles, leurs journaux, leurs cassettes, entassés, comme des Petit Poucet superstitieux soucieux de préserver leurs marques afin de se prouver que demain ils ne seraient pas balayés par l'événement inattendu qui passe et qui bouleverse tout.

Dans cette salle abandonnée sitôt la dernière édition, un halo brillait toujours sur un bureau du fond. Celui du veilleur de dépêches, sentinelle de l'info qui permettait aux autres d'aller dormir tranquilles... Pelletier occupait, depuis vingt ans, ce poste de hibou. On l'avait gratifié, pour tenir une position peu convoitée, du titre pompeux de rédacteur en chef de la nuit. La nuit se souciant peu de son autorité, il se donnait de l'importance en communiquant les consignes de la direction aux envoyés spéciaux pour qui le jour se levait. En Irak ou en Afghanistan. Ou aux correspondants qui voyaient encore briller le soleil. À New York ou à Rio. Un rôle ingrat que celui de Pelletier. Tampon, souffre-douleur, bureau des pleurs. Combien de fois s'était-il fait envoyer bouillir par Vincent lorsqu'il lui apprenait qu'un de ses reportages avait été censuré ! Par Tintin, lorsqu'il le mettait en péril au cœur de l'action, alors qu'il filmait depuis trois heures l'offensive qu'il était censé lui signaler ! Sans oublier les rappels de la compta qui épluchait à la serpe les notes de frais des grands reporters. Comme si on ne pouvait pas vider une bouteille de whisky après avoir chevauché des cadavres toute la journée !

– Y m'a bien fait chier, ton pote Vincent, soupirait Pelletier. Mais je dois reconnaître que c'était le meilleur, quand il était reporter... Ça va bientôt faire dix-huit mois, tu dis ? J'en reviens pas. J'ai l'impression que c'était hier.

En quittant le pub, Marie-Ange, à court d'idées, n'avait imaginé d'autre refuge que de partager l'aube naissante du hibou. Fidèle au poste, il attendait la relève. La lumière blanche qui perçait la brume diluait déjà le halo de sa veilleuse aux reflets jaunis par tant de nuits passées à ausculter les dépêches, depuis son guet obscur de vigie solitaire. Les femmes de ménage, avec leurs gestes lents, finissaient d'épousseter les bureaux en prenant garde de ne pas déranger le désordre. La vie remontait comme la sève. Béranger, le chef du service politique, toujours le premier, venait d'arriver. Avec l'exactitude d'un père de famille qui vient de déposer sa fille à l'école, avant d'aller au boulot. Il était huit heures dix.

Assise face à Pelletier, Marie-Ange avait déjà parcouru toute la presse. En débarquant, deux heures plus tôt, elle avait prétexté une période d'insomnie afin de justifier cette apparition sortie d'un rêve... Le hibou avait même dû soulever ses paupières tombantes pour se persuader qu'il s'agissait bien de la présentatrice. Celle qu'il ne croisait jamais, compte tenu de leur décalage horaire.

Elle avait eu beau se refaire une tête, aux toilettes du pub, avant de quitter Saint-Germain, Marie-Ange avait les traits tirés par la fatigue et les épreuves de sa nuit.

– Je suis crevée, Pelletier. Tu diras à Laubry de faire la conférence de rédaction sans moi, lui avait-elle demandé. Je rentre. J'ai besoin de dormir, si je veux être en forme ce soir.

– Alors toi ! Un coup tu tombes du lit, un coup tu vas te coucher... Décidément je ne comprends rien aux femmes.

– Console-toi. Parfois, moi non plus... Tu n'as qu'à lui dire que j'ai pris froid.

– Au fait, félicitations pour ton reportage. Hier soir, j'ai reçu une tripotée d'appels. Des confrères qui veulent t'interviewer sur ton enquête. *Libé*, *Le Parisien*, *L'Express* et je ne sais qui... J'ai collé tous les post-it sur la porte de ton bureau, avec leurs numéros... Un gars aussi qui a insisté pour te parler. Beroguian, quelque chose comme ça.

– Bergougnian.

– C'est ça. D'habitude, je les envoie balader, mais celui-là m'a affirmé avec tellement de conviction que tu attendais son appel, alors j'ai pris son numéro.

– Tu as bien fait. C'est un de mes cousins arméniens.

Chapitre 18

Les paillettes incandescentes retombaient comme les aigrettes de la fleur de pissenlit soufflées par la dame du Larousse. En rafales, ces bouquets d'étincelles gonflaient leurs corolles avant de pleuvoir comme des parachutes lents sur la baie la plus belle du monde, les Champs-Élysées de la mer. Cannes et sa Croisette qui s'émerveillaient toujours de voir le ciel s'illuminer des belles vertes, rouges, jaunes, bleues de ses feux d'artifice, pétaradant comme les grandes orgues d'un opéra aux accents d'opérette, festival de son et lumière des week-ends du 15 août.

Sur le dossier de son pliable, était inscrit, à la façon des gens de cinéma, le nom de son bateau. Le *Piano Bar.* En souvenir de ses escales à Papeete. Et des nuits chaudes de ce bastringue du port, rendez-vous programmé de bagarres mémorables, entre marins de tous bords – de la Navy en goguette de préférence – et les baraques tahitiennes, pagayeurs aux muscles d'acier, aussi larges que hauts, siffleurs de mélanges détonants, qui ne se relevaient de leurs cuites que pour assommer, à coups de poing, comme les bœufs, ces intrus pomponnés. Plus bourré, tu meurs ! Avant comme après... Si l'océan était Pacifique, ce n'était pas dans cet endroit-là.

À Tahiti, Tristan Leréhec fréquentait le *Piano Bar*, par curiosité ethnologique... mais surtout pour se fondre dans la communauté hétéroclite des navigateurs du bout du monde, en errance sur toutes les mers du Globe. Devant sa bière pour la soirée, il tranchait avec la liesse ambiante. Il évitait de boire. De monter avec les putes plombées. Il s'efforçait de paraître ordinaire, paisible et effacé. Il se confiait peu, et s'informait beaucoup. N'oubliant jamais que, derrière le navigateur solitaire, se cachait l'agent secret des services spéciaux français.

Rangé des régates depuis sa dernière mission au large de l'Afrique, il s'était vengé d'un Vendée-Globe perdu au nom du sacrifice commandé en se concoctant un petit tour du monde à lui, vent debout, dont la presse avait à peine parlé. Pas de record à battre. Il avait pris les alizés à rebrousse-poil pour le plaisir. Et réfléchir à la suite de sa carrière.

Encore plus seul dans la vie que solitaire sur les flots, il s'était offert, à peine rentré, une balade de détente, pour le week-end du 15 août. Cap sur Cannes où l'attendait son sloop personnel. Dix mètres d'éperon des mers, amarré sur le vieux port. Le *Piano Bar*, pourfendeur de vagues. Toutes ses économies.

Son profil de granit se détachait dans la nuit, ombre puis lumière, au rythme de l'embrasement du ciel. Immobile sur son fauteuil pliable, calé sur le pont du bateau, il savourait l'exception d'un spectacle, riche et beau comme la Croisette. Tirées depuis des barges alignées sur la mer, les gerbes de feu multicolores semblaient redescendre, comme des flocons de lave, sur la foule massée autour des plages, dans un nuage de poudre blanche qui mariait l'odeur du soufre à la magie du feu.

Marie-Ange s'avançait lentement sur le ponton, captée par ce jeu d'étoiles artificielles, scintillant au-dessus du Palais des festivals. Un blockhaus de béton sans charme qui ne brillait, lui, qu'une fois l'an, de l'artifice de ses stars parfois plus éphémères que des pétards mouillés.

La journaliste, dans l'obscurité zébrée du blitz de la fête, n'avait pas reconnu tout de suite le Malouin qu'elle n'avait vu que sur des photos. Il avait quelque chose de changé. En délestant l'*Armorique* – son monocoque sponsorisé du tour du monde à l'envers – de tous les objets inutiles, ni mousse ni rasoir, il y avait gagné une barbe poivre et sel qui adoucissait son visage. En s'approchant, Marie-Ange discernait mieux maintenant son regard d'aigle et les rides de son front buriné que creusait la lumière chaque fois qu'une fusée l'éclairait. Elle connaissait le nom du bateau. Son emplacement sur le vieux port. Pas de doute, c'était bien lui.

Avec cette confrontation, Marie-Ange espérait tenir enfin la clé de son enquête. Sans doute la dernière. Elle la pressentait décisive. Tremblante d'émotion, elle s'approcha du bateau. « Monsieur, s'il vous plaît ! »... Elle avait dû patienter six mois pour en arriver là.

*

Six mois auparavant... Après avoir traîné sa peine, tout au long d'une nuit blanche, sur les Champs-Élysées et jusqu'au fond d'un pub du quartier Saint-Germain, elle avait rencontré un ancien mercenaire. Bergougnian avait vu son reportage au « 20 heures ». Entendu les propos de Charly qui confirmait l'assassinat de Vincent parce qu'il en savait trop. Marie-Ange pouvait lui faire confiance. Il lui était recommandé par monsieur Max, le papy à l'imper fripé.

– Pourquoi me racontez-vous tout ça ? avait-elle demandé.

– Parce que c'était un bon mec... Je l'ai vu deux fois. Mais ça m'a suffi. Dans mon métier, je me suis toujours méfié des journalistes. Mais celui-là, il avait de l'honnêteté dans le regard. Pour le reste, je ne m'en cache pas, j'ai aussi des comptes à régler. Jouer les soldats perdus, ça va un temps... Alors, tout ce qu'il savait, lui, j'ai pensé que vous deviez le savoir, vous aussi.

Bergougnian, les coudes appuyés sur le bureau, fixait Marie-Ange avec la fermeté d'un homme soucieux de convaincre, parce qu'il disait vrai. Face à lui, la présentatrice se tortillait dans son fauteuil en l'écoutant. À peine remise de sa nuit blanche de la veille, elle accusait encore assez de fatigue et de lassitude pour avoir du mal à soutenir ce regard dur qui l'impressionnait. Sans rien perdre cependant de son récit. Au fur et à mesure qu'il lui racontait les circonstances de sa rencontre avec Vincent, elle se rendait bien compte que le trafic d'armes ne recouvrait qu'une partie de l'énigme. Une première étape dans une histoire autrement plus compliquée.

– Quand j'ai vu le reportage, lui avait commenté l'ancien mercenaire, j'ai compris tout de suite que vous faisiez fausse route. Parce que vous n'aviez pas tous les éléments en main...

Si elle voulait le voir et lui parler, il y avait urgence, avait-il insisté lorsqu'elle l'avait appelé pour prendre rendez-vous. Il était sur le point de quitter le pays. Destination Bassora. Engagé par Sécuraq, une société privée de gardiennage qui veillait sur le personnel et les intérêts pétroliers d'une firme américaine. « Ça ou mercenaire, vous savez, c'est à peu près la même chose. On est équipé pareil », avait-il précisé, afin de prouver qu'il n'était pas dupe de la traduction du mot, « vigile », proposée aux Irakiens pour qualifier son nouveau job. Surtout en cette période d'instabilité. On l'avait choisi pour ça, même s'il ne faisait que baragouiner l'amerloque et l'arabe. En revanche, il connaissait parfaitement le langage des armes.

Pour leur affaire, ça ne le dérangeait pas de venir à la chaîne. Vu le temps. Il neigeait de plus belle et le thermomètre avait chuté. Il était donc prêt à faire un saut jusqu'à son bureau. Mercenaire, mais attentionné. Et en plus, si ça ne gênait pas, il aurait aimé jeter un œil dans son studio du « 20 heures ». Quand c'était elle qui présentait les nouvelles, il regardait le journal tous les soirs. Groupie, et informé. Marie-Ange n'avait pas dit non.

– J'espère qu'il n'y a pas de micros ici, avait-il plaisanté en s'asseyant dans la cage en verre de la présentatrice. De toute façon, je n'ai rien à cacher. Ce que j'ai à vous dire ne contient que la vérité... Ah mais !... pardon d'être aussi direct, mais vous êtes encore mieux au naturel...

Il y avait déjà quelques années, Bergougnian faisait partie d'un commando débarqué en tenue de combat à Anjouan, pour y fomenter un énième coup d'État. Aux Comores, on ne comptait plus. Pour une fois, on n'avait pas fait appel au vieux Bob – Denard, bien sûr ! –, le tombeur des régimes foireux, dans la région. Parce qu'avec Bob, ça ne se serait jamais passé comme ça. Lui au moins, il protégeait ses hommes.

Cette opération, montée avec l'appui des Services français – secret défense oblige –, se déroulait sous couvert d'une course en équipage. Sur un ketch barré par un skipper connu, à l'époque : Leréhec, prénom Tristan. On avait déguisé les mercenaires en moussaillons de compétition pour aborder tranquillement la côte.

La nuit même du débarquement, le commando avait tout juste progressé de trois cents mètres à l'intérieur de l'île que la garde présidentielle lui était tombée dessus. Un comité d'accueil les attendait. Une embuscade. Une trahison de plus. Les mercenaires avaient l'habitude des contretemps dans ce genre d'opération. Parfois même balancés par leur propre commanditaire qui avait changé d'avis. Ou d'alliance. Sauf que là, à dix contre un, ils n'avaient aucune chance. Le radio avait bien demandé de l'aide, par satellite. Sinon l'autorisation de se replier. Trop tard, le QG qui pilotait l'affaire depuis la salle secrète du service Action, en région parisienne, avait déjà donné l'ordre à Leréhec de reprendre le large. Ils ne pouvaient compter désormais que sur eux-mêmes. En clair, ils étaient lâchés... Ça défouraillait dans tous les coins. Ils avaient des blessés. Après une journée de résistance, faits aux pattes comme des lapins, le chef du commando avait décidé de déposer les armes. Un mercenaire vivant étant réputé plus négociable qu'un mercenaire mort, on verrait pour la suite.

Le Quai d'Orsay avait, bien évidemment, nié toute participation dans cette tentative de coup d'État avortée. Le ministre était-il au courant, d'ailleurs ? Il semblait que non, compte tenu des difficultés qu'éprouvèrent les « cinq étoiles » à lui expliquer la manœuvre. Non pas qu'il fût plus ignare qu'on ne le prétendait, le Mickey d'Orsay, mais, pour une fois, les militaires de l'état-major avaient eu du mal à justifier leur décision. Ils avaient agi sans feu vert de l'Élysée. Raison de plus pour qu'à l'autre bout de la chaîne, on abandonne dans les geôles puantes d'Anjouan ce groupuscule de va-nu-pieds à la solde d'une puissance étrangère. Les Américains, pourquoi pas ? Ils avaient toujours bon dos, les Amerloques. Alors, va pour les Américains ! Et l'honneur était sauf.

– Visiblement, vous en êtes sorti, constata Marie-Ange qui ne voyait toujours pas où il voulait en venir.

Bergougnian racontait, et racontait. Laissant percer son amertume au travers des réflexions qui accompagnaient chacune de ses phrases. Pour sûr, il avait la haine. Il n'était pas près d'oublier. Leur commando avait bel et bien été largué, non ? Promis à la mort, comme des soldats perdus. Heureusement que Maertens, leur lieutenant, avait pigé qu'il valait mieux se rendre. Ses hommes l'avaient d'abord soupçonné de lâcheté, puis il avait emporté leur adhésion en leur promettant une mort sans panache en cas de décision contraire. Sans honneurs. Ils auraient été épinglés, le lendemain, par la presse comme un ramassis de tueurs à gages. Une poignée de soudards néonazis. « Vous préférez tous crever ? Pour rien ? avait-il insisté. Alors qu'en Afrique, les Services auront toujours besoin de gens comme nous. Ils ne peuvent pas nous sacrifier complètement. Il faudra bien qu'ils nous tirent de là. À un moment ou à un autre. » Et il avait raison.

Ils furent sommairement jugés, enchaînés les uns aux autres devant un tribunal fantoche. Condamnés à trente ans de travaux forcés. Auxquels ils ne furent jamais assujettis. Car en coulisse, on négociait déjà le prix de leur survie. Mercenaires ou soldats, ils restaient avant tout des ressortissants français.

Pourtant, ils allaient pourrir huit mois encore dans leur prison cloaque. Isolés dans des cages à poule. Nourris comme des cochons. Humiliés. Injuriés. Frappés. Jusqu'au jour où une barbouze des réseaux africains du Quai vint les visiter dans leur cellule. Le deal était simple. Ils seraient libérés contre rançon. À condition d'accepter une autre mission. À hauts risques et confidentielle. Qui d'autre aurait pu inventer un chantage pareil contre libération ? Sinon la République. Pour les utiliser encore.

C'est ainsi que Bergougnian se retrouva, un jour, coiffé d'un keffieh rouge et blanc, scrutant le ciel, une kalach' à la main, dans un désert subsaharien, quelque part entre le Niger et le Tchad. Pour les Touaregs du Ténéré, il n'y avait pas de frontières tracées entre les dunes. Ils étaient partout chez eux. Et les mercenaires qui combattaient à leurs côtés, aussi.

L'hélicoptère descendait lentement au-dessus du tapis de toiles tendues qui définissaient au sol son aire d'atterrissage, et contribuaient à limiter les projections de sable, rabattues par ses pales. Sans cette précaution, il eût été impossible à l'appareil de redécoller avec une tuyère ensablée. La seconde phase de l'opération « Calypso », plus délicate que l'appontage en mer, ne laissait aucune place à l'improvisation.

Les cavaliers bleus l'entouraient à distance, le fusil au bout du bras, quand la porte latérale du *Sikorski* s'ouvrit. Trois hommes armés en descendirent, qui prirent position autour de l'hélico. Un quatrième, ses insignes de capitaine cousus sur son treillis, s'avança vers Si Ahmed, le cheik des Touaregs. Il faisait glisser sur le sable, négligemment derrière lui, un havresac de marin rempli jusqu'au cordon.

Sous une tente improvisée, l'un des cavaliers de la tribu traduisit le court échange entre les deux chefs. Le capitaine entendait préciser au seigneur du désert que l'aide de son pays lui était acquise dans le combat qu'il menait contre tous ceux qui contestaient son territoire et son indépendance. À condition bien entendu que soient respectés leurs accords.

Congratulations faites et une fois bu le thé de l'amitié, ils étaient passés aux choses sérieuses. Le capitaine avait poussé le havresac d'un geste de don viril en direction du cheik. Un sac boudin, d'un mètre de haut, plein à craquer de billets. Des dollars et des francs français. Un pactole dont n'aurait pu rêver Bergougnian pour s'assurer une retraite dorée.

Il fut le seul, avec le traducteur, à assister à la scène. Ce rôle de témoin étant le signe suprême de la confiance que lui accordait Si Ahmed depuis qu'il le conseillait. Car la mission confidentielle qui les avait sortis des geôles comoriennes consistait précisément à encadrer les combattants du désert. À les aider si nécessaire. Les mercenaires ne s'en privaient pas, histoire de se dérouiller la gâchette. Ils avaient été prévenus également qu'un jour débarquerait le capitaine Blainville avec ses centaines de millions. Et qu'il reviendrait encore... Bien qu'ils fussent leurs alliés, le protocole secret précisait que, si l'affaire tournait mal, ils devaient retourner immédiatement leurs armes contre les Touaregs, protéger la mission française et évacuer le théâtre d'opération à bord du *Sikorski*, prévu et équipé pour ça.

Bergougnian ne savait plus très bien s'il était mercenaire ou agent secret. Manipulateur ou manipulé. Quoi qu'il en soit, la main sur le cœur, désormais, il aurait préféré trahir plutôt que d'être cocu une seconde fois.

Avant le départ de Blainville, les Touaregs avaient déchargé la douzaine de caisses d'armes et de munitions que transportait l'hélicoptère. Des caisses millésimées BEL suivi de quatre chiffres, comme celles qu'avait suivies Vincent, dans le tunnel de Gaza. Comme celles qu'avait filmées Marie-Ange, dans l'antre du gros Charly.

– BEL, c'est Belgique, oui. Ces armes sont reconditionnées là-bas, avant d'alimenter les petits trafiquants, expliquait Bergougnian... avec numéros et tout, comme du fret ordinaire. On n'a jamais fabriqué de kalachnikovs à Bruxelles, que je sache ! Elles viennent toutes d'Europe de l'Est... Mais je vous le répète, elles n'ont qu'un rôle secondaire dans cette affaire.

– Oui, d'accord. Alors, récapitulons, avait conclu Marie-Ange. Nous sommes en présence d'un trafic identifié d'armes qui transitent par la Belgique et alimentent les conflits africains. Sans oublier Gaza. Trafic ordinaire, dites-vous. Mais qui, moi, me révolte. Car ces armes, fusils, mitrailleuses, mines, lance-roquettes, font plus de morts que les blindés et les avions que nous vendons au grand jour aux États et qui servent, heureusement le plus souvent, à la parade ou, au pire, aux combats entre les armées... Alors que des milliers, des millions d'engins de mort circulent à travers le monde clandestinement. Ce sont ces armes « classiques » qui tuent les civils, mutilent les innocents, provoquent les exécutions sommaires, les épurations ethniques. Ce sont ces balles, ces explosifs qui fauchent les vies, attisent les haines, déciment les peuples qui à leur tour s'emparent d'armes identiques pour semer la terreur et la mort. Sous couvert de rébellions, de résistance, quand il ne s'agit pas tout simplement de bandes organisées... Cessons d'armer la folie des hommes. Supprimons ces trafics « ordinaires » et déjà le monde vivra mieux.

– Belle envolée, ironisa Bergougnian, mais, sans vouloir vous offenser, je crains fort que votre ramage ne flatte que votre plumage, comme dirait ce bon La Fontaine.

– Je pense, hélas, que vous avez raison. Heureusement qu'il reste encore des journalistes comme moi pour s'indigner ! C'est peut-être notre dernier pouvoir... Bref ! Revenons à notre affaire. Là-dessus, poursuivit-elle, se greffe donc une histoire de financement occulte, inavouable et néanmoins conséquent, des tribus rebelles du Tchad et du Niger. Le tout orchestré par les services secrets français. Ça se précise et ça se complique à la fois. Il faudrait savoir maintenant qui paie et pourquoi...

– ... pour déstabiliser ces régions, c'est certain, répliqua l'ancien mercenaire. Mais ne me demandez pas qui. Je ne l'ai jamais su moi-même... Quant à la provenance de l'argent ? La seule indication que je puisse vous fournir, c'est qu'il nous arrivait par la mer. Le convoyeur de fonds n'était autre que Leréhec, celui qui nous avait débarqués aux Comores. Vincent Delorme l'avait identifié.

– Justement, Vincent ? Marie-Ange avait repris la balle au bond. Comment est-il arrivé jusqu'à vous ?

– Je l'ai rencontré deux fois. Dans l'Aïr et à Niamey. Il faisait son boulot de journaliste. J'étais passablement écœuré, à ce moment-là. Comme il était sympa, je lui ai balancé tout ce que je savais... Dans les montagnes de l'Aïr, on se battait encore, quand il est arrivé. À Niamey, je venais d'être déchargé de ma mission. Avec un pécule cette fois. Pour fermer ma gueule. Là, j'en avais ma claque. Voilà pourquoi j'ai décidé de me recycler dans la sécurité... Quant à votre dernière question : comment Vincent a-t-il débusqué Leréhec ? Ça vraiment, j'en sais rien. C'est lui qui me l'a appris...

Avant de repartir, Bergougnian, les yeux écarquillés comme un gamin à Disney World, avait visité le studio dans lequel officiait son idole du « 20 heures ».

– C'est donc là que je vais vous voir ce soir ?

– Non, ce soir, ce n'est pas moi. C'est Thomas Lanier. Pour moi, il va falloir attendre vendredi.

– Alors, je ne regarderai pas les infos ce soir, avait-il conclu, dépité. De toute façon, la télé ne donne que les mauvaises nouvelles.

Aux curieux qui l'interrogèrent sur ce visiteur du matin, Marie-Ange répondit qu'elle n'avait pas revu, depuis des années, son cousin arménien.

Il ne s'appelait même pas Bergougnian. Son vrai nom, c'était Bourguignon. Mais il y avait bien longtemps qu'il avait laissé son identité derrière lui.

*

Le concert des sirènes et des cornes de brume, dans un tintamarre plus proche du chahut carabin que des ovations sous le palais des Festivals, saluait la dernière salve, tirée dans le ciel cannois. Une ultime pluie d'or et d'argent venait de s'évanouir dans la mer, sur le final de *Coppélia*, et sous les applaudissements de la Croisette. C'était la tradition. Du port Canto au vieux port, les trompes sourdes des yachts de milliardaires répondaient aux olifants pointus des bateaux de plaisance. Remerciant ainsi les cracheurs de feu d'avoir embrasé la baie de leur féerique ballet de gerbes multicolores… Leréhec s'était levé pour agiter sa cloche lorsque Marie-Ange l'avait interpellé depuis son ponton d'amarrage. « Monsieur, s'il vous plaît ! »

Elle n'avait pas eu de mal à retrouver sa trace. Le Malouin était connu sur les quais régatiers, même s'il ne figurait plus, depuis quelques années, aux places d'honneur des grand-messes de la voile. Les sponsors l'avaient délaissé, surtout depuis que son employeur principal avait cessé de mettre la main aux subventions rondelettes qu'il avait caressées, au sommet de sa gloire.

– Ils m'aident encore un peu, reconnaissait-il. J'ai de quoi entretenir l'*Armorique.* J'ai fait de belles courses avec lui. Mais il est dépassé. Aujourd'hui, il vous faut des prototypes pour gagner. Des « cigarettes » qui volent sur l'océan… Je ne dis pas que ça ne reviendra pas, un jour. En attendant, je m'éclate tout seul. Vous ne pouvez pas imaginer le pied que j'ai pris en faisant mon tour du monde. Seul face au gouffre de la mer. À m'interroger sans cesse, tout en m'émerveillant. On se dit : « Mais jusqu'à quand cet élément imprévisible et dominateur va-t-il supporter mon défi sur son dos ? » La mer, on ne la dompte jamais. On la caresse, on ruse devant sa force impétueuse. Partagé entre des angoisses vertigineuses et une paix intérieure qu'on ne peut décrire sans l'avoir vécue soi-même. Tel que vous me voyez, je suis prêt à repartir... Pour tout vous dire, je redoute même qu'ils ne me réactivent sur des missions nouvelles. Certes j'aurai un beau bateau, je m'inscrirai à nouveau sur les lignes de départ, sans être autorisé la plupart du temps à disputer la victoire... Moi, aujourd'hui, je suis plus marin que soldat.

Capitaine du service Action, agent secret navigant, Tristan Leréhec avait du mal à accepter sa retraite anticipée. Ses patrons estimaient pourtant que sa crédibilité risquait d'être entachée. À force de jouer les butors, casseurs de bois, chaque fois qu'il mettait son sloop en berne pour arranger ses rendez-vous en mer, à force de fréquenter ses correspondants militaires aux escales, il était repéré par le contre-espionnage des pays concernés. Et s'il n'avait pas grand-chose à craindre des agents mauritaniens ou gabonais, il ne fallait pas oublier que les Américains ou les Chinois pouvaient leur prêter la main. En Afrique la jungle était partout. On avait donc jugé bon de mettre au vert le capitaine casse-cou.

Il n'avait pas résisté longtemps à la proposition de Marie-Ange de venir le coincer une heure à quai. Lui aussi avait eu, en son temps, la visite de Vincent. « Ces salauds l'ont tué », s'était-il indigné. « Ça me dégoûte. Je ne vous ferai sans doute pas les révélations que vous espérez, mais vous pouvez venir quand même. »

– Non, je ne vous donnerai pas de noms.

Hermétique, Leréhec ! Il ne voulait rien lâcher. En dépit de l'insistance de la journaliste qui mettait tout son charme dans la balance pour lui tirer les vers du nez. Elle avait poursuivi sur le ton de l'émotion, de la compassion. De l'indignation. De la révolte.

– Je vous comprends, mademoiselle.

Le Malouin était partagé. Entre son devoir et l'envie d'aider cette femme sincère, qui portait en elle un besoin d'absolue vérité, dans cet entretien qu'elle lui avait d'abord présenté comme une interview d'enquête... En réalité, il avait en face de lui une femme amoureuse. Plus qu'une journaliste.

– J'ai beau en avoir gros sur la patate, concéda-t-il, je suis toujours en service. Et quand bien même je ne le serais plus, je suis tenu au secret, pour ma vie entière... La seule réponse que je puisse apporter à vos questions, c'est vous indiquer l'origine des fonds. Consolez-vous, je n'en avais pas dit davantage à Vincent... Les millions que j'ai convoyés dans ces sacs provenaient des caisses noires du service Action, qui les tenait lui-même des fonds secrets du Quai et d'une cellule de l'Élysée qui suit les dossiers africains, hérités des anciens réseaux Foccart.

Les derniers badauds quittaient la Croisette, les yeux pleins de paillettes. Samedi prochain, ils auraient droit à une nouvelle démonstration de l'art pyrotechnique... Leréhec avait déplié une table de jeu sur le pont boisé du *Piano Bar*. Débouché un muscadet du pays nantais. Jusque tard dans la nuit, il fit briller dans le regard de Marie-Ange une autre féerie... celle de ses rêves de marin évanouis.

Chapitre 19

Assis du bout des fesses, Kassem n'en menait pas large. Chaque fois qu'il tentait de répondre à une question du patron, il poussait sur ses jambes comme sur des ressorts, les mains appuyées sur les genoux afin de pouvoir se redresser sans avoir à toucher le cuir moelleux du grand canapé. Puis il se rasseyait de la même façon, après s'être fait vertement rabrouer. Doris ne le regardait même pas. Il tournait autour de la grande plaque en verre de son bureau, comme un fauve, bousculant au passage son beau fauteuil fluo, dédicacé par Starck. Il descendait les deux marches qui marquaient le passage du coin travail au coin bar de son immense bureau-appartement qui vibrait sous la violence de ses propos. Faisait tourner nerveusement les glaçons dans le verre de whisky qu'était venu lui servir un loufiat en veste blanche, renvoyé aussitôt, sans ménagement, à l'office. Il ne buvait même pas. Puis remontait les marches, longeait les baies vitrées qui tapissaient la pièce en façade, sans un regard pour les fourmis de la dalle, dix étages en dessous, qui traversaient le parvis de La Défense, dans les deux sens, des escalators du parking aux ascenseurs des tours. Il toisait au passage Blandin, le chauve au cou de taureau, avec lequel il jouait au rugby, adolescent, à Libreville, avant que son père ne l'envoie poursuivre ses études à Paris. Discret, réservé, comme à son habitude, le directeur de la sécurité ne pipait mot devant les paroles tranchantes de son ami, qu'il servait comme un frère depuis toujours. Homme de l'ombre, des combines et des coups tordus, il veillait sur les intérêts de la Somira et de son patron, manœuvrant une armada de vigiles et d'hommes de main, disséminés aux quatre coins de l'Afrique, sur les sites miniers et pétroliers de la société. À peine plus jeune, Blandin pesait son poids d'autorité, autant que Doris portait beau. Il fallait bien cette stature de parrain pour négocier les prises d'otages de personnel sur les plates-formes, déjouer les tentatives de sabotage dans les raffineries, résister aux assauts des rebelles. Au racket des brigands autour des mines. Jouer d'influence face aux autorités locales, de la police et de l'armée. Sans oublier la surveillance intérieure. Un empire industriel dans la jungle africaine est une entreprise périlleuse dont la bonne marche se mérite. Pour Blandin, gérer la sécurité de la chaîne en plus, c'était comme des vacances.

Le troisième homme, à l'autre bout de l'enfilade vitrée, devant lequel Doris terminait son parcours colérique, portait le costume comme un attaché militaire. Raide. Le cheveu rasé, il recevait les invectives du maître des lieux comme les reproches de sa hiérarchie. Au garde-à-vous. Doris l'appelait Belami. C'était son nom de code. S'il semblait étranger à la Somira, ceux qui se trouvaient dans cette pièce le connaissaient bien. Ils le rencontraient souvent. Généralement dans d'autres lieux.

L'ambiance froide du décor design de ce bureau expo aux couleurs grises et aux formes épurées s'était donc enflammée sous la colère du président. Doris pestait.

– Mais pourquoi, bordel, n'avez-vous pas stoppé cette connasse à temps ?

– Franchement, je ne l'ai pas vue venir, confessait Kassem qui s'était levé pour répondre au patron, comme un subalterne frileux... Depuis la diffusion de son fameux reportage, elle n'a pas donné le moindre signe d'intérêt pour rouvrir le dossier. Je pensais sincèrement qu'on l'avait bordurée en lui donnant le « 20 heures ». Ça marche bien pour elle. Elle commence à prendre goût à la notoriété. On la voit de plus en plus dans les sauteries mondaines. J'ai fait tout ce qu'il fallait pour qu'elle morde à l'hameçon, en négociant régulièrement des papiers élogieux sur elle dans la presse. Elle a encore eu dernièrement quatre pages dans *Gala*. Elle est pressentie pour présenter les césars. Franchement, je ne comprends pas...

– Vous pensez qu'elle a été réactivée par Sénéchal ?

– Non, Jacques. (C'était au tour de Blandin de répondre.) Nous sommes intervenus pour qu'il retrouve un job quand il a postulé pour la direction de l'info, à l'Agence. Il n'a pas su que le piston venait de nous, mais on s'est arrangés pour qu'il le comprenne. Depuis, il se tient à carreau. Il ne l'a pas revue depuis longtemps...

– D'après nos renseignements, ajouta Belami, ils ont dîné ensemble quinze jours après son départ. Depuis, ils ne se sont pas revus. Ça fait un an et demi. Mais on n'est jamais sûr de rien...

– Je vous paie pour quoi, Belami ? Pour me renseigner. Pas pour m'entendre dire que vous n'êtes sûr de rien.

La colère de Doris tétanisait ses interlocuteurs. Le vernis de sa belle prestance de septuagénaire craquait sous son impétuosité de grand patron, omnipuissant et dominateur, qui ne supportait sous aucun prétexte qu'une situation puisse lui filer entre les doigts. Il n'en effleurait même pas l'idée. Sa voix claquait comme un fouet lorsqu'il s'adressait à Kassem. Sa déception pointait quand il croisait le regard de Blandin, son ami d'enfance, protecteur de sa personne et de ses intérêts. *Tu quoque*, mon frère ! Car ne pas le satisfaire, c'était le trahir. Sa bouche se tordait de rage devant l'incapacité de Belami à le renseigner. Du moment qu'il payait, il exigeait des résultats. Il n'arrosait pas autant de complicités pour se faire doucher en retour.

Ce vieux monsieur policé, ce patron d'industrie respecté, cet acteur médiatique courtisé, apparaissait soudain sous un jour nouveau. Sa personnalité se révélait différente. Celle d'un potentat irascible, jaloux de son pouvoir, capricieux et violent. En dépit de son éducation métropolitaine, il ne dérogeait pas à l'arrogance de ses origines coloniales. Ici comme là-bas, il se comportait en maître absolu. Avec la patine en plus. Il exploitait, il achetait, sans pitié et sans état d'âme. Le vrai seigneur des dos-pelés, ce n'était pas Raffy. C'était lui. En tout cas, ce qu'il représentait.

– Enfin, Kassem ! poursuivait-il furieux, quel est l'imbécile qui l'a laissée partir en Afrique ? Ce n'est pas moi ! Je vous ai nommé directeur, oui ou merde ? Pas pour lui signer des missions au Gabon. Et pas pour la laisser folâtrer, depuis six mois, dans la nature, avant de la retrouver sur la Croisette.

– Mais, monsieur, je ne pouvais pas savoir. (Il s'était levé sans poser les mains sur le cuir du grand canapé.) Pour le Gabon, elle avait pris sur ses congés. Et elle s'est bien gardée de dire où elle allait. De toute façon, je ne pouvais pas lui interdire de partir en vacances. Pour Cannes, c'est la même chose. Elle avait déposé trois jours. Elle a dit à son assistante qu'elle passait le week-end chez sa mère. À Bordeaux.

– Dans les deux cas, elle a pris ses billets au dernier moment, à la gare ou à l'aéroport, avait renchéri Belami. Elle n'est pas passée comme d'habitude par le service des réservations. Sinon, on l'aurait su... Depuis quelque temps, elle nous donne l'impression de se méfier. Encore plus qu'avant.

– Se méfier de quoi ?

– D'être suivie. D'être écoutée. Je ne sais pas...

– D'être espionnée, dites-le ! Soit vous n'êtes pas doué dans vos services à la con, ou cette garce est plus douée que vous. Choisissez ! J'aurais dû la prendre à votre place, Belami. Elle est plus efficace que vous... Donc, elle vous balade...

– On a bien essayé de la mettre sur écoute, mais ça n'a jamais rien donné. Sur son fixe, au bureau, dès qu'elle recevait un coup de fil suspect, elle raccrochait. « Je vous rappelle tout de suite » et elle ne le faisait pas. Son poste, comme son portable restaient muets. Le standard de la chaîne était surveillé. On en a donc déduit qu'elle rappelait sur un portable qu'on lui avait prêté. Lequel ? On n'a pas trouvé. En tout cas depuis six mois, elle s'était calmée. Que des relations banales, peu de personnel, beaucoup de professionnel. D'ailleurs, Blandin nous avait donné le feu vert pour arrêter. On a repris seulement depuis trois jours. Depuis Cannes. Mais ses numéros sont muets. Et elle a débranché son répondeur.

– Et à Cannes, qu'est-ce qu'elle est allée foutre, je vous le demande ?

– Si on le savait, on ne serait pas là à s'interroger. (Blandin haussait les épaules en signe d'impuissance.) Elle a bu un verre sur le *Piano Bar*, avec le skipper. Tristan Leréhec. C'est tout ce qu'on sait.

– Leréhec ! Rien que ça ! Un agent du service Action. Et ça vous étonne, que je me foute dans une rage pareille ? Vous êtes cons, ou quoi ?

– Oui, mais attends, Jacques, reprit Blandin qui cherchait à calmer le jeu et l'humeur du patron. Ne te mets pas dans cet état-là. Ça ne veut rien dire... On a été avertis parce qu'elle figurerait sur une photo qui a été prise le 15 août. Tu sais bien que, dans les Services, ils sont paranos. Leréhec est dormant. Il vient de terminer un tour du monde en solitaire et, à peine arrivé, il est descendu à Cannes astiquer son voilier perso. Comme ils font d'habitude, ils lui ont collé un vérificateur au cul. Tout le monde se méfie de tout le monde, là-dedans. C'est devenu irrespirable. Elle n'a d'ailleurs pas été la seule à monter à bord du *Piano Bar* pendant le week-end. C'est vrai qu'ils ont passé une bonne partie de la soirée à discuter tous les deux. Mais sans se planquer. Tout le monde pouvait les voir, sur le vieux port... Ils ont l'air de bien se connaître. Lorsqu'elle était jeune, à Bordeaux, elle faisait beaucoup de voile. On imagine qu'ils se sont connus là-bas. On est en train de vérifier... Sinon, elle était descendue au Martinez. Elle a passé trois jours à se faire bronzer sur la plage de l'hôtel, seule, et à écumer les magasins de fringues, sur la Croisette.

– Je vous trouve un peu laxistes, si vous permettez. (Doris n'était pas satisfait de leurs explications.) Elle ment. Elle dit qu'elle va chez sa mère et on la retrouve par hasard à Cannes, sur le bateau de Leréhec. Vous avez de la merde dans les yeux ou quoi ? Je vous dis qu'elle poursuit son enquête. Comme ce taré de Delorme.

Le président fulminait, désespérait. Il était consterné par l'inertie de cette trilogie d'incapables. Sa garde rapprochée occulte qui le subissait bras ballants, plantés comme des piquets, et qu'il engueulait comme une tierce de valets. Il ne cessait de passer de l'un à l'autre, tournicotant du coin bar au coin salon. De la baie vitrée à la plaque de son bureau, nue et lisse comme la vacuité et le manque de réaction de ses collaborateurs. Dans un mouvement d'exaspération, sur un geste d'une grande nervosité, il avait renversé la moitié de son verre de whisky qu'il n'avait toujours pas bu, mais qu'il empoignait à chacun de ses passages devant le bar art déco de son bureau expo. Les glaçons avaient roulé sur les pieds de Kassem qui n'avait pas bronché.

– Remuez-vous, bon Dieu ! tempêtait le patron. Qu'est-ce que vous proposez ?

– Attendre, et la pister. Plus que jamais. On va lui coller, en plus des écoutes, un micro dans son bureau. On va éplucher ses relations. On ne va pas la laisser respirer une minute, suggéra Belami.

– De toute façon, elle est dangereuse. Je veux qu'on la casse. Vous m'entendez, Kassem ? Qu'on la casse. Il faut qu'elle perde cette notoriété qui la protège. Retirez-la du « 20 heures ».

– Mais c'est impossible, monsieur. Elle est trop populaire et il n'y a rien à dire sur son boulot. Elle est meilleure que Lanier. Si on y touche, on va se ramasser une campagne de presse en sa faveur. On ne tiendra pas. Et croyez-moi, elle se défendra. Je la connais. C'est impossible actuellement.

– Je m'en fous qu'elle soit populaire. Nous l'avons faite, nous allons la défaire... Je vous ai connu plus entreprenant que ça, mon cher Kassem, lorsqu'il s'agissait de vos propres intérêts. Lancez-moi donc quelques rumeurs pour la déstabiliser. Je ne sais pas, moi, faites courir le bruit qu'elle intrigue contre Lanier pour prendre sa place en semaine. Ça foutra déjà la merde en interne. Tel que je le connais, il va réagir au quart de tour. Servez-vous de votre gars du syndicat. Grimaud. Faites balancer une info erronée par Malterre. On montera ça en épingle, avec quelques échos dans la presse. Les vieilles recettes sont toujours les meilleures... Quoi encore ? Personne ne lui connaît d'histoires de cul ? Pas de casseroles ? De la drogue. Des photos pornos. Elles en font toutes maintenant. Ça n'est quand même pas une sainte !... S'il n'y a rien, on inventera. Je veux que vos services s'en occupent, Belami. Je veux l'écraser, avant qu'elle ne nous nuise... Employez tous les moyens... C'est toujours la même chose, avec ces journalistes. On leur donne du pouvoir, et ils vous pètent dans les doigts... Et l'acheter. Après tout ! On ne peut pas l'acheter ?... Kassem.

– Non. Elle aime le luxe. Les fringues. Mais, avec son cachet de star, elle n'a besoin de personne pour lui constituer sa garde-robe. Nous n'avons aucune prise sur elle. Sinon la peur et la menace. De toute façon, dites-vous bien, monsieur, qu'elle ne décrochera pas de son enquête pour une simple raison : elle est amoureuse...

– De qui ?

– De Vincent Delorme.

– D'un mort ! Vous plaisantez !

– Ne me demandez pas de vous expliquer. C'est comme ça. Elle est d'autant plus dangereuse qu'elle s'est enfermée toute seule dans cette passion morbide.

– Alors, c'est qu'elle est folle ! Messieurs, il faut la stopper au plus vite. Avant qu'elle ne foute la merde dans nos affaires.

*

C'était frustrant pour Marie-Ange de tourner et retourner les pièces de son puzzle avec des noms qui s'emboîtaient dans tous les sens... En même temps, elle était incapable de démonter les rouages de cette belle mécanique. Elle avait tout, pourtant. Les dollars des services secrets, destinés à soutenir les rebelles du désert. Leréhec, Blainville, Bergougnian. Des armes en provenance de Belgique et livrées à Gaza, *via* l'Angola. Raffy, Charly et un Palestinien anonyme qui tenait le rôle du raton laveur, dans cette liste hétéroclite... Déprimant. Elle avait tout. Sauf l'essentiel. Le lien qui devait la conduire au contrat passé sur la tête de Vincent.

Et dans tout ça, « Gorge profonde » qui ne se manifestait plus ! La source était tarie. Le papy secret avait mis une sourdine à ses appels téléphoniques. Il n'y avait pourtant que lui qui pouvait l'aider à démêler l'écheveau qu'il avait contribué à lui faire dérouler.

Elle avait suivi les consignes à la lettre. Appeler Malterre qui se chargerait de contacter monsieur Max.

Quand Malterre avait poussé sa porte, il avait fait signe à Marie-Ange de se taire, le doigt sur la bouche. Chut ! Quel malade, celui-là ! pensait-elle. Puis il s'était approché du bureau pour inscrire sur une feuille « Tu es écoutée », en pointant l'index vers le faux plafond. Avec ses grands airs d'agent secret, la parano du complot lui montait à la tête. Enfin ! Elle était bien obligée de passer par lui.

– Remarque, avait-elle reconnu, fair-play, une fois dans le couloir, je me moque de toi, mais j'ai bien emprunté le portable de mon pote Morillon pour passer mes coups de fil sensibles. J'ai toujours pensé qu'on pouvait m'espionner. Les écoutes téléphoniques, c'est classique dans les entreprises. Surtout avec des tordus comme Kassem.

– Tu as raison. C'est lui qui a fait mettre un micro dans ton plafond.

– T'exagères pas un peu là, Yvan ? Comment tu sais ça ?

Il lui dirait plus tard. En attendant, il lui recommandait de ne pas aller farfouiller dans les dalles du plafond, ni d'arracher la capsule. Ça ne ferait que compliquer la situation. Elle devait encore patienter et jouer le jeu de l'innocence. Il allait contacter Max André au plus vite, en lui demandant surtout de ne pas la rappeler. C'est lui qui, en retour, lui indiquerait le lieu de leur prochain rendez-vous. Plus que jamais, la prudence s'imposait.

Marie-Ange en avait quand même assez de ces méthodes de roman d'espionnage à la mords-moi… « Tu vois ce que je veux dire ! » Elle le pensait, mais ne le prononçait pas. L'expression n'étant pas très élégante dans sa bouche, même si, dans leurs échanges, le vocabulaire de Malterre n'était pas très châtié non plus. Elle savait être crue, mais pas gratuitement… Bon, elle acceptait encore tout ce micmac, en espérant qu'on en sortirait bientôt. Et parce que monsieur Max l'avait toujours aiguillée sur la bonne piste, pour l'instant. Mais il allait bien falloir en sortir. Ou « Gorge profonde » connaissait la vérité, et il l'informait une bonne fois pour toutes. Ou il butait sur la conclusion et elle finirait, tôt ou tard, par se résigner.

– Ça me fait penser que je devrais quand même rendre son portable à Morillon, réalisa-t-elle. Il ne me l'a jamais réclamé. Il est capable d'en avoir acheté un autre.

*

Il était possible d'obtenir le meilleur effet en l'admirant depuis le rond-point des Champs-Élysées, et en roulant au beau milieu de l'avenue, jusqu'à la Concorde. Ce qui n'était pas recommandé aux heures d'affluence. Remarquez que, vu du trottoir, l'illusion n'était pas mal non plus. Avec sa pointe feuilletée d'or, l'obélisque se détachait comme une grosse aiguille de pierre, marquant midi minuit au centre de la grande roue, installée par les forains à l'entrée des Tuileries. Ce cadran solaire de géants, en dépit des pétitions hostiles, s'inscrivait harmonieusement dans ce périmètre historique de la place de la Concorde, qui était passée, en l'espace de deux siècles, du symbole de la Révolution à celui des embouteillages parisiens. N'étant pas près d'obtenir gain de cause sur la pollution, les écolos du quartier se vengeaient donc sur la roue.

Du haut de ce manège enchanteur s'étirait l'enfilade des arbres et des pavés qui montait vers l'Étoile, offrant au regard des touristes sa perspective en toboggan, long fleuve tranquille de l'Histoire. Gorgée du sang et des clameurs de la France. Ah qu'ça ira ! Et Paris libéré... Piste cyclable de la grande boucle à l'occasion du Tour de France, champ de blé pour les exhibitions, dernier vestiaire pour les champions de la Coupe du monde et même podium pour les élections. Alors pourquoi s'offusquer de la présence de cette roue qui tournait comme une horloge, symbole du temps et de la fête ? À ce compte-là, la pyramide du Louvre ne valait guère mieux, avec ses grands airs de géométrie appliquée qui semblait vouloir démontrer qu'un triangle de verre pouvait s'inscrire dans le carré d'une cour. Manquait le cercle. Il tournait justement à l'autre bout des Tuileries.

La roue résistait aux assauts de l'écologie triomphante, mais elle vivait ses dernières heures, comptées sur son cadran par l'obélisque. Si ce n'est que cette aiguille du temps des pharaons s'était figée. C'était la roue qui tournait, avec ses cabines en chapelet qui semblaient graduer les minutes et les heures. Après la fête, on la rangerait dans ses cartons. La ferraille, lorsqu'elle était foraine, n'avait pas droit de cité sur les Champs-Élysées. Heureusement que les écolos étaient encore trop verts au bon vieux temps de l'Exposition, sinon la tour Eiffel aurait été fondue pour en faire des canons.

Le soleil chauffait les épaules nues des femmes. Il faisait beau dans la poussière des Tuileries. La fête iconoclaste des forains avait fini par s'installer dans cet enclos du centre de la capitale. Transformé en réduit, dernier réceptacle des joies simples et populaires d'un Paris du siècle passé.

Marie-Ange attendait devant la baraque à billets, au pied de la roue. En jupe noire, courte et serrée, en chemisier blanc d'une grande simplicité, en jambes nues et en beauté, la star du « 20 heures » portait l'élégance des lignes de son corps. Les jolies femmes, en été, donnent souvent l'impression d'être à peine vêtues. Leurs habits légers ne sont plus que des voiles de pudeur jetés négligemment sur leur peau satinée.

À l'appel de son nom, la présentatrice, qui s'efforçait d'esquiver les regards, tourna le sien en direction de la nacelle à l'arrêt, dont la porte venait de s'ouvrir. Ces balancelles défilaient une à une devant l'estrade d'embarquement, le temps de prendre en charge les amateurs de sensations aériennes. Puis elles décollaient lentement, s'élevant, palier après palier. En se déhanchant doucement, à mesure qu'elles épousaient dans le ciel de Paris les courbes de la grande roue.

Mais... ! Que voyait-elle là, Marie-Ange ?... Elle avait poussé du doigt ses lunettes noires sur son front... Le moins qu'on puisse dire, c'est qu'elle était surprise. Incrédule. Pourtant, c'était bien Malterre qu'elle apercevait, assis au fond de cette nacelle. Il lui fit signe de monter.

– En t'attendant, j'ai déjà fait un tour, sourit-il devant son étonnement. C'est super. Tiens ! J'ai pris quatre billets d'un coup pour être sûr qu'on serait seuls, tous les deux là-haut.

– Explique-moi. Je ne comprends pas... On n'attend pas « Gorge profonde » ? Oui, j'appelle Max comme ça...

– Alors, imagine que je sois « Gorge profonde »... Je vais te raconter. Monte ! lui asséna-t-il, sans lui laisser le temps de réagir. Sans pouvoir s'empêcher de ponctuer cette révélation, qui semblait la déconcerter, d'un sourire malicieux.

Elle allait de découverte en surprise, Marie-Ange. Elle croyait rêver. Jusqu'à présent, elle évoluait, en toute complicité, en plein roman d'espionnage. Après John Le Carré, maintenant c'était Hitchcock.

Tandis que la roue tournait, tandis que la nacelle se balançait, tandis qu'ils s'élevaient dans le ciel, Yvan Malterre dévoilait le stratagème qu'il avait manigancé, depuis le début...

– Pardonne-moi. Je me suis servi de mon vieux copain Max pour te faire comprendre qui j'étais. Pourquoi et comment je fonctionnais. Sans avoir à me découvrir vraiment. Si tu le connaissais, le vieux Max, tu verrais qu'il est plus préoccupé par ses chats aujourd'hui que par les affaires de police. Encore moins d'espionnage. Tout ça est derrière lui. Il a décroché depuis longtemps... Remarque, il me rend encore des services. La preuve ! J'avais peur qu'il en fasse trop, en « monsieur Max ». Mais finalement, ça n'a pas mal marché... Ne pense pas surtout que j'ai cherché à te manipuler. Je t'ai emmenée là où tu devais aller. Après tu as fait ton boulot de journaliste. Et d'ailleurs, chapeau ! Tu t'es débrouillée comme une grande...

– Alors, attends, là, je suis un peu paumée. On le serait à moins. Laisse-moi reprendre mes esprits. Que j'essaie de comprendre !... Pourquoi moi ?

– Parce que Sénéchal t'avait branchée sur le coup. Et que, comme lui, j'ai misé sur les sentiments que tu portais à Vincent. Ça se voyait comme le nez au milieu de la figure. Tu ne m'en veux pas de te dire ça ? Lui, c'était pareil, d'ailleurs... Tu sais, je l'aimais beaucoup, Vincent, moi aussi. C'était devenu un vrai copain. J'aurais rêvé d'être un reporter, comme lui. Baroudeur dans l'âme. Et franc comme l'or. Le genre de type qui dérange dans notre monde de tordus... Je l'ai aidé à mener son enquête. Avec tous les tuyaux que j'ai pu obtenir. Sans pour autant trahir mon engagement. Le secret !... Donc naturellement, je me suis senti responsable de ce qui lui était arrivé. Et c'est pour ça que j'ai eu envie que quelqu'un sache la vérité. Toi... Si tu t'étais dégonflée quand ils t'ont donné le « 20 heures », j'en serais resté là, moi aussi. Mais j'ai compris que tu ne lâcherais pas l'affaire. Que tu irais jusqu'au bout. Alors, je me suis dit que j'allais te donner la main. Sans que tu le saches. Et que tout ce qu'il avait découvert, lui, j'allais t'aider à le découvrir, toi. Et tu y es parvenue.

Leur nacelle s'était immobilisée au sommet de la roue. Le temps de faire le plein, dans la cabine du bas. Marie-Ange et Malterre se balançaient doucement entre les pavés de la Concorde et le ciel bleu azur. Dominant Paris. Ils avaient l'impression qu'en tendant le bras, ils pouvaient gratter la tête de l'obélisque. Le panorama était spectaculaire. À faire changer d'avis les écolos de la planète.

– Avant d'aller plus loin, poursuivit Malterre, je voudrais t'expliquer pourquoi j'ai balancé l'info bidon sur al-Qaida. Je n'ai pas à me justifier mais, comme ça, tu comprendras mieux la suite... La Somira exploite, comme tu le sais, une bonne dizaine de mines, dans cinq pays d'Afrique, et elle possède six raffineries de pétrole qui tournent à plein régime pour la consommation locale. La dynastie des Doris représente donc une immense fortune. On est loin des bénéfices d'Exxon mais, à l'échelon des échanges entre la France et l'Afrique, c'est juteux et surtout stratégique. À ce stade-là, tu ne sais même plus qui gouverne, des intérêts privés ou de ceux du public. De Doris ou du Quai d'Orsay... L'explosion était un accident, certes. Mais ça devait arriver. Les installations étaient vétustes. Pourries. La société a construit six raffineries en Afrique, il y a cinquante ans, sur le même modèle. Certaines sont, paraît-il, encore plus pourries... Tu as tout compris. Si la thèse de l'accident l'emportait, Doris aurait dû investir des sommes considérables pour moderniser tout son parc. Il n'en était pas question. Ses ambitions sont ailleurs. Ces poubelles à distiller doivent donc tenir le plus longtemps possible. Quitte à ce qu'il y ait encore des morts d'ici là. Ils ont donc décidé au plus haut niveau, avec l'appui des Services, d'accréditer la thèse de l'attentat. C'est comme ça que je suis entré en scène. La désinformation devait se répandre. Au-delà des frontières. Après le 11 septembre, ça tombait bien. Et l'intox a fonctionné. Huit jours plus tard tu pouvais raconter ce que tu voulais, accident, erreur humaine, c'était trop tard. Désormais, pour l'opinion, en dépit des conclusions de l'enquête, le soupçon Ben Laden planera toujours... Et si demain la société devait affronter une catastrophe identique en Afrique, elle plaiderait l'inaptitude du personnel local. Moralement, je sais, c'est choquant. Mais des décisions comme celle-là se prennent au nom de l'intérêt supérieur. De Doris, si tu préfères, qui pèse son poids en politique, je ne t'apprendrai rien...

En écoutant Malterre, Marie-Ange pénétrait dans un monde qu'elle n'aurait jamais voulu connaître. Elle redoutait la suite.

Chapitre 20

Après avoir fait tanguer sa voilure deux ou trois fois sur le côté, comme pour tester sa courbe, le pilote avait pointé l'aile de l'appareil vers le sol et amorcé un virage serré. Afin de respecter l'interdiction de survol de la mine, imposée par les autorités du Niger. Une manœuvre plutôt raide qui permettait d'apercevoir, derrière les hublots, le spectacle de ces galeries à ciel ouvert, entrelacées comme des nœuds de serpents, offert à l'étonnement de Marie-Ange qui n'avait même pas peur.

Elle affichait, au contraire, un calme étrange, en contrepoint de la fébrilité qui perturbait ses gestes, depuis l'embarquement, à N'Djamena, où, pour commencer, elle avait raté une marche sur la passerelle. Ses doigts glissaient sur tout ce qu'elle saisissait. Elle était parcourue par des frissons, à l'intérieur. Même sa réflexion s'était brouillée. Elle raisonnait comme un poste à galène parasité. Incapable de fixer ses pensées, passant d'une idée à une autre. Tout se bousculait dans sa tête... En réalité, elle ne parvenait pas à maîtriser une surexcitation désordonnée, prélude aux moments d'émotion intense. Quand la crainte et l'espoir se chevauchent. La crainte pour elle d'échouer si près du but et la certitude d'y parvenir enfin. Autant de préoccupations présentes à son esprit, qui lui permettaient, en compensation, d'estomper ses angoisses aériennes.

Il faut dire que Bergougnian avait tout fait pour la rassurer. Il lui avait vanté la fiabilité du DC-3, considéré comme l'un des meilleurs bimoteurs de toute l'histoire de l'aviation. Omettant de préciser que, déclassé, ce coucou à hélices n'était guère utilisé que par des casse-cou du genre aventuriers... Il lui avait présenté le pilote comme un as de la chasse soviétique, en délicatesse de l'Armée rouge. Se gardant bien de souligner que l'aspect le plus spectaculaire de ses exploits consistait à se coucher imbibé de vodka, le soir, et d'être frais comme un gardon, le matin, au pied de son avion, ne décollant jamais cependant sans une check-list détaillée... Il lui avait proposé un vaste crochet par les monts du Niger pour lui faire découvrir les régions minières, avant leur retour à proximité du lac Tchad. Sans lui avouer que ce plan de vol n'était pas déposé et que lorsqu'il parlait de « piste » d'atterrissage, il convenait d'accorder à ce mot toute la valeur de son sens premier.

Vue du ciel, la mine d'uranium ressemblait à une vaste termitière, avec ses veines à ciel ouvert, ses plates-formes circulaires. À un village inca géant, avec ses monticules en escalier aux sommets aplatis, tels des temples aztèques décapités. Aux vestiges de la ziggourat du roi Élam, avec ses étages superposés. À un palais des sables fortifié, avec ses chemins de ronde pour excavatrices, tapis roulants et camions bennes. On avait du mal à imaginer que ce paysage lunaire et désertique, creusé à la pelleteuse ou éventré à l'explosif, était l'objet de tant de convoitises. Haut lieu de l'extraction du nouvel or de la planète, ce gisement d'uranium était jalousement exploité par une société française, alors qu'une seconde compagnie, battant pavillon tricolore, avait foré, dans cette même région du Niger, la mine la plus profonde du monde, à deux cent cinquante mètres sous terre. Une autre façon de remonter la poussière d'uranium qu'il fallait traiter afin de pouvoir transporter facilement les paillettes éparpillées du fabuleux minerai, réduit sous forme de concentré. Une pâte jaune dont Morillon lui avait rebattu les oreilles. Le *yellowcake*... Les intérêts français s'étaient taillés ici, dans les entrailles du pays le plus pauvre de l'Afrique, sinon de la planète, un monopole sur le carburant nucléaire. Pour quelques décennies. Avant que les Chinois ne viennent s'attirer les bonnes grâces, eux aussi, de régimes instables, prêts à vendre leur âme contre des concessions minières et des protections guerrières.

Marie-Ange révisait, au passage de cette plaine du Talak, les leçons de géographie, de géologie et de géopolitique que lui avait prodiguées Morillon avant son départ. Pauvre Morillon ! Il avait fini par accepter le rôle ingrat de chevalier servant qu'elle lui avait imposé après leur nuit ratée. Encore qu'elle avait bien failli couper les ponts, voulant ignorer leurs ébats, au lendemain de cette coucherie, sans plaisir et sans suite, au cours de laquelle elle avait adopté la position de l'arbre mort, jambes écartées, mouches au plafond, et dont il ne lui restait que le souvenir transi d'une traversée de Paris sous la neige fondue... Rien ne s'était passé. Rien ne se passerait plus. La seule concession que fit Marie-Ange à cet amant fugace fut de ne pas revenir sur leur tutoiement de la veille. Puis, le temps aidant, elle s'était dit qu'après tout il n'était pas si désagréable que cela, ce petit Morillon. Il suffisait de ne pas lui laisser confondre erreur et tentation. Quant à lui, il était tellement admiratif qu'il préférait jouer les chiens fidèles plutôt que le mauvais coup répudié.

Depuis, il avait repris son rôle de documentaliste personnel de la dame et d'exégète du roman de Vincent.

–Je deviens bestial sur l'uranium, avait-il fanfaronné en lui montrant l'étendue de son savoir. J'ai appris qu'en fait ce minerai n'était pas rare, contrairement aux idées reçues. On en trouve partout sur terre. Mais en faible quantité. Aussi bien dans le jardin du Luxembourg que dans les bordures en granit des trottoirs. J'ai lu une interview de Charpak, le prix Nobel, qui ne manque pas d'humour lorsqu'il assure qu'on est plus irradié en allant faire pisser son chien dans le caniveau qu'en vivant à proximité d'une centrale. D'ailleurs le Rhône charrie quelque cent tonnes d'uranium en moyenne chaque année – tu le savais ? – captées par ses eaux de source, dans les Alpes. C'est le premier fleuve radioactif de France. Alors, la pollution, à côté !... Pour obtenir le même rendement, sur certains sites, il faut parfois remuer dix mille tonnes de terrain. Oui, dix mille tonnes ! Écoute bien pourquoi. Les spécialistes estiment qu'un gisement est rentable à partir du moment où on réussit à sortir un kilo d'uranium par tonne extraite de la mine. Un kilo pour une tonne, tu imagines ! Ça peut aller jusqu'à deux cents kilos, remarque ! Là, c'est du vrai minerai, comme au Canada qui est le premier producteur. Sinon, il faut condenser tout ça, à la suite d'un retraitement compliqué, jusqu'à ce qu'on obtienne une mélasse jaunâtre qu'on appelle du *yellowcake* – Je t'en apprends des choses !... Plus étonnant encore... Sur le site d'Oklo – c'est au Gabon – il s'est produit une concentration naturelle d'uranium, il y a plus d'un milliard et demi d'années – tu n'étais pas encore née –, qui aurait permis une réaction en chaîne. Elle aurait duré six cent mille ans. Ce n'est donc pas l'homme, comme tu vois, qui a inventé les centrales nucléaires, ni la bombe atomique, mais la nature. À imaginer qu'il s'en soit produit d'autres, on pourrait avancer une théorie nouvelle et originale qui expliquerait la vitrification des dinosaures... J'invente, bien sûr. Mais je trouve ça rigolo.

– Va savoir ! Peut-être que certains cataclysmes, attribués à des météorites, étaient dus à des phénomènes comme celui-là ?... Bon, mais ce qui m'intéresserait surtout, Ambroise, maintenant, ce serait d'avoir plus d'infos sur le Niger et sur le Tchad. Si tu m'en trouvais avant de partir, ce serait formidable.

– Niger, Tchad : chasses gardées, avait renchéri le documentaliste de madame... les dos-pelés sont toujours présents. Ils tiennent dans leurs serres les ressources énergétiques de l'Afrique. Un bel exemple de politique néocoloniale, postcoloniale – appelle ça comme tu veux... Si ça peut te réconforter, nous ne sommes pas les seuls. Nous sommes même en passe de perdre du terrain, dans cette course à l'uranium qui fera les grands conflits de demain. Comme le pétrole le fait, depuis un siècle, au Moyen-Orient... C'est pas compliqué, la vie sur terre ! Sans énergie, pas de développement industriel. Pas de croissance, pas de richesses. Pas de puissance. Même si tu as du cacao et du manganèse, à la bougie c'est pas terrible ! Après il ne te reste plus qu'à faire la guerre pour piquer aux autres ce que tu n'as plus. On a évité la troisième, mais ça pourrait bien revenir... En attendant, la World Company veille sur nos intérêts. Et d'abord sur les siens...

– Je dois reconnaître que tu as sans doute raison, avait admis Marie-Ange. J'admire tes connaissances. Reste à savoir où est le lien dans tout ça avec la mort de Vincent ?

– Si je fais la synthèse de tout ce que tu m'as raconté, avait repris Morillon, nous sommes en présence d'un trafic d'armes qui alimente les rebelles touaregs du Niger, et d'un paquet de fric, pris sur des fonds secrets français, qui circule entre les dunes. En clair, le pays des Droits de l'homme subventionne des troubles meurtriers. Car si j'ai bien compris, quand ça dessoude là-bas, ça ne rigole pas. C'est chacun son tour. Tantôt une caravane, tantôt une garnison. Généralement, il n'y a aucun survivant. But de la manœuvre : rendre le climat impossible afin de tenir à distance l'appétit des Chinois et autres prédateurs, gros consommateurs de pétrole et d'uranium. La France, pour l'instant, tire encore les ficelles, parce qu'elle soutient, coup d'État après coup d'État, les régimes en place. Un pied dans chaque camp. Je te tiens, tu me tiens, par la barbichette. La situation est exactement la même que dans le livre... Mais en même temps, tu as raison, je me rends bien compte qu'il n'y a pas de mobile suffisant pour commanditer l'assassinat d'un journaliste. Combien sont-ils à avoir déjà dénoncé la dualité hypocrite de la politique française, dans ses anciennes colonies ? Avec bien plus de véhémence que dans un roman. On ne les a pas tués pour autant...

– C'est ce que je me dis régulièrement, soupira Marie-Ange. Et parfois, je me demande si je ne fais pas fausse route.

– Quoi ? La thèse du mari cocu ?

– Ou quelque chose comme ça.

– Attends de voir ton gars. Tu capituleras après.

C'était aussi le constat qu'avait fait Malterre, en lui indiquant Blainville comme ultime recours. Telle avait été sa conclusion, après deux tours de roue au-dessus de la place de la Concorde. Le Colombo des scoops éventés savait simplement que ce capitaine du service Action avait vu Vincent quelques semaines avant sa mort. Ce qu'ils s'étaient dit ? Il n'en savait fichtrement rien...

*

L'homme était assis à l'ombre d'un tronc rabougri, garni d'un feuillage rare. Il portait à même la peau, noircie par le soleil, une saharienne militaire, sans insigne et sans écusson, largement ouverte sur un poitrail dont le ton basané estompait la maigreur. Ses joues creusées étaient soulignées par une barbe mal rasée, et ses cheveux cachés sous un turban, noué comme ceux des Touaregs, dont l'un des pans était négligemment jeté en écharpe autour de ses épaules. Sous sa veste pointait un étui de revolver des officiers de l'armée française. Immobile, il les regardait venir... Derrière lui, des chèvres, gardées par deux bergers, maintenaient leur équilibre instable sur les branches basses des arbustes dont elles croquaient hystériquement les feuilles, avec l'avidité des animaux nourris par la sécheresse.

À l'issue d'un atterrissage chaotique sur une piste courte et presque imaginaire, à proximité des villages tchadiens, ils avaient attendu qu'une camionnette, couverte de poussière, vienne les chercher. Idris, le chauffeur, avait guetté dans le ciel le bruit des moteurs, avant de partir à leur rencontre. Il avait même cru qu'ils rebroussaient chemin, en voyant le DC-3 tourner, à plusieurs reprises, au-dessus des eaux du lac. Le pilote avait eu du mal à repérer les lieux. Il avait dû s'y prendre à deux fois avant d'amorcer sa descente. Il faut dire que cet espace, à peine visible d'en haut, ne s'était dessiné sur le sol qu'à force de damages, sous les roues des coucous ravitailleurs qui faisaient la navette deux ou trois fois par semaine... Du coup, Marie-Ange avait renoué avec la panique. Le temps d'un piqué d'avion de chasse, suivi d'un freinage en catastrophe, au ras des marigots qui bordaient le lac Tchad. Ou ce qu'il en restait.

Car cette belle étendue d'eau avait déjà perdu le quart de sa surface, sous l'effet cumulé de la négligence des hommes et des bouleversements climatiques. La famine menaçait à mesure que le lac s'enlisait. Des dizaines de milliers de ventres se serraient, dont la survie dépendait des fruits d'une pêche aux captures de plus en plus incertaines. Félix, le gardien de la maison de Blainville, avait sorti, devant la porte, un panier rempli de petits poissons séchés et boucanés, juste avant de les accueillir, quand

Idris les avait déposés. Il s'apprêtait à les vendre sur un marché de la faim qui se tenait au milieu de la rue.

– Regardez, madame, se lamentait-il en prenant Marie-Ange à témoin. Avant, j'en ramenais trois fois plus dans mes filets. Et ils étaient trois fois plus gros. C'est une misère. Qu'allons-nous devenir ?... Et regardez ! Là-bas c'est ma pirogue. Avant l'eau venait jusqu'ici. Il y avait un ponton devant la maison. Maintenant c'est un terrain assez grand pour jouer au football... Nous avons besoin de l'aide internationale, madame. Il faut le dire, à Paris...

Il n'avait pas fallu plus de dix secondes, sitôt leur descente de la camionnette, pour que Félix ne les entreprenne sur l'unique obsession de cette population qui craignait davantage la sécheresse et la famine que les raids des rebelles du Nord... Marie-Ange, qui avait déclenché cette complainte en penchant sa curiosité sur le panier, n'aurait pour rien au monde tenté de goûter à l'une de ces choses, plus ridées que des harengs saurs, que Félix appelait des poissons. On aurait dit des écorces de bois carbonisées par le soleil.

Le gardien, dont l'ébène de la peau contrastait avec les couleurs vives de son boubou, s'exprimait dans un français parfait. Sans accent. Autrement plus châtié que dans les campings du mois d'août. Il leur indiqua que Blainville les attendait à la sortie du village, là-bas, du côté des chèvres.

Bergougnian s'approcha de l'homme en lui tendant la main.

– Vous me remettez maintenant, mon capitaine ? La dernière fois, c'est moi qui portais le turban... Je vous présente donc mademoiselle Marie-Ange, notre star de la télé.

– Nous nous sommes déjà rencontrés, affirma Blainville qui s'était levé pour la saluer. Je vous ai croisée bien avant que vous ne présentiez le journal... Vous ne vous souvenez pas ?

– Peut-être ! Pas très bien, à vrai dire... La barbe sans doute. Mais votre visage me dit quelque chose.

– Et comme ça, c'est mieux ? demanda-t-il, en décoiffant son turban.

– Attendez ! Oui...

– Je vais vous aider... « Il n'y a que les Français qui croient que les Belges mangent des frites tous les jours »... Ça ne vous rappelle rien ?

Il avait prononcé cette phrase en singeant l'accent wallon. Comme un sésame. Marie-Ange en était restée coite. Elle ne pensait plus à lui depuis longtemps. Il était même sorti de son esprit. Le Belge ! Elle n'en revenait pas. Blainville était donc ce journaliste de la RTB qu'elle avait côtoyé dans la librairie, au premier jour de son enquête. Inconnu à la télé de Bruxelles pour laquelle il prétendait couvrir l'assassinat de Vincent. Le faux Belge usurpateur d'identité. Albert Demorand.

– J'ai toujours pensé que vous n'étiez pas journaliste, avait-elle réagi, comme pour masquer sa stupéfaction.

Il y avait encore peu, Blainville était l'homme de confiance des Services, en Afrique. De bonne éducation militaire, passé par Saint-Cyr, et de bonne éducation tout court, aristo à l'ancienne, il était fréquentable dans les salons d'ambassade autant que respectable dans les missions délicates. Il portait dignement le képi méhariste lorsqu'il négociait sous la tente de Si Ahmed, comme il pratiquait élégamment le baisemain à la française devant les femmes de dictateurs, dans les dîners officiels. Il excellait en tout. La guerre et les bonnes manières. Car son vernis policé n'excluait pas chez lui le courage ni le sens de l'action. Il était né sous le signe du devoir. Au-dessus de son berceau, déjà, les armoiries de la famille « de Caumont de Blainville » l'invitaient à servir sa patrie. « Notre pays, la France », soulignait le blason.

De ce nom à rallonges, il n'avait conservé que la fin, et, pour son avancement, il était convenu que son grade de capitaine n'évoluerait pas, le temps de sa période africaine. De façon à banaliser sa présence et sa personne dans les milieux militaires et européens qu'il serait amené à fréquenter. « Colonel de Caumont » sonnait mieux, mais aurait pu intriguer davantage. Il apparaissait donc généralement comme simple détaché auprès des ambassades, chargé des relations avec les populations nomades. Ce qui justifiait ses déplacements dans le désert. En clair, il était chargé d'éteindre les incendies qu'il allumait lui-même. Il était son propre agent double. Un art périlleux mais dans lequel il était passé maître.

Car c'était lui qui réceptionnait les armes acheminées par Raffy, en partie revendues par Charly. Lui à quiIeréhec livrait ses havresacs remplis de devises que le skipper convoyait à bord de l'*Armorique*. Lui qui négociait avec les cavaliers du désert, sous la tente de Si Ahmed. Là où il avait rencontré Bergougnian, à l'occasion de ces échanges... Là où, dans le silence de leur secret respectif, ils avaient appris à se jauger, puis à se reconnaître. Lorsque leurs regards se croisaient, l'un, avec sa poignée de soldats, l'autre, conseiller du chef rebelle. Ils avaient douté parfois de la confiance aveugle qu'ils devaient se porter, sans se connaître. La vie de Blainville tenait, dans ces moments-là, entre les mains du mercenaire qui avait pour consigne de le protéger, en faisant volte-face, si d'aventure l'opération tournait court avec les Touaregs... Ils s'étaient revus, par la suite. En frères d'armes, travaillant, sans le savoir, pour la même officine.

À nul autre qu'à Bergougnian il n'aurait fait confiance, lorsque son ange gardien lui avait présenté Vincent, à la demande de Malterre. C'était encore au temps où, de retour à Paris, le transporteur de fonds exerçait son action dans les Services. Mais déjà rôdait autour de lui l'impérieuse nécessité de voir disparaître les témoins des coups fourrés du régime, à une époque où le monde politique était secoué par la frénésie des « affaires ». Ça balançait tous azimuts, entre la gauche et la droite qui n'avaient d'autre idée de programme que de déterrer leurs merdes pour s'arracher les lambeaux du pouvoir. Après de Gaulle et Mitterrand.

Bourguignon, de son côté, avait déjà trouvé sa sortie. Ayant ajusté son nom à sa carrure d'haltérophile d'Europe de l'Est, il officiait dans un club parisien, entouré de rombières dont il aérobiquait les formes, au rythme des vieux tubes de Véronique et Davina.

– Nous sommes des soldats perdus, poursuivait Blainville assis sous son arbre. Comme mon ami Bourguignon, et tant d'autres, nous étions les bras armés des politiques secrètes. Jusqu'au jour où ceux qui nous gouvernaient ont décidé de nous laisser tomber... Au début, on se dit qu'après tout, on a choisi, au nom de l'idéal, de mener ces combats sans retour. Mais bientôt, on se sent exclus, désavoués, puis traqués. Par ceux qu'on a manipulés et trompés. Ou pire, par ceux qu'on a servis. Parfois, des deux côtés, on tente de nous éliminer. Vincent Delorme n'est pas la seule victime de ces renversements d'alliances, de ces tête-à-queue politiques, ces revirements successifs, menés depuis des décennies en Afrique. Hier pour le pétrole, demain pour l'uranium... Alors vient le temps de la tristesse et du désenchantement. De la rupture avec nos idéaux. Lorsqu'on comprend enfin que nous avons combattu non pas pour notre pays, mais pour des intérêts particuliers dont le cynisme n'a que faire de nos vies, ni des désastres semés dans le cœur de ces populations pauvres, et ignorantes du prix qu'elles doivent payer pour que des sociétés, anonymes et sans scrupules, s'enrichissent toujours plus... Intermédiaires, nous sommes des témoins, malgré nous. Morts ou vivants, il nous faut disparaître, un jour.

Par son silence, sous-tendu de respect, Bergougnian, le soldat, acquiesçait aux propos empanachés du capitaine perdu. Bien que d'extraction simple, sans grade et sans culture, il avait partagé, à l'autre bout de la chaîne, le destin de cet officier blessé. Comme lui, il se sentait trahi.

Marie-Ange, attentive, écoutait ce discours d'homme que sa sensibilité de femme s'efforçait de comprendre. Elle était plus réceptive en revanche à la misère décrite et aux conséquences calamiteuses de cette course à l'uranium que se livraient les dépeceurs de l'Afrique. Pour renforcer sa vision pessimiste, Blainville avait entrepris de lui dépeindre un environnement noir, destructeur de vies et d'espoir, dans les zones minières... En plus des raids ethniques, des razzias, des massacres et des putschs qui saignaient ces pays, le capitaine des Services stigmatisait le mépris des hommes affiché par les grandes compagnies à l'égard des mineurs et des populations riveraines. Aucune protection ni pour les uns ni pour les autres, exposés aux retombées de ces poussières radioactives qui feraient à la longue cent fois plus de victimes que les actions et les chocs guerriers qu'ils avaient fomentés.

– Ils peuvent toujours crever, du moment que ça rapporte ! De la part d'un pays qui a nié si longtemps le scandale de l'amiante, vous pensez bien qu'on peut laisser les nègres respirer des particules d'uranium et manipuler des déchets à mains nues. Ça n'a pas d'importance ! s'emportait Blainville, qui les avait invités à regagner sa maison, en empruntant un sentier de terre craquelée, si aride qu'elle ne s'effritait même plus sous leurs pas. Le profit !... poursuivait-il en marchant. Je n'ai pas risqué ma peau pour garantir le profit des multinationales et de leurs dirigeants. À peine les puits de pétrole commencent-ils à s'assécher que la spéculation s'est déjà emparée de l'uranium. Savez-vous que les cours boursiers peuvent passer de quatorze dollars à plus de deux cent soixante-dix dollars le kilo. Bientôt vingt fois plus, et ce n'est qu'un début. Car ce sont les mêmes ! Les mêmes qui entendent nous faire sucer le pétrole jusqu'à la lie au prix fort, et qui déjà s'emparent de l'uranium pour le jouer en bourse. Et se remplir les poches autant, sinon plus qu'avant. Non, j'ai trop de dégoût pour continuer à jouer la partie...

Le capitaine s'était réfugié au Tchad, expliquait-il, parce qu'il avait fraternisé autrefois avec le chef des Toubous, les nomades du Tibesti, qui menaient, dans les régions du Nord, une sarabande identique à celle des Touaregs du Niger. Faisant trembler régulièrement les bases du pouvoir en place à N'Djamena.

– Actuellement, les Français soutiennent le gouvernement, mais tant que je serai l'ami des rebelles, je serai tranquille. Personne ne viendra me chercher ici. La population en a tellement vu qu'elle s'attache à ceux qui la protègent. Et ma présence les protège des raids et des pillages... Quand le vent tournera, je partirai. Cette fois, loin de l'Afrique... Ne vous inquiétez pas pour moi, je me suis servi au passage, dans le dernier sac de Leréhec. À défaut de reconnaissance, j'avais bien droit à une assurance-vie !

La maison de Blainville était une sorte de cube, peint d'un vieux rouge couleur de terre cuite et aux fenêtres courtes, pour garder la fraîcheur intérieure. Elle trônait au milieu d'un carré de terrain assoiffé, où ne poussaient plus ni fleurs ni arbustes. Entouré d'un mur plein, presque aussi haut qu'un homme. Pas de porte d'entrée. Juste un rideau de perles qui tintait au passage. La pièce unique était chichement aménagée, comme sous la tente de Si Ahmed. Des poufs bicolores en cuir épais, un immense plateau d'argent qui servait de table basse, un lit dans un coin, et une armoire dans l'autre qui devait contenir le paquetage, prêt-à-emporter, du méhariste solitaire. Nuit et jour, il était sur ses gardes.

La cuisine se faisait sous un appentis dressé à l'arrière et ouvert à l'air libre. Félix n'avait pas vendu le quart de son panier. Il accourait pourtant à l'arrivée du maître. Ici, le temps du visiteur était le temps du thé.

Marie-Ange, qui pour l'occasion avait ressorti sa tenue de brousse étrennée chez Charly, brûlait d'impatience d'interroger le faux Belge sur la mort de Vincent.

– Vous êtes venue pour ça, souligna naturellement Blainville. Et moi, j'ai accepté que Bourguignon vous ouvre le secret de ma tanière pour vous révéler ce que j'avais révélé à Vincent...

– Pourquoi moi précisément ? coupa-t-elle, étonnée.

– Parce que je connais le sentiment qui vous lie à lui... Parce que tous ceux qui vous ont conduite sur le chemin de son enquête ont nourri envers vous une confiance identique... Parce que nous avons tous été trahis et fragilisés. Et qu'en dehors de nos parcours chaotiques, il est bon qu'un témoin – un journaliste, c'est encore mieux – porte la mémoire d'une aventure sans lendemain... Égoïstement, je dirais que vous êtes ma seconde assurance sur la vie. Mais ne faites pas comme lui. Ne croyez pas qu'il suffit de dénoncer pour convaincre. Et que la révélation du scandale vous protégera... En venant ici, vous vous êtes mise en danger.

– Je sais, confirma Marie-Ange. Alors, allons-y ! Que faisiez-vous dans cette librairie, déguisé en Belge, au lendemain de son assassinat ?

– J'étais choqué... aujourd'hui encore, je n'ai pas de mots... écœuré qu'ils aient osé s'attaquer à un journaliste. J'ai compris que tous les coups seraient désormais permis, dans ce putain de merdier. Tous les ingrédients d'une belle affaire d'État étaient réunis. Beaucoup de gens risquaient gros... Vincent m'avait dit qu'il publierait son enquête tout de suite après la promo de son roman. Il n'avait pas encore contacté d'éditeur. Il redoutait les fuites. Et comme il se méfiait de tout, son ordinateur portable ne le quittait jamais... Comme je vous l'ai dit, j'étais toujours en service. J'ai donc appris, le soir même, qu'ils avaient ramené son corps à Paris pour le mettre sous séquestre. Sur demande expresse du Quai au ministère de l'Intérieur. Tout le monde était dans le coup. J'espérais simplement qu'ils n'allaient rien toucher sur place pour donner l'illusion d'une d'enquête. Je me suis donc déguisé, comme vous dites, en reporter belge, en détournant l'identité d'un vrai journaliste décédé. Vous avez vu ma carte. A. Demorand. Albert au lieu d'Antoine. J'avais fait changer le prénom. En cas de vérification... Quand j'ai vu arriver le sémillant commissaire Carrera de la Mondaine, j'étais rassuré. Il gesticule tellement qu'il ne voit jamais rien. Je pense qu'ils l'avaient choisi pour ça... J'avais repéré l'ordinateur, posé sur un rayonnage. Je l'ai pris comme s'il était à moi et je me suis baladé, sacoche en bandoulière, pendant une heure, sans que personne ne s'en aperçoive...

– Vous l'avez gardé ?

– Gardé ! Vous n'y pensez pas ! Il a disparu le lendemain matin avec les poubelles du quartier... Mais en revanche, j'ai conservé ça !...

Blainville avait plongé sa main dans la poche de sa vareuse. Il en avait sorti un disque dur, sans inscription ni emballage.

– C'est pour vous. Il n'en existe aucune copie, certifia-t-il.

– Vous connaissiez Kassem ? avait-elle déjà enchaîné. Je me souviens vous avoir vu à deux reprises avec lui.

Elle avait pris le disque, mais une question en bousculait une autre dans sa tête. Elle en avait tellement qu'elle ne savait plus dans quel sens les poser.

– Kassem ? Qui ne connaît pas cette ordure ? C'est une de ces barbouzes qui ne survivent qu'en eaux troubles. Une canaille

On se demande comment on a pu nommer un malfaisant pareil à la tête de l'information d'une chaîne comme la vôtre. Ou plutôt si !... Il était d'ailleurs là, je pense, pour vérifier. Il m'a même invité à dîner en pensant me tirer les vers du nez. Vous étiez dans le même restaurant que nous. Je m'en souviens. Il se méfiait beaucoup de vous.

– Tirer les vers du nez, il était là pour vérifier, qu'est-ce que vous entendez par là ?

– L'argent que j'ai transporté, Marie-Ange...

L'officier du renseignement s'était tourné vers elle. Il la regardait droit dans les yeux, mesurant ses paroles comme s'il allait lui annoncer un grand malheur.

– ... il ne sortait ni des caisses noires des Services ni des fonds secrets de l'État. Évidemment, rien n'aurait pu se faire sans eux. Sans leur complicité. Cet argent, il provenait des réserves occultes de la Somira... Elle était la première à vouloir entretenir l'instabilité et la guerre au Niger, au Tchad, au Darfour, partout où elle se préparait à signer des contrats pharaoniques, pour l'attribution de nouvelles concessions d'uranium. Sans ces troubles, les Chinois, les Australiens, les Canadiens, les Américains auraient emporté le morceau. Suis-je clair ? Vous comprenez maintenant ?... Le commanditaire de l'assassinat de Vincent n'est autre que votre patron... Jacques Doris.

*

Ce jour-là, dans son grand bureau-appartement, Doris avait réuni sa garde rapprochée. Celle des mauvais jours. Il y avait là Blandin, l'ami d'enfance, le chef de la sécurité, debout près de la grande baie vitrée qui donnait sur la dalle. Belami, le chef de l'insécurité, l'exécuteur des basses besognes, énigmatique, planté à l'autre bout. Et Kassem, qui n'avait pas encore été nommé directeur, mais déjà présent au cœur des moments noirs, assis en coin sur le canapé en cuir qu'il n'osait pas toucher comme pour ne pas salir. Doris enrageait. Il tournait, écumant d'une fureur blanche, sous l'empire de la colère, entre le bar et son bureau.

– Mais bordel de merde, c'est seulement maintenant que vous découvrez ce que nous prépare ce petit salaud !

Le président ne contenait plus ses écarts de langage. Il passait nerveusement ses mains dans son élégante chevelure nacrée. Après avoir vidé d'un trait le whisky que lui avait servi un loufiat en veste blanche, avant de se faire éjecter.

– Que voulez-vous ! Sénéchal lui laisse faire tout ce qu'il veut dès qu'il s'agit de l'étranger. Sous prétexte de couvrir les raouts internationaux. On ne sait rien de ses contacts parallèles, avait répondu Kassem, non sans arrière-pensées.

– Sénéchal, il m'emmerde. Je vais le virer... Mais qu'est-ce qu'il veut, ce petit con de Delorme ? De l'argent ? Achetez-le ! On l'écrasera après...

– Il se la joue intègre, monsieur, reprit Kassem, venimeux. Je pense qu'il cherche à se venger.

– De quoi ? De qui ?

– De vous et de l'affaire de Ramallah.

– Ah ! Se venger de moi ! Tiens donc. Mais il se prend pour quoi, ce merdeux qu'on engraisse depuis quinze ans, sur la chaîne ?

– Ne nous emballons pas, tenta de calmer Blandin. Est-ce qu'on est sûr et certain qu'il se prépare à publier une enquête explosive ?...

Il s'était tourné vers Belami, l'homme au faciès imperturbable, à la coupe para, aux mains battoirs, qui portait le costume comme un attaché militaire. Il rectifiait toujours la position avant d'apporter ses réponses, brèves et précises.

– Sûr et certain, répondit-il en se tournant vers Doris. Nous avons mis le portable de Delorme sur écoute pendant huit jours, à la demande d'Antoine qui avait relevé un comportement suspect de l'intéressé. Bien entendu après avoir consulté monsieur Blandin... Peu d'appels, peu de réceptions. Nous avons cependant enregistré une conversation au cours de laquelle il confirmait son intention de publier une enquête complète sur la Somira après la sortie de son roman. Il est clair qu'il est très documenté et qu'il met en cause votre compagnie et le financement par vous-même d'actes de rébellions en Afrique. Son interlocuteur n'a pas été identifié. Un certain Bergougnian. Sans doute un nom d'emprunt. Il appelait d'une cabine, dans le 19e arrondissement.

Doris, l'œil sombre, se tourna successivement vers les deux autres. Suscitant du menton leurs commentaires.

– J'ai appris qu'il s'était rendu deux fois au Niger, confirma Kassem. Soi-disant pour rencontrer des diplomates à Niamey, avant la conférence panafricaine. En réalité, on nous a signalé sa présence dans les principales zones minières.

– Dans un sens, Albert, il ne serait pas le premier à enquêter sur l'uranium. Ce qui ne serait pas trop grave, au fond, enchaîna Blandin. Mais s'il est au courant pour le fric, alors là, c'est une autre histoire !...

– Dans deux mois, on doit signer les contrats. Si cette merde sort, on est foutus, tempêtait Doris. Et ne me dites pas qu'on peut intervenir pour le neutraliser. Il trouvera bien un connard d'éditeur pour le publier. Et deux ou trois gauchistes pour monter l'affaire en épingle dans la presse. Vous imaginez le scandale ? C'est la faillite assurée pour la compagnie... Et le déshonneur pour nous tous...

Le président s'était rapproché de la grande baie vitrée. Les mains dans le dos, muet, il regardait défiler les fourmis de la dalle et sauter les experts de la planche à roulettes. Immobile et tendu, le comité des mauvais jours attendait son verdict.

– Débarrassez-moi de ce nuisible... Il en va de notre avenir, articula-t-il d'un ton calme, sans même se retourner. Dégagez-le-moi. Efficacement et sans bavure.

– Vous voulez dire... insista Belami.

– Vous m'avez bien compris. Je veux dire : ne plus jamais entendre parler de lui. Jamais. Faites vite. Nous n'avons pas beaucoup de temps devant nous.

*

Belami faisait appel, pour les opérations de ce genre, à des tueurs repentis, protégés par les Services. Généralement pour éliminer des opposants à l'étranger, ou des chefs de réseaux terroristes.

L'homme, en blouson de cuir, un bonnet de laine enfoncé sur la tête, s'était faufilé dans les allées de la librairie, avant la fermeture. Il avait attendu, discrètement, en feuilletant un livre, à l'abri des regards. Les vendeuses rangeaient à la hâte leurs rayons afin de pouvoir filer rapidement. La patronne faisait sa caisse. Personne n'avait prêté attention à lui.

Lorsque la vieille dame était sortie – celle qui voulait parler à quelqu'un parce qu'elle était seule –, il s'était dirigé vers la table de sa cible qui s'étirait, après une journée riche en signatures.

Quand Vincent lui avait demandé pour qui cette dernière dédicace.

– Pour un ami, avait-il répondu. Pour Vincent, comme vous.

– Ah, ben voilà ! Ça me fait plaisir de terminer la journée avec quelqu'un qui porte le même prénom que moi, avait plaisanté sa victime.

– Oui, pour Vincent, de la part de Belami.

Le tueur avait poussé le cynisme jusqu'à lui dicter sa propre épitaphe, sans laisser à Vincent le temps de l'écrire. La pointe de son feutre avait glissé hors de la page, au milieu du nom.

« De la part de Bel... » Ni Belge, ni Belgique, ni plaque minéralogique de voiture, ni numéro d'identification de lot d'armements. La simple coïncidence de trois lettres énigmatiques qui avaient signé l'assassinat d'un journaliste.

*

Il y a des moments comme ça, qu'on peut laisser se diluer dans l'inertie de la pensée, des heures durant. Sans bouger, ou à peine. Le regard fixe, ou presque. Figé dans l'impuissance. Anéanti par l'impossibilité d'aller plus loin. Incapable d'avancer, ni de reculer. Irradié, fossilisé, lobotomisé. Dévitalisé. Vidé. Une sorte de mort à ciel ouvert qui vous laisse pantelant. Privé d'énergie comme un lapin Wonder, sans pile dans son tambour. Ainsi était Marie-Ange devant son ordinateur. Elle avait glissé lentement sur le bord de sa chaise, le menton à hauteur de la table. Les bras ballants qui touchaient presque terre. Elle avait lu et relu le texte de l'enquête sur le disque dur du portable de

Vincent, branché en périphérie du sien. Le bouquin était écrit. Il attendait son bon à tirer chez un éditeur. Il avait tout consigné dedans. Tout ce qu'elle avait vu, su et entendu. Il dénonçait dans son texte tout ce qu'elle savait. Avec des descriptions détaillées, des situations vécues, des interviews vérité, des témoignages vigoureux, des preuves, comme elle aurait rêvé d'en obtenir... Si ce n'est que dans ce grand plaidoyer contre les dépeceurs de l'Afrique, contre les voleurs d'uranium et les fouteurs de guerre des décennies à venir, à la grande stupéfaction de Marie-Ange, Vincent épargnait Doris et la Somira... Bien sûr, il ne cachait rien. Il les mêlait simplement à la noria des détrousseurs du continent noir. Certes il désignait la duplicité de la politique française, la corruption des grandes compagnies, le rôle déstabilisateur des services secrets, des réseaux barbouzards, les financements occultes. Mais lorsqu'il s'agissait d'en nommer l'origine, on restait sur sa faim. La démonstration devenait floue. Quel étonnement ! Ou quelle déception ! Marie-Ange ne savait pas encore quelle conclusion choisir. C'est ce qui la plongeait dans cette apnée végétative, noyée au fond de ses introspections. Quoi qu'il en soit, la conclusion était évidente, injuste et révoltante. Vincent était mort pour rien. Assassiné sans raison et dans la précipitation.

S'était-il dégonflé ? L'admiration qu'elle lui portait vacillait rien que d'y penser. Elle avait peur de découvrir une autre vérité. Alors, elle s'efforçait d'en refouler l'idée, dévastatrice pour l'accomplissement de son amour posthume. Après tout, il s'était peut-être réservé l'écriture d'un chapitre vengeur pour plus tard. Un complément de dernière minute. Lui qui était si méfiant... Manquait-il de preuves ? Il était possible aussi qu'il ait décidé de supprimer les passages délicats par peur des représailles... Et si on les avait supprimés à sa place ? Et si le capitaine au turban, l'ex-faux Belge, était un agent triple, quadruple ? Si elle était tombée, comme une bécasse, au cœur d'une gigantesque manipulation ? Elle devenait folle... Reprends-toi, Marie-Ange. Il ne sert à rien de se laisser couler. En pareil cas, plutôt que de se griller les neurones dans un questionnement sans issue, il vaut mieux disjoncter ses pensées. Et se laisser flotter dans un coma salutaire. Elle verrait bien plus tard...

Et le pire, c'est qu'elle devait se rendre dans cet état au séminaire de la chaîne. On l'attendait à Deauville. Elle demeurait, malgré les circonstances, l'une des stars de l'antenne. D'autant que Kassem ne lui passait rien, ces temps-ci. Il lui reprochait de négliger ses textes, d'être plus crispée, moins souriante dans sa prestation du « 20 heures ». Et c'était vrai.

Il l'avait harcelée aussi. Curieux comme un mari jaloux de savoir ce qu'elle avait fait pendant les trois jours de RTT qu'elle avait posés la semaine dernière. Où était-elle allée ? On lui avait parlé d'un voyage en Afrique, insinuait-il d'un air inquisiteur. Mais qui avait bien pu lui dire ça ? Elle en avait sa claque des espions, de l'espionnite et de l'espionnage. Tous des cinglés. Elle s'était fâchée.

– Non, non, Marie-Ange, c'était juste comme ça.

– Je suis fatiguée, en ce moment, si tu veux savoir.

Ça, c'était vrai aussi.

En route donc pour Deauville. Pour l'occasion, elle serait la plus sexy, tout en beauté, Marie-Ange. Tous les regards se tourneraient vers elle. Devant sa glace, elle avait fait des poses, dans sa robe Courrèges. Elle se trouvait jolie quand elle bougeait. Elle remuait ses cheveux souples, comme dans la pub. Il était temps qu'elle revienne à la vie, parce qu'elle le valait bien.

Elle roulait trop vite, Marie-Ange. On lui disait toujours. Quand elle a voulu doubler... La camionnette qui se traînait devant elle, depuis des kilomètres, s'est brutalement déportée et lui a coupé la route. Elle avait la tête ailleurs, la belle présentatrice. Sa voiture a violemment percuté le rail de sécurité. Dans une gerbe d'étincelles, dans un crissement de ferraille, elle a fait une embardée, glissant sur le toit, au beau milieu de l'autoroute. Son corps s'est disloqué. La camionnette ne s'est pas arrêtée.

Dans son rapport, le brigadier-chef de gendarmerie, Loïc Lepouech, avait consigné, ce jour-là, que Marie-Ange Fournier, flashée par un radar à 162 km/h, quelques minutes plus tôt, au triangle de Rocquencourt, avait perdu le contrôle de son véhicule... Victime, comme Vincent Delorme, d'un triste fait divers.

DANS LA COLLECTION « ROMANS », « RÉCITS » ET « NOUVELLES » AU CHERCHE MIDI

LAKDHAR BELAÏD
World Trade Cimeterre

MEHDI BENCHELAH
Les Flamboyants de Gaza

Bassora Express

NATHALIE BLAISE
Des fleurs dans la tête

FRANÇOIS BOTT
Faut-il rentrer de Montevideo?

Vel'd'Hiv'

PIERRE BOULLE
L'Archéologue et le mystère de Néfertiti

L'Enlèvement de l'Obélisque

La Face

VIRGINIE BUISSON
Le Silence des otages

STÉPHANE CARLIER
Actrice

NICOLAS CHARBONNEAU
Deux ou trois fois rien

JEANNE CRESSANGES
Les Ailes d'Isis

Le Soleil des pierres

PATRICE DELBOURG
Cœur raccord

Lanterne rouge

Toujours une femme de retard

SÉBASTIEN DOUBINSKY
Le Livre muet

Les Fantômes du soir

PIERRE DRACHLINE
Une enfance à perpétuité

L'Enchantée

CHRISTIANE DUPUY
Le Petit-Fils de Lafcadio

L'Employée de maison

JEANNE FAIVRE D'ARCIER
Les Yeux de Cendre

JEAN FAYARD
Une enfance en enfer

CHARBEL GHANEM
L'Organisation

JEAN GRANGEOT
La Perle rouge

SALAH GUEMRICHE
Un été sans juillet

ÉRIC GUILLOTTE
Novissima Verba

FRANK HENRY
Mauvaises nouvelles du milieu

Natchave!

Neuf et trois onze!

CLAIRE HUYNEN
Marie et le vin
Prix de la Première Œuvre, 1999

Une rencontre

RICHARD JORIF
Qu'est-ce que la mort, Fourrure?

JEAN-JOSEPH JULAUD
Café grec

Camarón

PIERRE KYRIA
Le Partage des ombres
Pile-poil
Comtesse Lipska

JEAN-HUGUES LIME
Le Roi de Clipperton
La Chasse aux enfants
Mangareva

CHRISTOPHE MAGER
L'Invasion des femmes grosses

FRANCA MAÏ
Momo qui kills
Jean-Pôl et la môme caoutchouc
Speedy Mata
L'Ultime Tabou
Pedro
L'Amour carnassier

THIERRY MARICOURT
Ne me tuez pas

ROGER MARTIN
...Jusqu'à ce que mort s'ensuive

YVES MARTIN
Il faut savoir me remettre à ma place

WALLY MONTAY
Cinabre

INGRID NAOUR
Les Lèvres mortes
Le Syndrome d'Atlas

GÉRARD OBERLÉ
Nil rouge
Prix René-Fallet, 2000
Pera Palas
Palomas Canyon

JEAN ORIZET
La Vie autrement à l'ombre douce du temps

ALAIN PAGE
Je suis rien

AGNÈS PAVY
Fétiches

CHANTAL PELLETIER
Le Squat

PIERRE PERRIN
Une mère
Le cri retenu

JEAN-CLAUDE PIROTTE
Mont Afrique

YVES POURCHER
Le Rêveur d'étoiles

CLAUDE PUJADE-RENAUD
DANIEL ZIMMERMANN
Septuor

MAURICE RAJSFUS
Le Chagrin et la Colère

GHISLAIN RIPAULT
Exécutions intimes

FRÉDÉRIC ROUX
Le Désir de guerre

VINCENT ROY
L'Instant désiré

HUGUES ROGER
Ma mère en plus jeune
Daddy blues

BORIS SCHREIBER
Un silence d'environ une demi-heure
Prix Renaudot, 1996

Hors les murs

L'Excavatrice

La Douceur du sang

Faux-titre

JOËL SÉRIA
Sombres fantômes

Les Galettes de Pont-Aven

VALÈRE STARASELSKI
Monsieur le Député

Une histoire française

Nuit d'hiver

FRANÇOIS THIBAUX
Notre-Dame des Ombres

Prix Paul-Léautaud, 1997

JEAN-MAX TIXIER
Le Jardin d'argile

Prix Antigone, 1998

L'Homme chargé d'octobres

BRICE TORRECILLAS
L'Ombre et le Fard

MARC TRILLARD
De sabres et de feu

VIVIANE VILLAMONT
Une femme irréprochable

ERIC YUNG
Un silence coupable

DANIEL ZIMMERMANN
L'Anus du monde

Le Gogol

Les Morts du lundi

Les Chats parallèles
suivi de
La Légende de Marc et Jeanne

L'Ultime Maîtresse

AHMED ZITOUNI
Une difficile fin de moi

Mis en pages par DV Arts Graphiques à La Rochelle
Imprimé en France par CPI Firmin-Didot
Dépôt légal : septembre 2008
N° d'édition : 899 – N° d'impression : 91881
ISBN 978-2-7491-0899-5